Crackrauchende Hühner
Nihilist Punk

Ein
postmoderner, surrealistischer, nihilistischer
und vielleicht sogar postfaktischer Texthaufen;
wahrscheinlich ein romantischer und
gleichzeitig dekonstruktiver Roman.
Ein psychedelischer Trip zwischen die Zeilen.

Míau

DAS BUCH

Der 17-jährige Schüler Nathan ist ein psychopathischer Freak mit der exotischen Lieblingsdroge Kratom. Von den meisten seiner Klassenkameraden wird er gemieden, so auch von Daniel, der sogar Angst vor Nathan hat. Doch bei der Berlinklassenfahrt am Ende der zehnten Klasse kommen Nathan und Daniel in dasselbe Hostelzimmer und damit wird die Konfrontation unausweichlich. Bald schlagen Daniels Ängste vor Nathan jedoch in eine morbide Faszination für den exzentrischen Außenseiter, dem eine prophetische Macht innezuwohnen scheint, um. Je länger Daniel aber Nathan folgt, desto mehr beginnt die Realität zu zerbröckeln. Bald vollführt Nathan biblische Wunder und hält nihilistische Predigten. Es tauchen sonderbare Gestalten auf, wie Schwarze in Einhornkostümen, sprechende, cracksüchtige Hühner und suizidale Zombies. Immer mehr beginnen Traum und Realität ineinander zu kollabieren. Bald steht Daniel vor der Frage:
Was ist real? Und wen interessiert das eigentlich?

Die Neuauflage 2019 wurde durch ein Korrektorat von Robin Gerull ermöglicht.

DER AUTOR

Leveret Pale ist das Alter Ego des deutschen Schriftstellers Nikodem Skrobisz (*26.02.1999). Er verfasste *Crackrauchende Hühner* im Alter von 17 Jahren, innerhalb von drei Wochen. Seit Oktober 2017 ist er Vorstandsmitglied des BVjA. Er hat mehrere Romane veröffentlicht und ist Autor zahlreicher Artikel, Essays und Kurzgeschichten. Er studiert zurzeit Kommunikationswissenschaft und Psychologie in Jena. Mehr Informationen gibt es auf seiner Webseite:
https://leveret-pale.de

CRACKRAUCHENDE HUEHNER
NIHILIST PUNK

3. Auflage aus dem Jahr 2019

Sämtliche Texte in diesem Buch sind fiktive Erzählungen.
Sämtliche Charaktere, einschließlich die der Erzähler, sind fiktiv
und eine Ähnlichkeit mit realen Persönlichkeiten rein zufällig.
Die in den Geschichten vertretenen Meinungen spiegeln weder die
des Autors noch die des Verlages wider. Die Verwendung der in
dem Buch aufgeführten Informationen geschieht auf eigene
Verantwortung. Der Autor und der Verlag haften nicht für durch
das Buch verursachte Schäden.

Bibliografische Information der Deutschen Nationalbibliothek:
Die Deutsche Nationalbibliothek verzeichnet diese Publikation in
der Deutschen Nationalbibliografie; detaillierte bibliografische
Daten sind im Internet über http://dnb.dnb.de abrufbar.

Copyright des Texts © 2017 Leveret Pale (Nikodem Skrobisz)
https://leveret-pale.de | autor@leveret-pale.de
Lektorat: Heidi Lehmann & Robin Gerull
Alle Rechte vorbehalten.

Leveret Pale
c/o AutorenServices.de
Birkenallee 24
36037 Fulda

Herstellung und Verlag: BoD – Books on Demand, Norderstedt

ISBN: 978-3-7412-8149-5

*Sie sollten dieses Buch nicht lesen,
wenn Sie engstirnig oder religiös sind,
und auf keinen Fall, wenn Sie keinen Humor haben.
In diesen Fällen wäre vielleicht eine Kapsel Zyankali
ein besserer Zeitvertreib.*

Sämtlich Äußerungen, Beschreibungen, Geschichten, Ideen und Charaktere auf den folgenden Seiten, und sogar meine eigene Persönlichkeit, sind fiktiv. Also verklagt mich nicht. Und ich übernehme keine Haftung, für gar nichts und schon gar nicht dafür, dass jemand meint, irgendetwas davon zu ernst nehmen zu müssen.

Für

*den blassen Engel, der mir die Silberphiole
mit der Asche der Blauen Blume brachte.
In seinen Adern floss schwarzer Mohnsaft,
gemischt mit Peyotelspeichel,
gesalzen mit Amphetaminen.
Er hustlet noch immer durch die trostlosen
Straßen und Gassen von Nimmermehr.*

Inhaltsverzeichnis

Nathan der Weise 11
High mit dem Messias 17
Kratomträume...44
Das Erste Wunder 47
Linksradikale 54
Politisches Geschwafel...61
Interview mit Herrn Karl M...73
Explosion 77
Die Cannabisvermehrung von Neukölln....................80
Ein ganz normaler Tag, fast 90
Krankenhaus und Freud 99
Die Rückkehr des Penners 105
Heimfahrt 112
Polizeibericht..122
Ankunft und Befragung 124
Bahnsteigphilosophie...126
Nathans Domizil...134
Der Bunker 145
Das dealende Einhorn..155
Asiafood..164
Stachus 178
Sektentreffen mit Hühnern 182
Bombenbauen 190
I set fire to the shit 196
Schreiben 206
Wissenschaften 220
Pavillon 231
Fight Club 247
Chainsawchickencurry 251

Anale Penetration	269
Hitler in Pink	284
Scheissewerfen	287
Startvorbereitungen	295
Mit der LSD-Rakete	299
Richtung Erleuchtung	299
Monologe	308
Erkenntnis und Tod	312
Wiederauferstehung	316
Endlösung der Nathanfrage?	320
Deus Rex	325

Prolog:
Nathan der Weise

Nathan war ein komischer Kauz.

Das fing bei seinem Aussehen an. Die Haare standen widerspenstig in alle Richtungen ab, die Wangenknochen traten aus dem abgemagerten Gesicht hervor. Am Grund seiner eingefallenen Augenhöhlen lagen blaue Opale, die einen stechenden, analytischen Blick ausstrahlten. Wenn Nathan einen ansah, fühlte es sich an, als würde eine kalte Geisterhand in einem herumtasten. Man zuckte unwillkürlich zusammen und rieb sich am Körper, um das klebrige Gefühl dieser sonderbaren Kälte zu vertreiben.

Sein Gang war schleppend, als würde er durch den Raum treiben. Die spinnenartigen Beine waren dem Körper immer einen Meter voraus, der bei jedem Schritt etwas in die Knie ging und wieder hochwippte.

Als wir im Deutschunterricht die Ringparabel aus *Nathan der Weise* von Lessing lasen, fragte unser Deutschlehrer, wohl im Scherz, Nathan, was er von der Ringparabel halte. Der antwortete ohne mit der Wimper zu zucken in einem sachlichen Ton: »Statt den Ringen hätte Lessing auch drei Pferdeäpfel nehmen können, das wäre anschaulicher. Die kann man nämlich auch kaum auseinanderhalten, und sie entsprechen deutlich akkurater der Natur solcher Scheißdogmen.«

Die Klasse brach in schallendes Gelächter aus, unser Deutschlehrer erblasste und sagte: »Nathan, nach der Stunde zu mir.«

Und natürlich ging Nathan nach der Stunde einfach nach Hause, statt mit dem Lehrer zu diskutieren. Denn so war Nathan: verrückt, manchmal kindisch, dann wieder todernst – immer ein Rebell, der einfach machte und sagte, was er wollte.

Wir nannten ihn seitdem oft Nathan den Weisen, wie den Typen aus der Ringparabel. Das war eigentlich als Witz gedacht, aber wir lagen damit sicherlich nicht ganz falsch. Denn unser Nathan hatte tatsächlich, trotz allem Unsinn, den er trieb, etwas Weises an sich, aber auch etwas Gefährliches und Skrupelloses.

Viele bezeichneten ihn als einen Psychopathen, und spätestens seit dem Vorfall mit Herrn Maaysen zweifelte kaum jemand daran, dass er auch einer war.

Der Vorfall ereignete sich letzten Winter. Herr Maaysen war damals unser Englischlehrer. Niemand mochte ihn, und er mochte niemanden. Er war ein aufgeblasener Despot, der von allen gefürchtet werden wollte, offensichtlich, um zu kompensieren, dass er wie ein weichgespültes Muttersöhnchen aussah. Anfangs hatten wir den Fehler gemacht, ihn wegen seines Auftretens - kleingebaut, weiche, schwabbelige Statur, fettiges blondes Haar und Quietschestimme – zu unterschätzen, und ihm keinen Respekt entgegenzubringen. Nach zwei Schulwochen, zehn Verweisen und zahlreichen Strafarbeiten hatte er uns allen Angst eingehämmert - allen, außer Nathan.

Herr Maaysen gab an dem Tag die letzte Schulaufgabe an die Klasse heraus. Wie bei jedem seiner Tests, war der Notenschnitt fatal. Als der Despot Nathan dessen Schulaufgabe austeilte, lächelte er breit und sagte:

»Nathan. Du hast einen sehr großen Wortschatz und dein Essay ist nicht schlecht formuliert. Aber leider hast du das Thema verfehlt. Note: sechs.« Nathan nahm sie, blätterte durch sein Essay und stand auf. Er ging zum Waschbecken neben der Tafel.
»Nathan, was machst du da?«, fragte Herr Maaysen.
»Ihr Thema war scheiße und mein Essay besser als alles, was Sie jemals zustande bringen könnten. Die Note ist inakzeptabel.« Mit diesen Worten entzündete Nathan die Schulaufgabe mit einem Zippo. Aus dem Waschbecken züngelten orange Flammen. Nathan drehte den Wasserhahn auf und das Feuer erlosch zischend. Dampf stieg auf.
Die ganze Klasse sah atemlos zu. Selbst diejenigen, die gerade noch wegen ihrer schlechten Noten untereinander empört tuschelten, erstarrten.
»Spinnst du?«, brüllte Herr Maaysen. »Feuer in der Schule – dafür wirst du fliegen!«
»Wenn Sie es darauf ankommen lassen wollen«, sagte Nathan stoisch, zuckte mit den Schultern, nahm seinen Schulranzen und ging zur Tür.
»Wohin gehst du?«, brüllte Maaysen. »Ich will mit dir nach der Stunde zum Direktor. Das ist Brandstiftung. Gib mir das Feuerzeug!« Seine Wangen wurden so knallrot wie jedes Mal, wenn er einen Wutanfall bekam. Sie gaben ihm das Aussehen eines Milchbubis aus einer Zwiebackwerbung. Darüber machten wir Schüler uns häufig hinter seinem Rücken lustig.
»Ich nehme mir frei für heute. Das ist mir zu bescheuert«, sagte Nathan und verschwand durch die Tür. Herr Maaysen sah ihm wie paralysiert hinterher, dann wirbelte er herum und schrie uns an: »Was glotzt

ihr so? Diktat! Sofort und auf Note! Und wehe jemand sagt die nächsten zwei Stunden auch nur ein Wort, der sitzt am Wochenende nach!«

Wir hassten Nathan in diesen Stunden der stummen Qualen, die er uns bereitet hatte, aber als wir am nächsten Morgen in die Schule kamen, war das schnell wieder vergeben.

Ich kann mich noch bildhaft daran erinnern. Bereits von Weitem konnte ich die kleine Gestalt sehen, die nackt, bis auf die Eierzwicker-Unterhose, auf dem Dach der Schule auf und ab sprang und brüllte. Neben ihr stand ein Fiat Punto. Es war Herr Maaysen.

Er wollte hinunter, aber von der bunten Schülermasse unten erhielt er nichts als spöttisches Gelächter.

Die Leiter zum Dach fehlte, und als die Feuerwehr Herrn Maaysen endlich mit einem Kran von seiner Pein erlöste, war er so durchgefroren, dass er die nächsten drei Wochen im Bett verbringen musste. Bis sein Auto vom Schuldach verschwand, dauerte es fast genauso lange, und es benötigte wieder die Hilfe der Feuerwehr.

Alle wussten, dass Nathan, der in einiger Entfernung grinsend auf einer Bank saß und einen Joint rauchte, der Verantwortliche war. Aber nicht einmal die Polizei konnte seine Schuld beweisen, noch konnte sie herausfinden, wie das Auto samt Herrn Maaysen, der einen Filmriss hatte, auf das Dach gelangt waren.

Seitdem bekam Nathan keine schlechtere Note mehr als eine Zwei. Sogar das Verbrennen der Schulaufgabe hatte keine Konsequenzen für ihn, im Gegensatz zu Herrn Maaysen. Dieser war wie verwandelt nach seiner Rückkehr. Er wurde ein ängstlicher und zuvorkommender Lehrer, der immer zitterte, sobald Nathan das Wort erhob. Es war fast schon schade, als er am Ende des Schuljahres kündigte.

Als Held feierten wir Nathan trotzdem nicht. Er blieb der verschrobene Außenseiter.

Er war ein notorischer Schulschwänzer und wenn er mal auftauchte, wirkte er selten nüchtern, noch an uns Mitschülern interessiert. Man sah ihn oft in Bücher vertieft, die für uns so kryptische Titel trugen wie *Das Sein und das Nichts*, *Entweder - Oder*, *Also sprach Zarathustra*, *Warum Krieg?* oder *Naked Lunch*.

Seine Zeugnisse gehörten trotzdem soweit ich weiß zu den besten der Schule. Er galt als hochintelligent, auch wenn weder Schulpsychologen noch Pädagogen ihn dazu bringen konnten, sich entsprechend zu verhalten.

Er besaß eine befremdliche Aura, als wäre er nicht von dieser Welt; wie ein Prophet. Und er wusste über Dinge Bescheid, die kaum einer von uns verstand, egal ob es um Quantenphysik oder Psychologie ging, und diskutierte sie bei Gelegenheit oft breit mit unseren Lehrern aus, bis sie vor ihm kapitulierten. Nicht selten vollführte er auch merkwürdige Tricks und Wunder, wie den Streich an Herrn Maaysen, die sich nicht mit Logik und Physik allein erklären ließen.

Manchmal habe ich das Gefühl, er wäre ein Messias gewesen, der von Alpha Centauri entsandt worden war, um die menschliche Rasse zu bekehren, aber dann beim Anblick ihrer Dummheit resigniert hatte.

Er glich aber mehr einem Dämon als einem Menschen. Ich hatte, um ehrlich zu sein, Angst vor ihm – und auch allen Grund dazu, wenn man bedenkt, wie es Herrn

Maaysen ergangen war und wie launisch Nathan zu sein schien.

Ich war zwei Jahre lang mit ihm in einer Klasse und schaffte es, ihm die ganze Zeit aus dem Weg zu gehen. Wahrscheinlich hätte ich nie ein Wort mit ihm gewechselt, wenn nicht die Berlinklassenfahrt am Ende des zweiten gemeinsamen Schuljahres gewesen wäre. Man teilte mich mit ihm, Luis und dem anderen Klassensonderling Jakob in ein Zimmer ein, weil Luis und ich es nicht mehr geschafft hatten, in einem anderen Zimmer unterzukommen.

Nun gab es kein Entkommen mehr vor dieser merkwürdigen Kreatur. Ich machte mich auf alles gefasst: von wilden Drogenorgien in unserem Zimmer bis hin zu Polizeieinsätzen und üblen Streichen. Bald merkte ich aber, dass meine Angst vor ihm großteils unbegründet war. Er war mir gegenüber gleichgültig, vergrub sein Gesicht in Büchern, rauchte Joints oder verschwand für Stunden spurlos. Er schien kein Interesse an mir zu hegen, und auch nicht daran, uns Schwierigkeiten zu machen. Bald entspannte ich mich in seiner Nähe.

Es war schließlich die Abschlussfahrt der 10ten Klasse – die letzte Woche vor den Sommerferien, nach denen mit der Oberstufe und dem Abitur der Ernst des Lebens auf uns wie ein Regen aus Nackenschellen eindreschen sollte. Keiner von uns wollte Stress; ich schon gar nicht.

Kapitel I:
High mit dem Messias

Am dritten Abend der Fahrt hatten wir frei und alle aus unserer Klasse gingen zur Spree feiern.

Nun ja, fast alle. Jakob, der auch in meinem Zimmer war, sagte und tat wie immer nichts. Er lag einfach auf seinem Bett und hörte Musik. Er war halt ein introvertierter Autist, glaubte ich zumindest damals. Er sprach nie mit irgendjemandem aus unserer Klasse; nur durch seine Meldungen im Unterricht wussten wir, dass er nicht stumm war.

Und noch jemand wollte nicht mit, nämlich Nathan, was mich wunderte. Zum ersten Mal fragte ich mich, was dieses Wesen eigentlich machte, während wir feierten; wohin Nathan verschwand, wenn wir auf Ausflügen waren; was er dachte und fühlte; und, ob er wirklich so verrückt war, wie wir alle glaubten.

Ich machte mich gerade in unserem Zimmer fertig für die Feier, als mir diese Gedanken kamen. Ich schielte zu Nathan hinüber.

Er lag auf seinem Bett, nur in Boxershorts, in seinem Mundwinkel steckte ein qualmender Joint und auf seiner flachen Brust lag ein Buch. Irvin Yalom, irgendetwas mit Psychoanalyse und Existentialismus.

Luis stand bereits in der Tür, kämmte seine aufgestylten blonden Haare und betrachtete sich selbst in der Kamera seines iPhones.

»Ähm, Nathan«, fragte ich zögerlich. Es waren die ersten Worte, die ich jemals an ihn richtete. Er reagierte nicht. »Kommst du mit zur Spree?«

Ohne von dem Buch aufzusehen, antwortete er: »Wozu?«

»Du weißt schon: saufen, kiffen. Spaß haben. Wir haben Unmengen an Wein und Bier. Bierpong spielen. Ludwig hat sogar Gras, also wenn du mehr willst. Wir machen halt Party.«

»Klingt langweilig«, sagte Nathan, zog an seinem Joint, nahm ihn aus dem Mund und tippte ihn in einem Aschenbecher neben seinem Bett ab. Er sah mich noch immer nicht an, atmete aus und sagte: »Alkohol ist scheiße. Tut euch so einen Dreck nicht an.«

»Saufen ist geil«, rief Luis. »Kommst du jetzt? Es ist doch besser, wenn der Irre hierbleibt.«

»Warte«, entgegnete ich. Plötzlich durchdrangen mich die leuchtend blauen Augen Nathans. Mein Atem stockte. Ich spürte die sezierende Kälte seines Blickes auf mir und wollte mich abwenden, aber im selben Moment befahlen mir Nathans Augen, weiterzusprechen. Ich gehorchte – wie ich später oft gehorchen sollte, wenn sein Blick mich traf.

»Was ist daran langweilig? Es macht Spaß. Ich dachte, du wärst ein Partylöwe. Ich habe von deiner Hausparty vorletztes Jahr gehört. Das soll der Hammer gewesen sein. Und was ist schlecht an Alkohol?«

Ich konnte es nicht fassen. Der wahrscheinlich größte Junkie der Schule erklärte mir mit einem Joint im Mundwinkel, Alkohol sei Dreck. Wie sollte ich das nachvollziehen?

Nathans Blick zerschnitt mich, drang tiefer. So musste sich eine Zwiebel fühlen, wenn man sie schälte: fürchterlich. Nathans Stimme war scharf und es schwang ein feindseliger Unterton mit: »Alkohol ist ein

Gift. Es tötet Zellen in deinem ganzen Körper und versetzt dich in ein ekelerregendes Delirium. Es macht dich zu einem dummen, kotzenden Idioten, der keinen gescheiten Satz mehr auf die Reihe bringt. Null Mehrwert. Und Partys langweilen mich schon seit Jahren. Inhaltslose kollektive Zeitverschwendung, von der ich nur Kopfschmerzen kriege.«
»Sagt der Typ mit einem Joint in der Hand«, rief Luis.
»Ist medizinisches Cannabis. THC-frei, macht nicht high. Es enthält nur gesundes Cannabidiol. Ich rauche das nur wegen des Geschmacks und wegen der gesundheitsfördernden Wirkung.«
»Ah, was auch immer du laberst. Komm, gehen wir«, drängte Luis. Er war ungeduldig, wollte saufen und Mädchen aufreißen. Das hatte ich wenige Minuten zuvor auch noch gewollt, aber nun glaubte ich, dass Nathan interessanter sein könnte. Ich hatte das Gefühl, an der Schwelle zu etwas viel Größerem zu stehen: zu einer anderen Welt, einer Parallelwelt der Mainstreamrealität, in die mich nur Nathan führen konnte. Tief in mir sehnte sich irgendetwas schrecklich danach, speichelte vor Verlangen, über diese Schwelle zu treten. Wie Alice dem weißen Kaninchen einfach ins Wunderland zu folgen.
»Ich bleibe hier«, sagte ich.
Luis starrte mich an, als hätte ich gerade verkündet, Lepra wäre keine Krankheit, sondern ein geiler Lifestyle. Dann zeigte er mir den Vogel und rief beim Hinausgehen: »Du hast dich bei dem Irren mit einem Hirnschaden angesteckt.« Die Tür des Hostelzimmers krachte zu.

»Idiot«, sagte Nathan. »Und warum bleibst du jetzt hier? Erwartest du etwa Entertainment von mir?«
»Ich … ich glaube, dass du recht haben könntest oder so. Ich will wissen, was du jetzt machst und was besser sein soll als eine Party. Ich will etwas Neues erleben, meinen Horizont erweitern und du bist ja … Ich will dich nicht beleidigen, aber du bist etwas anders als die meisten, und irgendwie macht mich das neugierig.«
»Anderssein ist in einer kranken Gesellschaft wie dieser nicht selten etwas Wunderbares, also danke für das Kompliment«, sagte Nathan, zog an seinem Joint und blätterte eine Seite um. Ich trat von einem Bein aufs andere.
»Wie hast du das mit Herrn Maaysen eigentlich gemacht?«
»Ein Zauberer verrät niemals den Zuschauern, wie seine Tricks funktionieren, sonst wäre es ja langweilig.«
»Und seinen Schülern?«, fragte ich unwillkürlich. Nathan sah auf und musterte mich. In seinen Augen funkelte eine Mischung aus Neugier und raubtierhaftem Hunger. Er lächelte arrogant.
»Denen schon, sofern sie soweit sind.«
Ich holte tief Luft. »Okay. Kann ich dein Schüler werden? Zumindest für den Abend«, sagte ich und spürte, wie das Blut in mein Gesicht schoss. Ich fühlte mich wie ein kleines Kind, lächerlich. Wozu bemühte ich mich überhaupt, mich bei so einem arroganten Arschloch einzuschleimen?
»Warum nicht«, sagte Nathan und zuckte mit den Schultern »Dann bist du jetzt halt mein Schüler.« Ich spürte ein elektrisches Kribbeln in mir aufsteigen, aber Nathan widmete sich wieder seinem Buch und zog an

seinem Joint. Ich stand vor ihm, wartete, er blätterte um, runzelte die Stirn, wohl wegen einer komplizierteren Passage. Ich räusperte mich.

»Ähm, Nathan?«

»Hmm.«

»Du liest doch nicht die ganze Zeit, oder?«

»Nein. Ich hatte eigentlich vor, mich mit Kratom wegzuballern, um es nicht mehr mitzubekommen, wenn ihr von euren Feiern zurückkommt.«

»Kratom? Was ist das? Eine Droge?«

»Eine Droge.« Er stand auf, drückte den Joint aus und ging zu seinem Spind.

Ich spürte das Adrenalin in meinen Adern kribbeln. Ich stand an der Schwelle zum Wunderland, kurz davor zu springen, aber trotzdem noch verunsichert, ob ich das wirklich wollte.

»Was ist das genau? Ist das illegal? Also eigentlich, du weißt, ich ... ähm, trinke und kiffe nur gelegentlich. Ich nehme keine harten Drogen.«

»Danach wirst du nicht mehr trinken. Und der Begriff ›harte Drogen‹ ist Bullshit. Wenn überhaupt, dann ist Alkohol eine harte Droge. Das ist doch höchstens als Desinfektionsmittel vernünftig zu gebrauchen: Die toxischen Effekte überwiegen jeden Nutzen. Es ist nur legal, weil es eine *Tradition* ist.« Er spuckte das Wort aus, als wäre es brauner Dreck in seinem Mund.

»Übertreib mal nicht«, wandte ich ein. »Alkohol ist schädlich, aber nicht so extrem. Natürlich, es gibt auch Alkoholsüchtige, aber das ist doch im Vergleich zu anderen Drogen eher harmlos, und man wird davon auch nicht irre, wie von irgendwelchen Halluzinogenen oder Crack oder so Zeug. Wenn es wirklich so schädlich ist, wäre das doch bekannt oder sogar verboten, und alle würden darüber reden.«

»Es ist bekannt. Es sitzen mehr Leute mit einer Alkoholpsychose in der Klapse als wegen Cannabis oder irgendeiner anderen Droge, auch wenn das in der Öffentlichkeit gern heruntergespielt wird. Google mal Dr. David Nutt oder die Pharmakinetik von Ethanol oder die Statistiken der Bundesdrogenbeauftragten. Siebenundsiebzigtausend Alktote jedes Jahr allein in der BRD, aber die Menschen sind eben ignorant, wenn es um ihr liebstes Betäubungsmittel geht. Und selbst wenn man auf die Gesundheit scheißt. Ich finde die deliriöse Wirkung einfach nur widerlich.«

Nathan machte mit einer Handbewegung deutlich, dass das Thema vom Tisch war.

Er griff in den Spind, holte ein Buch hervor und legte es auf den Tisch. Für einen Herzschlag glaubte ich in einem Anflug erregter Verwirrtheit, es wäre eine Art Zauberbuch oder Lexikon, aber dann las ich überrascht, dass es ein Reiseführer für Indonesien war.

Er klappte es auf. Die Seiten waren zusammengeleimt und der größte Teil war herausgeschnitten. Dort befand sich ein Tresor. Er schloss ihn auf, nahm ein Tütchen heraus und verstaute das Buch wieder im Spind. Er kam mit dem Tütchen zu mir und hielt es mir vors Gesicht. *Kratom* stand drauf. Es war gefüllt mit einem bräunlich-grünen Pulver, das mich an Matcha erinnerte.

»Es ist legal, falls es dich interessiert«, sagte er. »Es wurde sogar von der Bundesopiumstelle durchgewunken, weil es zu harmlos und zu unbekannt ist, um es zu verbieten.«

»Und was ist das jetzt genau? Eine Pflanze?«

»Jo. Um genau zu sein: die pulverisierten Blätter eines Baumes, der in Südostasien wächst. Die Schlitzaugen konsumieren die Blätter seit Jahrhunderten, und in den USA gibt es zurzeit etwa sechs Millionen Kratomkonsumenten. Bisher gab es keinen einzigen bekannten Todesfall, der sich direkt darauf zurückführen lässt. Es ist also recht sicher und erprobt, nur in Europa kennt das irgendwie kein Schwein.«

»Cool. Also ein sicheres Legal High … aber wie wirkt das jetzt? Ich dachte, die meisten dieser legalen Sachen würden nichts taugen?«

»Oh, die meisten ja, aber *das* Zeug taugt richtig. Es entspannt dich total, ohne deine Gedanken zu verwirren. Es hebt dich auf eine Wolke, ohne deinem Körper zu schaden, und du wirst keinen Kater davon kriegen. Glaub mir, das wird dir gefallen.«

»Okay«, sagte ich, »klingt gut.«

»Du willst es also probieren?«

»Ja, warum nicht? Wenn es sicher ist und zum Schülersein gehört …« Ich grinste.

»Keine Ahnung, ob es dazugehört. Ich war noch nie Lehrer. Eigentlich halte ich auch nichts von solchen Autoritätsstrukturen, aber heute kann man ja mal eine Ausnahme machen.« Nathan zuckte mit den Schultern; damit war alles gesagt.

Er zog eine Feinwaage aus seiner Hosentasche und stellte sie zusammen mit drei Pappbechern, die er aus seinem Reisekoffer zauberte, auf den Tisch.

»Jakob, willst du auch mal probieren?«, fragte Nathan.

Jakob, der bisher die ganze Zeit geschwiegen hatte, sah von seinem Bett zu uns auf, dann sagte er: »Ja.«

Ich war wie paralysiert. Jakob hatte noch nie mit einem von uns gesprochen.

Er war ein hochintelligenter Eigenbrötler, aber Nathan hatte wohl bereits länger Kontakt mit ihm, dem lockeren Umgangston nach zu schließen.

Wer mit Jakob sprechen und ihn zum Drogenkonsum animieren konnte, der musste übernatürliche Kräfte besitzen. Dieser Gedanke verwunderte mich aber nicht mehr, schließlich kannte ich Nathan bereits seit zwei Jahren. Und spätestens seit dem Vorfall mit Herrn Maaysen hatte mein Glaube an die Realität Risse bekommen.

Nathan legte einen Fetzen Papier auf die Waage, maß für jeden von uns etwas Pulver ab und schüttete es in die Becher. Dann verschwand er damit ins Bad und kam mit drei Bechern voller Schlamm zurück. Aus seinen Taschen zauberte er mehrere Tütchen Kaffeezucker, wohl geklaut aus einem Restaurant, und entleerte sie großzügig in die Brühe.

»Ich habe leider nicht die richtigen Zutaten dabei, aber mit Zimt, Zucker, Kakao und etwas Schokoeis kann man daraus köstliche Shakes machen. So wird das wie Hundescheiße schmecken, aber ihr werdet es nicht bereuen. Es wird die Pforten eurer Wahrnehmung ein Stück weiter öffnen und euch einen angenehmen Abend bescheren.« Er leerte seinen Becher in einem Zug.

Jakob und ich nahmen unsere. Ich starrte die Brühe an. Sie roch wie Grüner-Matcha-Tee und sah auch irgendwie so aus. Ich hatte von Kratom noch nie zuvor gehört. Möglicherweise war alles, was Nathan mir darüber erzählt hatte, gelogen. Es hätte ein tödliches

Gift oder einfach nur eines dieser wirkungslosen Legal Highs sein können. Wie die Katzenminze, von der Luis mal erzählt hatte, und von der er ohne eine echte Wirkung, außer Übelkeit, mehrere Joints geraucht hatte.

Vielleicht war es auch einfach nur getrockneter, wieder aufgeweichter Schlamm. Wer wusste schon, was sich dieser Verrückte so gab? Ich fühlte mich an die Szene in *Matrix* erinnert, in der Morpheus Neo die blaue Pille des Vergessens und Konformität anbietet und die rote Pille des Erwachens in die Realität. Gleichzeitig bestand aber auch immer dieses unterschwellige Gefühl, beides könnte Fake sein.

War Nathan ein Erwecker oder ein Betäuber – oder ein Illusionist? Waren die Pforten der Wahrnehmung, von denen er sprach, echt oder eine Wahnvorstellung?

Ich würde es erfahren. Ich könnte es googeln und mich in langwierige Recherchen verstricken. Oder die Sache wie ein Abenteuer direkt angehen. Ich wählte Letzteres und nahm einen Schluck.

Es schüttelte mich und ich verzog das Gesicht. Das Zeug schmeckte wirklich wie Hundescheiße und unendlich bitter.

»Austrinken, komplett«, befahl Nathan. Ich gehorchte.

Mit einem Zug leerte ich den ekelhaften Schlamm und warf den Becher in hohem Bogen in den Mülleimer. Jakob tat es mir gleich. Es schüttelte mich erneut. Alles zog sich in mir zusammen.

Nun gab es kein Zurück mehr, ich hatte mich dem Verrückten ausgeliefert. Ich hatte alle Sicherungsschnüre gekappt und stürzte ins Ungewisse. Ich hatte Angst, aber keine Zeit mich darin zu

vertiefen, denn Nathan ging bereits wild mit den Armen fuchtelnd und kommandierend an sein Werk.
»Jakob, hast du *Pink Floyd* auf deinem Smartphone? Bei meinem ist der Akku alle.«
»Ja«, sagte Jakob, »*The Division Bell*?«
»*The Division Bell*, richtig. Das ist mein Mann. Fang mit *High Hopes* an, danach vielleicht das Album *Obscured by Clouds*, das passt auch, und vergiss nicht *Comfortably Numb* in die Playlist zu tun.« Und an mich gerichtet: »Du kennst *Pink Floyd* wahrscheinlich nicht, oder?« Ich schüttelte den Kopf. Der Name kam mir bekannt vor, aber ich konnte ihm nichts zuordnen.
»Was für Musik hörst du so?«
»Vor allem Rap. Manchmal auch Pop, aber nur auf Partys halt«, sagte ich.
»Den gleichen Mainstreamrotz wie alle also«, schnaubte Nathan verächtlich.
»Pop ist wirklich meistens Rotz. Aber bei Rap und Hiphop kann man das nicht pauschal sagen«, wandte Jakob ein. »Eminem ist gut, Lemur ist klasse und die ersten Alben von Genetikk sind auch okay. Du kannst ein Genre nicht gleich verurteilen, nur weil der Großteil davon schlecht ist.« Ich kam nicht umhin, ihn anzustarren. Ich hatte ihn vor diesem Tag noch nie normal reden hören. Und hier, im Beisein Nathans, bildete er sogar ganze Sätze über so triviale Sachen wie Musik. War das real oder war ich bereits mitten im halluzinogenen Drogendelirium?
Ich zwickte mich, als keiner hinsah, aber es tat weh und änderte nichts an der Situation.
»Ja. Ja, du hast recht, sorry. Ich vergesse immer Eminem. Und die alten Alben von Genetikk sind

tatsächlich auch gut«, sagte Nathan. »Da waren sie noch nicht Kommerz; sie waren authentisch und hatten noch etwas Neues, bevor sie auf die langweilige Mainstream-Gangstarrapperschiene gewechselt sind. Heutzutage ist aber kaum noch jemand authentisch: alle verbogen und verlogen, Langweiler. Egal. Daniel, hast du eine Musicbox?«
Daniel. Daniel Vogt. Ich bekam eine Gänsehaut, als ich Nathan meinen Namen sagen hörte.
»Ja, habe ich.« Ich holte meinen Rucksack und nahm die Box heraus.
»Hat sie Bluetooth?«
»Jep.«
»Gib sie Jakob. Jakob, *High Hopes*. Wir wärmen uns damit hier auf, bevor wir uns nach draußen verziehen. Ich habe bereits gestern ein nettes Plätzchen zum Chillen ausgemacht.«
Nathan nahm von einer Stuhllehne ein abgeranztes weißes Shirt. Er schlüpfte hinein wie ein Wiesel.
Plötzlich hörte ich Kirchenglocken läuten und das Surren von Bienen. Es kam von allen Seiten; wie ein ätherisches Orchester. Ich war verwirrt, doch dann spielten engelhafte Keyboardklänge und eine göttliche Stimme setzte ein. »*[Aus urheberrechtlichen Gründen kann ich den Songtext nicht zitieren, googelt oder duckduckgot ihn.]*«, und ich realisierte, dass das die Musik war, die aus meiner Box kam und mich vom Kratom getragen in ihren magischen Bann zog.
»Setzt euch, Leute, lasst die Wirkung kommen«, sagte Nathan, plumpste auf den Boden, lehnte sich an seinen Koffer und schloss die Augen. Ich setzte mich ihm gegenüber und lehnte meinen Rücken an die Wand,

Jakob nahm neben mir Platz. Ich ließ mich in die Musik fallen. Normalerweise hätte mich ein so ruhiges und langsames Lied innerhalb von Sekunden gelangweilt, aber nun genoss ich es. Meine Unsicherheit, Aufregung und mein Misstrauen gegen Nathan schmolzen langsam dahin wie Schnee im Frühjahr.
Ich spürte, wie das Kratom wirkte: wie Wärme durch meine Adern kroch. Ein Kribbeln stieg in meiner Seele auf und wurde von Minute zu Minute stärker, während ich immer tiefer in mir selbst und der Musik versank. Ich fühlte mich geborgen, als würde mich ein Engel umarmen. Ich sah Nathan an. Er war wie ausgeschnitten, als hätte ihn ein übernatürlicher Künstler in die Collage des chaotischen, mit Kleidungsstücken und Müll überhäuften Hostelzimmers hineingeklebt. Die Musik war herrlich. Nie zuvor hatte ich Töne auf diese Art und Weise wahrgenommen. Die Tonleitern erhoben sich über mir und rauschten in die Tiefe. Ich hörte jedes Instrument einzeln und gleichzeitig ihr harmonisches Zusammenspiel, das wie in Wellen durch meinen Körper drang und alle meine Sinne gleichzeitig verführte. Vor meinem inneren Auge eröffneten sich weite Wiesen mit leuchtend grünem Gras und stechend blauem Himmel. Ich glaubte sogar, die britische Luft riechen zu können.
Wir schwebten so vor uns hin, sicherlich eine halbe Stunde, vielleicht auch eine ganze, vielleicht auch zwei, wer weiß das schon. Wir hörten mehrere Lieder, aber wir kamen letztendlich zurück zu *High Hopes*.
»Versteht ihr, worum es in diesem Lied geht?«, erklang Nathans Stimme wie die eines Erzählers aus dem Off.

»Drogen?«, fragte ich und lächelte. Ich hatte das Gefühl, in einer warmen Wattewolke zu schweben.

»Nein. Kindheit«, sagte Jakob.

»Kindheit?«, fragte ich, milde verwundert.

»Kindheit«, bestätigte Nathan. »Es geht um das größte Drama der menschlichen Existenz: das Erwachsenwerden und Abstumpfen.«

»Du redest gern über deine Meinung vor dich hin, kann das sein? So wie vorhin bei Kratom und dann bei Musik«, fragte ich. Nathan sah mich irritiert an.

»Ähm, ja … Stört dich das?«

»Ne, passt schon. Hatte das nur irgendwie nicht erwartet. Ist aber interessant, mach weiter«, sagte ich.

»Erinnert mich irgendwie an einen Podcast.«

»Okay. Also wo war ich?«

»Das größte Drama«, sagte Jakob.

»Ah ja, stimmt. Also. Als Kinder sehen wir die Welt als ein einziges Wunder: Alles ist verheißungsvoll und interessant, jedes Atom kann uns begeistern und wir ziehen uns alles rein. Doch wir werden irgendwann erwachsen und ernüchtern. All die Wunder werden plötzlich zu kalkulierbaren physikalischen Reaktionen ohne tieferen Sinn. Das Leben erscheint sinnlos, öde und leer.«

»Ist es ja auch«, sagte Jakob.

»Das ist ziemlich zynisch«, sagte ich.

»Eben. Jakob ist ein super Beispiel, aber nicht nur er. Wir alle desillusionieren, geben auf und werden zu einem gewissen Grad zynisch mit der Zeit. Nicht alle gleich stark, aber niemand kann sich diesem Prozess ganz entziehen. Jeder Mensch geht aber anders damit um. Manche flüchten sich in dumpfen Konsum oder

Religionen oder andere Ideologien, die uns Mystizismus, Sinn oder Heil vorgaukeln. Da ist Zynismus eigentlich noch die gesündeste Form. Er ist zumindest ehrlich, aber auch er tötet innerlich ab und lässt einen erkalten.«

»Lieber kalt wie ein Eiswürfel als labil wie eine Pfütze«, sagte Jakob.

»Aber wozu das alles überhaupt? So wie du das formulierst, klingt das irgendwie krankhaft, aber das ist doch der ganz normale Prozess des Erwachsenwerdens«, wandte ich ein.

»Ja eben, das ist ja das Schlimme. Es ist Teil des normalen Werdegangs, man kann sich dem nicht entziehen. Sei doch mal ehrlich: Findest du es toll, erwachsen zu werden?«, sagte Nathan.

»Ja, schon irgendwie. Als Erwachsener ist man freier und erfahrener, hat viel mehr Möglichkeiten.«

»Aber man muss auch mehr machen und man verliert sehr viel, unter anderem die naive Reinheit des Lebens. Jene kindliche Reinheit, die alle Religionen vergöttern. Wenn man erwachsen wird, beginnt man die Welt zu verstehen und wird kritisch. Damit stirbt für einen die Magie, die Welt verliert ihr geheimnisvolles Funkeln. Das Verheißungsvolle, das Neue, die Romantik. Sie alle sterben, und mit ihnen häufig wir als Menschen. Das Leben ist kein Leben mehr, es ist ein langsamer Sterbensprozess, in dem alles immer profaner und kälter wird. Heutzutage beschleunigen Aufklärung und Digitalisierung diesen Prozess noch mehr. Die Menschen leben länger, aber nur, um sich in Jobs abzurackern, mit einer sinnlosen Existenz zu hadern und dann in Altersheimen zu versauern. Bereits als

Kinder werden sie mit der harten, apollinischen Naturwissenschaft konfrontiert und sterben innerlich. Ein Vogel ist kein wunderbares Geschöpf mehr, er wird zu einer biochemischen Maschine, Religionen werden zu haltlosen Lügengebilden, das Individuum eine Ressource und Zahl in der globalen Wirtschaft.«
»Das ist aber die Realität«, sagte Jakob.
»Zumindest nehmen wir an, dass es die Realität ist, und diese Realität tut weh.«
»Das ist traurig«, sagte ich, auch wenn ich mich nicht traurig fühlte. Ich fühlte mich gut, ich spürte Frieden, ich war losgelöst von allem Negativen und betrachtete es von außen.
So wie ich da saß, fühlte ich mich wie der Häuptling eines Indianerstammes, der gerade die Friedenspfeife mit der ganzen Welt geraucht hatte, und nun erfüllt und etwas erschöpft in das Feuer der Existenz starrte. Das Feuer war Nathan, und es sprach zu mir, und ich lauschte neugierig. Sämtliche Vorbehalte, sämtliche Hemmungen und Ängste gegenüber diesem Verrückten waren nun komplett vom Rausch hinweggespült und durch Vertrauen und Respekt ersetzt worden.
»Ja, es ist traurig, aber kein Grund aufzugeben und auch keiner, um zu weinen. Man muss lernen, den Schmerz zu akzeptieren, ja, ihn gar zu zelebrieren«, sprach mein Prophet. »Das Erwachsenwerden ist hart und viele verrohen daran, aber es öffnet auch tausend neue Türen zur Magie, man muss sie nur finden. Und überhaupt erst suchen! Daran scheitern die meisten. Aber nicht ich und genauso wenig ihr! Ich brenne lieber aus, als dass ich versauere und desillusioniere!

Und jetzt haben wir genug herumgesessen und gequatscht, es wird Zeit zu leben!«
Nathan stand unvermittelt auf. Er zog sich seinen hellgrauen Hoodie über und setzte eine schwarze Pilotenbrille auf, obwohl draußen bereits die Sonne über den Hausdächern unterging. Das Lied endete.
»Wir gehen raus«, sagte Nathan und griff sich eine Flasche Wasser und eine Packung Tortillachips, bevor er durch die Tür verschwand. Ich hatte keine Möglichkeit, zu protestieren. Ein Stich ging durch mein Herz, ich wollte mich nicht von meiner Wolke erheben. Ich fühlte mich zu müde, zu entspannt, aber dann tat ich es doch, und die Wolke folgte mir und machte mich aktiv, drang in mein Fleisch ein und gab ihm Kraft. Die Müdigkeit und Tiefenentspannung wichen Neugier und Energie. Wie durch einen warmen Nebel glitt ich, während ich die Treppe des Hostels hinunterwanderte.
In der Lobby verabschiedeten wir uns von unseren Lehrern, die uns ermahnten, vor elf Uhr zurück zu sein. Es war erst sieben.
Draußen war es wunderschön. Der Beton schimmerte, das Glas glitzerte im Sonnenuntergang rot-golden wie Diamanten. Die Konturen traten hervor, die Farben waren kräftiger, die Klänge sanfter, alles verschmolz zu einer harmonischen Melodie, die ganze Welt wirkte poetisch. Ich hatte keine Halluzinationen, alles war wie immer, nur fielen mir all die kleinen, schönen Details erst jetzt auf. Alles wirkte intensiver, frischer. Ich war gefühlt das erste Mal auf der Welt, ich war wieder ein Kind, und Nathan war mein Führer durch dieses Wunderland, er war mein neuer Vater.
»Ich bin plötzlich richtig wach«, sagte ich zu Nathan.

»Das ist bei Kratom immer so. Es verstärkt deine positiven Empfindungen. Wenn du aktiv sein willst, macht es dich aktiver, wenn du dich zurücklehnst, entspannt es dich.«

»Nice«, sagte ich und nickte. Dann fragte ich, ohne recht zu wissen, warum: »Ist das die Realität?«

»Ja und Nein. Wir sind, wie auch im Alltag, noch weit davon entfernt. Du hast erst die Tür deiner Lügenblase aufgemacht. Du bist noch nicht einmal wirklich über die Schwelle getreten. Und vergiss nicht: Du bist high. Auf Drogen siehst du genauso wenig die Realität wie nüchtern, du siehst nur eine andere Verzerrung der Realität, andere Phänomene. Es geht darum, möglichst viele verschiedene Verzerrungen kennenzulernen und dann daraus die echte Realität zu konstruieren.«

»Zeig mir mehr«, rief ich überschwänglich, obwohl ich mir nicht sicher war, Nathan richtig verstanden zu haben. Ich war euphorisch von der Droge und der adrenalinschwangeren Aufbruchsstimmung, die einen immer packt, wenn man eine Grenze überschreitet und Tabus zerschmettert. Mir gefiel das alles. Ich war keinen ganzen Abend im Bann des Propheten Nathan und war bereits besessen von ihm und seiner exzentrischen Weltsicht.

»Geduld.«

»Was muss ich tun?«, fragte ich und verkniff es mir, ein launiges »Meister« anzufügen. Nathan wirkte plötzlich tatsächlich wie ein Mentor aus einem Kung-Fu-Film. Aber einem mit animierten sprechenden Tieren und überdrehten Effekten, keinem seriösen.

»Erst einmal: Streich ›müssen‹ aus deinem Wortschatz. Du bist frei. Alles, was du tust, tust du, weil du dich

dafür entscheidest. Du musst deinen eigenen Weg gehen«, sprach Nathan.
Ich nickte. Plötzlich kam neue Musik aus der Box. Sie war rockiger, fetziger, punkiger. Es war *Jesus of Suburbia* von *Green Day*.
Der Songtext erzählte von einem Typen, der in einer Vorstadt rumgammelte und sich mit Ritalin zudröhnte. Wie passend, denn wie ich später erfahren sollte, verdankte auch unser Messias seinen Wahn nicht nur dem Ritalin, sondern kam auch tatsächlich aus einer Vorstadt. Einem wahnsinnigen Vorort Münchens namens Unterhaching, der neben einem verlassenen Flughafen lag und in dem es nur so von Potheads und Spinnern wimmelte.
Die Musik ließ mein Herz höherschlagen, die Harmonie zerfiel zu einer energiegeladenen Eufonie der Gefühle. Nathan tanzte über den Bordstein, ich tat es ihm gleich. Jakob folgte uns mit der Box. Wir kamen zu einem Kinderspielplatz inmitten einer Betonblocksiedlung.
»Zieht euch das rein! Mitten in der öden Wüste aus Armut, Beton und Hoffnungslosigkeit: ein Brunnen des Friedens, der Kindheit. Lasst uns spielen!« Nathan warf sich auf die Schaukel und begann manisch kichernd hin- und herzuschwingen.
Ich starrte ihn einen Moment lang an. Er war damals 17, ich 16, beide also mindestens ein Jahrzehnt zu alt, um auf einem Kinderspielplatz zu spielen, ohne wie Idioten dazustehen.
Ich zuckte mit den Schultern. Mir war total egal, was die Gesellschaft von mir dachte, ich war high und Spielen klang verlockend. Ich stieg auf die Schaukel

neben ihm und begann, ebenfalls zu pendeln. Die Welt tanzte in einem Kaleidoskop, ich lachte, flog hin und her, immer höher in die Ekstase. Der Wind zerrte erfrischend an meinen Haaren und Klamotten. Nathan schwang neben mir, ebenfalls immer höher und wilder.
»Ist das nicht geil?«, rief Nathan.
»Und wie!«, schrie ich. Das war besser als jede Achterbahn, die ich in den letzten Jahren ausprobiert hatte. *High Hopes* und Nathan hatten Recht: Das Erwachsenwerden war ein Drama. Ich dachte daran, wie ich als Kind geglaubt hatte, dass, wenn ich intensiv und lange genug schaukelte, sich die Schaukel überschlagen und ich mit Überschall in eine andere Dimension katapultiert würde. Verrückte Kindergedanken, aber plötzlich wirkten sie wieder so nah. Und ich schwang und schwang und schwang immer höher, und so tat es Nathan. Es war, als könnte er meine Gedanken lesen.
Plötzlich, als wir beide am höchsten Punkt waren, ließen wir synchron los. Die Ekstase entlud sich wie ein Orgasmus. Ich war ein Vogel, ich flog über den Kinderspielplatz, lachte. Ich breitete meine Schwingen in der Wolke aus Wärme und Glück aus. Grinsend landete ich in einem Gebüsch und überschlug mich. Nathan neben mir, wir lachten, ich spürte keinen Schmerz.
»Kommt, lasst uns wieder etwas Musik hören und entspannen«, sagte Jakob, der die ganze Zeit auf einer Bank danebengesessen und zugeschaut hatte.
Wir liefen zu einem Rasenfleckchen neben dem Spielplatz und ließen uns nieder. Die ganze Welt schwankte ein bisschen, um mein Sichtfeld herum

wuchsen die hässlichen Betonblöcke der Plattenbausiedlung gen Himmel, und ich versank im warmen, kuscheligen Gras.

Ich war müde, das Kratom drückte mich richtig in den Boden. Aus der Musikbox liefen abwechselnd *David Bowie-*, *Pink Floyd-*, *Green Day-* und irgendwelche *PsyTrance*-Stücke. Es war wunderschön, die Erde umarmte mich, die Nymphen der Natur säuselten mir die Lieder ins Ohr, ich fühlte mich gut, aber nicht dumm oder verwirrt, nur ruhig und zufrieden, bis in den Kern meiner Seele entspannt. Wir schwiegen, ließen die Tortillas und das Wasser kreisen. Allein beim Geruch der Maischips kreierte mein Gehirn Bilder von weiten, großen Maisfeldern. Ich kaute langsam, teils aus Trägheit, teils aus Genuss.

Es wurde immer dunkler. Es gab keine Beleuchtung auf dem Spielplatz, sodass wir bald vereinzelte Sterne am Himmel funkeln sahen. Ich dachte nach. Luis und meine anderen Freunde, die nun an der Spree saßen, lachten über sinnlose Dinge, torkelten verwirrt umher und kotzten und qualmten alles voll. Das kam mir auf einmal dreckig und abstoßend vor. Es war heiter und machte Spaß, aber jetzt wirkte es traurig, das Saufen: Es war irgendwie so stumpf, so pseudoerwachsen.

Warum sollte man sich so etwas antun, wenn man doch die Welt so schön mit Kratom genießen, wenn man wieder ein Kind sein konnte, ohne die Klarheit der Gedanken zu verlieren? Ich war froh, Nathan gefolgt zu sein. Ich sah zu ihm hinüber. Er starrte träumerisch zum Himmel, als könnte er irgendwo da oben zwischen den Sternen eine lang verlorene Heimat sehen.

»Daniel«, sagte er plötzlich.

»Ja?«

»Was siehst du, wenn du zu den Sternen aufblickst?«

»Ein paar Sterne, aber nicht alle. Die meisten kann man wegen des Lichts der Stadt nicht sehen.«

»Hmm … interessant. Und was symbolisiert die Stadt für dich?«

»Zivilisation, Fortschritt«, sagte ich, ohne nachzudenken. Es sprudelte aus mir heraus. »Meinst du etwa, dass das Wissen des Fortschritts und unser zivilisiertes Leben uns blenden? Sodass wir nicht mehr die Wahrheit sehen können, nicht mehr die erhabenen Dinge wie Sterne, die Lichter anderer Welten?«

Was hatte ich da gesagt, was für eine krude Logik hatte mir das Kratom entlockt? Ich wollte mich schon dafür entschuldigen, dass ich Bullshit gelabert hatte, aber Nathan kam mir zuvor.

»Das war nicht das, worauf ich hinauswollte. Aber es ist ein interessanter Gedanke. Unsere Gene sind nicht für die Zivilisation geschaffen, die ganze Technologie, Facebook, Fernsehen, der moderne Konsumismus: Sie sprechen unsere Instinkte zwar an, fucken uns aber einfach zu hart ab. Wir sind blind durch Reizüberflutung und Propaganda, laufen im Kreis, gefangen in einem sinnbefreiten Materialismus und entfremdet von unserer Heimat, der Erde.«

»Ist Materialismus nicht richtig?«, wandte Jakob ein.

»Epistemologisch, empirisch und ontologisch gesehen, ja, glaube ich, befürchte ich. Aber er kann uns keine Antwort darauf geben, warum und wozu wir existieren. Materialismus allein ist ein fürchterlicher Lifestyle, er hat keinen höheren Sinn und bleibt immer am nackten Boden kleben. Das ist die traurige Wahrheit unserer Existenzen. Er sagt uns, dass wir sterbliche Tiere sind, Wurmfutter. Weil wir allerdings so intelligent sind, wollen wir uns das nicht eingestehen und träumen von mehr. Aber es gibt nichts, oder zumindest können wir es nicht sehen. Es ist uns leider niemals möglich, die Realität wirklich zu erkennen. Das macht alles so absurd.«

»Ist das aber nicht wie bei der heisenbergschen Unschärferelation?«, wandte Jakob ein. »Man kann die Wahrheit nicht erkennen, denn sobald man sie ansieht, verändert sie sich. Du kannst nicht mit Bestimmtheit sagen, dass Materialismus die Wahrheit ist, genauso wenig, wie du dadurch Metaphysik widerlegen kannst.«

»Das ist aber ein sehr materialistischer Standpunkt, die Unschärferelation auf die Wahrheit anzuwenden und damit den Materialismus in Frage zu stellen, der die Unschärferelation überhaupt erst anwendbar macht«, sagte Nathan. »Die Schlange beißt sich in den Schwanz. Es ist ein Widerspruch. Eine Umkehrung aller Werte gegen sich selbst. Fast schon Nihilismus.« Er seufzte. »Und wir wissen wieder nur, dass wir nichts wissen können, und wir müssen glauben und hoffen. Hoffnung ist das Einzige, was bleibt, das süßeste und tödlichste aller Gifte. Die ganze Menschheit, die Industrie, der Kapitalismus, die Wissenschaft, alles läuft auf Hoffnung. Alle hoffen; sie sagen sich ›eines Tages‹, ›wenn genug Geld da ist‹ oder ›morgen‹, ›nur noch etwas‹ oder ›wenn wir das herausfinden‹, aber sie wissen alle tief in ihrem Inneren, dass das ein Gift ist, eine Lüge: Am Ende gibt es kein Ziel. Hat man eins

erreicht, jagt man das nächste bis der Sensenmann kommt und alles futsch ist. Wir jagen und träumen die Zukunft, aber leben immer in der Gegenwart,«
Ich war verwirrt, auf einmal kam ich mir wie ein Trottel vor. Was machte ich hier eigentlich? Ich war high auf irgendetwas Absonderlichem. Ich saß mit einem genialen Autisten und einem Propheten auf einem Kinderspielplatz und verstand kein Wort von ihrem philosophischen Gelaber. Ich sprach diese Gedanken leichtsinnig, vom Kratom enthemmt aus.
»Das stimmt nicht«, sagte Nathan scharf und obwohl ich zugedröhnt war, zuckte ich erschrocken zusammen. »Du bist nicht dumm, du bist kein Trottel, hör auf, dich selbst zu erniedrigen! Mach dich nicht unnötig klein, das machen andere schon genug.«
»Entschuldigung«, sagte ich perplex, denn ich wusste nicht, was ich sonst sagen sollte. Aber das brachte Nathan noch mehr auf die Palme: »Entschuldige dich nicht bei mir! Fuck, Mann. Du hast dich vor niemandem zu rechtfertigen oder für irgendetwas zu entschuldigen, außer vor dir selbst. Entschuldige dich niemals dafür, wer du bist! Wenn du etwas nicht verstehst, dann frag nach und lerne. Aber heul doch nicht rum, dass du nichts weißt. Das ist doch bescheuert!«
»Er ist nicht so weit«, sagte Jakob. Zum ersten Mal glaubte ich, Arroganz in seiner Stimme zu hören. Konnte es sein, dass Jakob nie mit uns anderen sprach, weil er sich für etwas Besseres hielt?
Nathan fokussierte mich. »Noch nicht«, sagte er. Nathans hervorstehenden Wangenknochen und eingefallenen Augenhöhlen ließen düstere Schatten

und harte Konturen entstehen. Seine Augen flackerten wie römische Lichter in der Nacht und ich hatte wieder das Gefühl, sie gäben mir einen Befehl.

»Noch nicht«, wiederholte ich und fügte hinzu: »Aber ich will. Ich will verstehen, wie ihr denkt.« Das wollte ich wahrhaftig. Ich kam mir tatsächlich vor, als hätte ich mein ganzes Leben in einem Schuhkarton verbracht und Nathan war derjenige, der mich nicht nur aus dem Karton herausziehen konnte – nein, er würde mich in die ganze weite Welt führen. Und das wollte ich sehen, ich wollte es erleben, ich wollte ausbrechen aus meinem bisherigen Leben. Ich sagte es ihm, genau so.

Seine Züge entspannten sich. Er lächelte.

»Ich habe es dir doch gesagt«, sagte er zu Jakob. »Dieser Junge hat was. Er ist kein Schaf, er ist ein Wolf wie wir: hungrig nach dem Fleisch des Lebens, keiner, der zu lange das Gras zu seinen Füßen kauen kann, das bereits von der ganzen Herde angeschissen wurde.«

Jakob schwieg.

»Wie kann ich lernen? Worüber habt ihr geredet? Wird Kratom mir den Weg zeigen? Oder andere Drogen?«, fragte ich überschwänglich vom Rausch.

»Nein, Kratom ist höchstens ein schwaches Mittel. LSD könnte dir mehr zeigen, wenn du dich darauf einlässt, aber Drogen sind nur Hilfsmittel. Werkzeuge, die den Lernprozess beschleunigen können, aber nicht zwingend notwendig sind. Im Gegenteil: Sie können extrem zerstörerisch sein. Das ist kein Spielzeug. Vergiss das nie. Hierzu gehört viel mehr als nur Drogen. Es gehört viel Wissen dazu, aber ich kann es dir zeigen, wenn es dich interessiert.«

»Danke«, sagte ich.

»Du bist mir gefolgt. Danke dir selbst.«

Und so wurde ich ein Apostel des Propheten Nathan, und wie es sich bald zeigen sollte, war ich bei weitem nicht der letzte. Nathan stand gerade erst am Anfang.
Wir lagen sicherlich noch eine Stunde im Gras, schwebten im Rausch und Nathan erklärte mir alles, was ich vorhin nicht verstanden hatte. Ich kann mich aber, um ehrlich zu sein, nicht mehr wirklich an viel von dem ganzen philosophischen und physikalischen Gerede erinnern. Viel mehr als das interessierte mich nämlich Nathan: wie er dachte, wie er gestikulierte, wie er einfach die Dinge tat und sagte, die er für richtig hielt, ohne sich einen Dreck um Regeln oder die Meinung anderer zu kümmern. Ich mochte den Klang seiner Stimme mehr als den Inhalt, den sie verkündete.
Ich war angefixt von seinem unkonventionellen Verhalten, seinen Drogen und eingenommen von seinem Charisma.
Als wir ins Hostel zurückkamen, war es bereits 22 Uhr. Ich war schrecklich müde, die Wirkung des Kratoms war bis auf ein schwaches Wohlgefühl verschwunden.
Außer uns war noch niemand von unserer Schule zurück, und sie waren es auch nicht, als wir uns nach dem Duschen schlafen legten. Bevor ich mich umdrehte, sah ich noch einmal zu Nathan hinüber. Er lag genauso in seinem Bett wie Stunden zuvor, als ich gefragt hatte, ob er zu der Party gehen würde. Mit dem Joint im Mundwinkel blätterte er durch die Psychoanalyse.
»Nathan«, sagte ich. Er sah nicht auf. »Ich glaube, dies ist der Beginn einer wunderbaren Freundschaft.«

Er sah noch immer nicht auf und sagte: »Hast du den Film überhaupt gesehen?«
»Welchen Film? Meinst du die Serie *Mr. Robot*?«
»Dachte ich mir. Typisch Postmoderne. Alles kopieren und miteinander vermixen, bis es jeder kennt, aber niemand mehr weiß, woher es kommt.«
»Woher kommt es denn?«, fragte ich neugierig.
»*Casablanca*, ein Film von 1942.«
»Hmm«, sagte ich. »Danke. Gute Nacht«.
»Gute Nacht.«
Ich drehte mich um und schloss die Augen, aber ich brauchte lange, bis ich wirklich einschlief. In meinem Kopf begann eine Gedankenschleife.
Was, wenn alle Kunst, alle Schrift, alle Filme, alle coolen Zitate nur eine Kopie oder eine veränderte Kopie von einer Kopie von einer Kopie gemischt mit einer Kopie von einer Kopie und so weiter waren? Die Sprüche von heute, die Kopien der von gestern; die Filme von heute, Kopien von Hamlet, Hamlet nur eine modifizierte Kopie von griechischen Dramen, die griechischen Dramen eine Kopie der Göttersagen, die Göttersagen eine veränderte Kopie der Naturreligionen und so weiter und so weiter. Gab es dann überhaupt Originale? Was war noch echt und authentisch und was war nur der Mix aus allem Vorhergegangenen? In diesem Gedankenkarussell gefangen sank ich in einen unruhigen Schlaf. Das erste Mal erlebte ich dabei auch die wirren, surrealen Opioidträume, die das Kratom verursacht, aber ich vergaß ihren Inhalt, kaum dass ich die Augen wieder öffnete. Sie hinterließen einen verwirrenden, kunterbunten Nachgeschmack; wie eine

Packung Gummibärchen, die man in Gulasch aufgelöst hat.

Kapitel II:
Kratomträume

Wolkendecken aus Gold zerreißen am Himmel, Blut strömt von den Bergen und sammelt sich in den Tälern, wo im Kreis der schwarzen Ziegen sich die Frau ohne Gesicht aus dem rotem Teich erhebt. In ihren bleichen Händen hält sie eine zerbrechliche Blume aus blauem Kristall. Und in ihrer Blüte liegt eine Erdkugel und auf dieser leben wir. Kleine dumme Kreaturen, ohne Ahnung, ohne Zweck, ohne Ziel.

Ein insektoider Wanderer durchstreift die atmenden Ackerfelder auf der Suche nach seinen Innereien. Er hat sie verloren. Auf dem Schwarzen Brett stand, dass sie nicht bei Ikea sind, also müssen sie woanders sein. Der Wanderer fragte eine dicke Larve, die auf einer gigantischen Valiumtablette wohnt, nach dem Weg nach »woanders« … und jetzt ist er in dieser Einöde. Ich muss weinen, während ich das im Fernseher sehe, der in einer Ecke meiner schmuddeligen Wohnung steht.

Ich bin ein Lama. Ich habe einen langen Hals. Ein kleiner verschwitzter Latino mit einem Nietzsche-Schnurrbart und einem Sombrero fickt mich in den Mund. Er hat einen langen Penis, mindestens 50 cm, und er geht rauf und runter meinen langen Hals. Ich bekomme kaum Luft durch meine verstopfte Nase. Ich weiß bereits jetzt, dass ich morgen vom Fick heiser sein werde. Der Latino schreit: »Los siento, no tengo mis deberes! Mania, Manaña, Tortillas buenas!«

Das knabbert hart an meiner Psyche, und um diesen Stress auszuhalten, lasse ich mich gleichzeitig von

einem anderen langschwänzigen Latino in den Arsch ficken. Dieser sieht genauso aus wie der, der mich in den Mund fickt, aber er schreit: »Tacos! Tacos y Nachos! Nachos y Tacos!« Immer und immer wieder, wie ein Pokémon seinen Namen.
Doch dann habe ich eine Erkenntnis: Das alles ist nicht real. Die Wände schmelzen, die Latinos auch, wie Wachsmalstifte im Backofen auf 220 Grad Umluft.
Ich bin kein Lama.
Ich bin ein Huhn, das fliegen kann. Ich habe Triebwerke an meinen Flügeln und ich rase mit Überschallgeschwindigkeit an einem Militärkampfjet vorbei und klatsche seine Windschutzscheibe mit weißer Kacke voll. Ich muss gurren und quaken, der Kampfjet stürzt ab und in das Weiße Haus, das in Flammen aufgeht, zusammen mit Präsident Marrschall Metters, dem ersten weißen Schwarzen seit Michelle Jackensohn. Bloß wurde M&M weiß geboren und musste sich nicht anmalen, und er konnte auch mit Kettensägen umgehen. Mit Kettensägen werden auch meine Küken geschreddert, denn ich kann nicht fliegen. Ich bin nur ein Huhn in einer Legebatterie. Ich bin high von den Medikamenten, mit denen ich vollgepumpt werde, seitdem TITIP eingeführt wurde. Das ist das Highlife auf einem halben Quadratmeter. Ich gebe zu, ich bin ein Snob. Nathan steht grinsend in einer SS-Uniform vor dem Käfig. Er hat einen Flammenwerfer. Dann erkenne ich: Ich bin Nathan und Nathan ist ich, und ich eröffne das Feuer auf den Käfig und die Hühner darin. Ich verbrenne. Bin ich jetzt ein Chicken-Nugget oder einfach nur Fried Chicken? Gibts mich auch im Bucket und 2go?

Ich verlasse manisch lachend die Hühnerfabrik und sie stürzt hinter mir ein.
Muuh. War ein Joke, ich bin eine Kuh. Ne, warte, bin ich nicht. Ich bin kein Toaster, das weiß ich.
Ich bin schon ich, oder ich bin ich, wer ist überhaupt ich, und wenn ich nicht ich ist, wer bin dann ich? Nathan ist Jesus, oder bin das nur ich? Ich singe ein Lied, ich weiß den Titel nicht. Es ist spanisch.
Das erinnert mich daran, dass ich tief in meinem Herzen schon immer ein Nietzsche-Latino bin. Ich bin ein Nietzsche-Latino und ich ficke ein Lama in den Hals, während ich mich dafür entschuldige, dass ich meine Hausaufgaben nicht gemacht habe und gleichzeitig nach Tacos rufe. Denn ich bin auch der langschwänzige Nietzsche-Latino, der das Lama in den Arsch fickt. Das Lama ist das Leben. Ich bin das Leben. Ich bin das Lama.
Das Leben fickt mich in den Arsch, ich ficke das Leben in den Arsch, ich ficke mich selber in den Arsch, denn ich bin ich und ich und ich, Uroboros. Das ist wie in der Gemeinschaftsdusche eines katholischen Jungeninternats: Entweder man fickt oder man wird gefickt, etwas dazwischen gibt es nur sonntags.
Ein weißes Kaninchen sitzt daneben und lacht.
Wozu soll das alles gut sein? Ach ja, stimmt, ich vergaß. War ja klar. Ich darf es nur dem Leser nicht verraten. Moment mal! Träume ich gerade, in einem Buch zu sein? Ich wusste doch, dass ich bei der Lamasache hätte bleiben sollen.
Die Frau ohne Gesicht lacht mich aus.

Kapitel III:
Das Erste Wunder

Als ich am nächsten Morgen erwachte, fühlte ich mich wie neugeboren, als hätte ich über Nacht meine alte Haut abgestreift und wäre ein Anderer geworden.

Alles erschien leichter und frischer, aber auch losgelöst von mir. Ich fühlte mich heiser, aber nach einem Schluck Wasser war das Gefühl verschwunden.

Es war acht Uhr. Nathan war bereits wach, oder hatte gar nicht erst geschlafen, und las in einem einen Roman von William S. Burroughs.

Luis lag in seinem Bett und schnarchte laut, sein Bettlaken war mit Kotze besudelt. Es stank.

Kaum, dass ich aufgestanden war, sah Nathan zu mir auf und fragte: »Und wie fühlst du dich?«

»Großartig.«

»Besser als nach Alkohol?«

»Ja. Kein Kater, nichts.« Ich strahlte. »Was machen wir heute?« Es war unser freier Tag, und ich wollte mehr sehen: von Berlin, von Nathan.

»Wir ziehen uns die Stadt rein, ihre kleinsten, abgefuckten Ecken. Jakob, bist du wach?«

Jakob stand auf und nickte.

Plötzlich klingelte ein Telefon. Nathan zog sein Smartphone hervor, runzelte die Stirn und wischte über den Bildschirm. Er schaltete es aus und steckte es wieder ein.

»Wer war das?«, fragte ich.

»Karl Marx, der alte Penner. Will mich wahrscheinlich wieder um Geld anhauen.«

»Haha. Klar«, sagte ich, weil ich es in meiner Normienaivität für einen Witz hielt. »Und was jetzt?«
»Ich ruf ihn morgen zurück. Jetzt habe ich keine Zeit, schließlich wollen wir raus.«

Eine Viertelstunde später waren wir unten in der Lobby, angezogen, bereit für jedes Abenteuer, in das uns Nathan führen würde. Er trug wieder seine abgeranzten Klamotten, eine schwarze Pilotenbrille und dazu einen Wanderrucksack. Wir frühstückten im Speiseraum der Absteige, als unsere Lehrer auftauchten und uns begrüßten.
Sie lobten uns für unser vorbildliches, reifes Verhalten. Im Gegensatz zu dem Rest der Klasse waren wir nicht durch Alkohol und spätes Heimkommen negativ aufgefallen. Das würde man sich fürs nächste Schuljahr merken. Ich grinste, Nathan verzog keine Miene und Jakob, nun, Jakob machte wie immer eigentlich gar nichts. Er war ein Beobachter, nicht mehr. Aber bei Nathan waren wir zu der Zeit wohl alle nicht viel mehr als Beobachter.
Wir verließen das Hostel und liefen bis zur nächsten Bahnstation: Jannowitzbrücke. Vor dem Eingang zur Bahn, links vom Lidl, lagen ein paar Punks und Obdachlose, ihre nackten Füße waren schwarz vom Dreck der Straße. Die meisten von ihnen schliefen oder rauchten mit verträumtem Blick ihre erste Morgenkippe. Wir gingen gerade an ihnen vorbei, als plötzlich einer der Obdachlosen aufsprang und sich direkt vor mich stellte. Die Alkoholfahne schlug mir, gemischt mit dem Gestank verfaulten Zähne, wie eine Faust ins Gesicht.

Seine gelben Augen traten glasig und hoffnungslos aus ihren Höhlen. Bevor der Obdachlose auch nur ein Wort gesagt hatte, wusste ich, dass er irre war – die nicht mehr lustige Art von irre: »Junge. Komm ich von hier zum Hauptbahnhof?«
»Ähm, ja«, sagte ich verunsichert und unterdrückte das Verlangen, meinen Fluchtreflexen zu folgen und wegzulaufen.
»Junge, kannst du mir helfen?«
»Natürlich«, sagte ich und zwang mich zu einem Lächeln.
»Du musst wissen, ich bin ein Navy SEAL.«
»Ah, okay«, sagte ich.
»Was für eine Bahnstation ist das?«, fragte der Mann.
»Jannowitzbrücke. Sie müssen einfach die S7, S9 oder die S5 stadteinwärts nehmen.«
»Und damit komme ich zum Hauptbahnhof?«
»Ja.«
»Du musst wissen, ich bin ein Navy SEAL. Ich war auf Mission, ich habe mit Agenten der Organisation die Hochebene von Leng gestürmt. Sie war nicht leer. Haha hihhi höhö. Da war ein Buch.«
Der Mann gluckste und zog einen alten zerfledderten Schinken an Buch mit grünem Ledereinband hervor. Ich spürte plötzlich einen seltsamen Drang, es genauer zu betrachten, aber als ich die Hand danach ausstreckte, knurrte der Mann und ließ es wieder unter der Jacke verschwinden. »Mein Buch!«, fauchte er.
»Oh, okay«, sagte ich verunsichert. Seine Züge entspannten sich, sein nebliger Blick glitt durch die Gegend. Und er fing in einem fröhlichen Plauderton wieder von vorne an: »Ich bin ein Navy SEAL,

Jungchen, und ich muss zum Hauptbahnhof von Interzone, eine Bombe entschärfen. Die mentale Bombe entschärfen, die der Kult des Arschlochs gelegt hat. Jaja, genau. Central Station, ich sags dir. Wo ist das?«
»Ja, also, wenn Sie zum Hauptbahnhof wollen …«
»Und da komme ich sicher hin? Ich bin nämlich ein Navy SEAL und ich muss sofort zum Hauptbahnhof. Wenn ich nicht hingehe, dann geht die Bombe hoch und wir werden alle zu Nüßchen. Wie Pistazie!«
Das war mir zu viel, ich steckte fest in einem Gespräch mit einem Irren. Ich hielt panisch nach einem Fluchtweg Ausschau, als sich Nathan zwischen uns schob und die Hand des Mannes ergriff und schüttelte.
»Jo, Mann. Du bist ein Navy SEAL? Cool, nett dich kennenzulernen. Ich bin Nathan.«
Er sagte es mit vollkommener Gelassenheit, als wäre es das Normalste der Welt.
Der Obdachlose erstarrte, eine beklemmende Stille setzte ein, aus seiner Nase lief ein langer, glibberiger Schleimfaden. Er löste sich und klatschte zu Boden. Das Geräusch werde ich nie wieder aus meinen Kopf bekommen.
»Ja, der bin ich«, sagte der Mann und nickte zögerlich, sein vom Suff rotes Gesicht verlor seine Farbe. »Oder wollte ich sein. Oder war ich. Oder sollte ich sein.«
Dann begann der Mann zu weinen, ließ Nathans Hand los und zog eine Flasche Whisky aus seinem verschlissenen Mantel. Als er sie zum Mund ansetzte, erstarrte er, drehte sie in seiner Hand und blickte sie zuerst entsetzt und dann hasserfüllt an. Mit einem lauten Wutschrei schleuderte er sie davon. Sie zerschellte auf der Straße, der Whisky zerlief

goldglänzend auf dem Asphalt. Einige der Punks schrien empört über die Verschwendung. Der Obdachlose fiel auf die Knie und brach wieder in Tränen aus. Er schüttelte seinen zerzausten Kopf und hämmerte mit der Faust dagegen. Immer wieder schluchzte er: »Was habe ich getan? Warum? Wie konnte ich? Was ist aus mir geworden?«
Nathan stand wie ein Richter mit regungsloser Miene über ihm. Ich war zurückgetreten und beobachtete paralysiert die Szene. Sie hatte etwas Magisches an sich, als wäre die Luft elektrisch geladen.
Nathan kniete zu dem Mann nieder und griff nach seinen Händen. Der Penner gefror mitten in seiner Bewegung und hob langsam den Kopf. Ehrfurcht lag in seinen Augen. Nathan nahm seinen Rucksack von den Schultern und zog ein Buch heraus. Er sagte: »Ich tausche das hier gegen deines.« Und er gab es dem Obdachlosen. Der Mann sah es an, seine Hände zitterten, dann griff er in seine Innentasche und holte das grüne Buch heraus. Er starrte es einen Moment an, wie einen kostbaren Schatz, presste die Lippen zusammen und streckte es von sich. Nathan nahm den Schinken an sich, schlug ihn auf und blätterte darin, nickte und steckte ihn in den Rucksack. Als er das getan hatte, zog er etwas aus seiner Hosentasche, was ich nicht erkennen konnte, drückte es dem Penner in die Hand und umschloss diese feierlich mit seinen Händen.
»Beende deine Mission«, flüsterte Nathan und ließ die Hand des Mannes los. Der Obdachlose nickte ehrfurchtsvoll, schob das Etwas in eine Tasche und sah zuerst das geschenkte Buch, dann Nathan an.

Erst jetzt erkannte ich, dass es das Buch von Irvin Yalom war. Es hieß *Und Nietzsche weinte*.
Nathan stand auf und ging einfach weiter, Jakob trottete ihm hinterher. Der Obdachlose setzte sich hin und vertiefte sich in seine neue Lektüre. Ich blinzelte. Was hatte ich gerade erlebt?
Das erste Wunder, welches unser Messias von Alpha Centauri vollbracht hatte.
Ich sah mich um und bemerkte, dass neben mir eine Gruppe Punks stand. Einer von ihnen fragte mich: »Was zur Hölle war das gerade?«
»Wenn ich das wüsste«, sagte ich und zuckte mit den Schultern.
»Hey, Daniel. Wo bleibst du? Wir haben nicht den ganzen Tag Zeit«, rief mir Nathan vom Bahnhofseingang zu. Ich hauchte den verwirrten Punks ein kurzes »Ciao« zu und rannte dem Messias und seinem ersten Jünger hinterher.
»Was hast du mit ihm gemacht?«, fragte ich atemlos, als ich die beiden eingeholt hatte und wir auf die Bahn warteten.
»Nichts Besonderes.«
»Nichts Besonderes? Willst du mich verarschen? Das war ein Wunder! Das ist wie in der Bibel: Du hast einen Penner von seinem Wahnsinn geheilt, du hast ihm sogar ein Buch in die Hand gedrückt und er hat angefangen zu lesen, dabei wette ich, dass er gestern Abend noch Analphabet war.«
»Habe ich das wirklich getan?«, fragte Nathan. »Ich habe ihm einfach nur zugehört, gerade genug, um die Show, die er vor uns und sich selbst aufgeführt hatte, zu zerschmettern.«

»Als ob das so einfach wäre«, sagte ich. »Und was willst du mit dem stinkenden Buch von ihm? Und was hast du ihm da vorhin gegeben?«

Nathan zuckte mit den Schultern, die Bahn fuhr ein und beendete unser Gespräch.

Kapitel IV:
Linksradikale

Wir fuhren zum Alexanderplatz und von da aus bis zur Samariterstraße. Wir schwiegen die ganze Zeit und starrten aus den Fenstern, beobachteten die vorbeiziehende Stadt. Ich war fasziniert: Die Bahn fuhr an dreckigen Industriegebieten vorbei und an vermüllten Bahnhöfen, die allesamt etwas Raues, Wirkliches an sich hatten, anders als die steifen, kalten und saubergeleckten Orte in unserer Heimatstadt München.

Mein Smartphone vibrierte dauernd. Es waren Nachrichten meiner anderen Klassenkameraden. Sie fragten mich, wo ich am Abend zuvor gewesen war und wo ich gerade wäre. Ich war noch immer mit Tippen beschäftigt, als wir ausstiegen. Plötzlich stieß ich mit jemandem zusammen, mein Smartphone fiel zu Boden. »Fuck«, rief ich erschrocken und ging blitzartig in die Hocke, hob mein Gerät auf und erkannte erleichtert, dass es unbeschädigt war.

»Wenn du die ganze Zeit auf das Ding starrst, bekommst du gar nicht mit, was um dich herum geschieht. Und die Dinge geschehen nur einmal, texten kannst du später noch. Die Realität spielt sich noch immer offline ab, auch wenn wir das oft vergessen«, sagte Nathan, der über mir stand. Er war mit Absicht stehen geblieben. Unwillkürlich ballte ich meine Hände zu Fäusten und spürte Adrenalin in mir aufkochen. Doch dann realisierte ich, was ich da gerade tat. Ich stand kurz davor auszurasten, weil mich jemand daran

erinnerte, dass, selbst in unserer digitalen Welt, das Smartphone nicht das ganze Leben ausfüllen sollte. Ich hätte ihm eigentlich dankbar sein müssen, oder zumindest suggerierte ich, oder er, mir das. Ich schaltete das Handy aus, steckte es ein und nickte.
»Okay. Weiter gehts.«
Nathan legte ein schnelles Tempo vor. Wir rannten die Bahnhofstreppe hinunter und raus auf eine große, lange Allee, dann ruckzuck über die Straßen und vorbei an den Ampeln, zwischen denen der ruhige Vormittagsverkehr rollte. Wir bogen von der Frankfurter Allee in die Samariterstraße ein.
Links und rechts von uns waren imposante neoklassizistische DDR-Plattenbauten, alle mit Graffiti übersät, überdurchschnittlich oft mit »ACAB«. Hier und da saßen Menschen in Hauseingängen, ein Radfahrer fuhr vorbei, aber ansonsten war es ruhig. Die Sonne schien freundlich. Müll knirschte unter meinen Schuhen. Ich glaubte, aus der Ferne einen schwachen Marihuanageruch ausmachen zu können.
»Wohin gehen wir eigentlich?«, fragte ich. Diese Gegend war merkwürdig.
»Rigaer Straße 94«, sagte Nathan.
»Was ist da?«
Nathan sah mich an. »Hast du die Nachrichten nicht verfolgt?«
»Naja, schon, aber eigentlich nur den Amoklauf letzte Woche beim Olympia-Einkaufszentrum. Aber da ist niemand, den ich kannte, betroffen gewesen, und sonst interessiere ich mich nicht so sehr für die Nachrichten, um ehrlich zu sein.«

»Überrascht mich nicht, steht ja auch oft genug Müll drin, aber sich ab und zu zu informieren ist alles andere als verkehrt. Es erweitert den Horizont.«
Er hielt inne, ich nickte und er fuhr fort: »Also, in der Rigaer Straße, da gibt es noch richtig besetzte Häuser.«
»Besetzte Häuser?«
»Genau, du weißt schon, welche in denen sich Anarchisten verschanzen und ›Fuck the System‹ sagen. Und da sind wir ja schon!« Wir bogen in die Rigaer Straße ein, Nathan beschleunigte.
»Warum rennen wir eigentlich die ganze Zeit?«, fragte ich und schnappte nach Luft.
»Weil Rennen Spaß macht und man ein gewisses Tempo braucht, um sich ins Leben stürzen zu können«, sagte Nathan. Bevor ich darauf etwas antworten konnte, legte er einen Zahn zu. Wir liefen die Straße hoch. Ich hatte Schwierigkeiten, mit Nathan Schritt zu halten. Er rannte in Ekstase hin und her, im Zickzack um Menschen, Bäume und Laternen herum.
Hohe bunte Mietskasernen verschiedensten Alters und Stils säumten den dreckigen Asphalt wie willkürlich aneinandergereihte Legosteine. Es gab DDR-Bauten mit harten und grauen oder beigen Fassaden, moderne Mietskasernen mit Balkons aus knallbuntem Plastik, aalglatte moderne Hausfassaden mit hohen quadratischen Fenstern und Mauern von großen Innenhöfen. Alles war mit Graffiti überzogen, doch im Gegensatz zu den üblichen Schmierereien waren es teilweise riesige Kunstwerke, die sich zehn, fünfzehn Meter über die Fassaden zogen und mit den Bäumen und wuchernden Efeuteppichen verschmolzen.

Ich fühlte mich wie in einem dichten Dschungel: Alles gehörte zusammen, alles war einzigartig und doch Teil eines abgeschlossenen und harmonierenden Ökosystems aus Graffiti, Beton, Pflanzen und Menschen.

Die Graffiti wurden kunstvoller, Leinen mit Flaggen und Stofffetzen waren über die Straße gespannt. Nathan hielt an, streckte die Arme von sich und sog die Luft ein. Ich und Jakob holten ihn endlich ein. Er war total aufgedreht, wie auf einer Kokainüberdosis, seine Finger zitterten, er sprach vor Erregung wie ein Wasserfall: »Leute, zieht euch das rein! Riecht ihr das, spürt ihr das? Der Geruch von Widerstand, der Geruch von Rebellion und Freiheit! Ah, hier, genau hier, gab es in den letzten Wochen massive Straßenschlachten. Underdogs gegen die Cops. Die Minderheit gegen den waffenstarren Titanen Staat. Hier gibt es noch richtig eingefleischte Autonome.«

Er deutete auf ein hässliches Betongebäude auf der gegenüberliegenden Straßenseite. Es war überwuchert mit Grünzeug, die graue Fassade war mit verrückten Gestalten und Symbolen besprüht, Plakate und Flaggen hingen von den eckigen Balkons. Auf ihnen standen Sprüche wie: »*Macker gibts in jeder Stadt, bildet Banden und macht sie fertig!*«, »*Hände weg von der R94!*«, »*Unseren Hass könnt ihr haben, unser Lachen kriegt ihr nie!*«, »*Rigaer 94 verteidigen!*«, »*United we stay!*« und so weiter. Vor dem Eingang stand ein verschlissenes Sofa, auf dem ein paar Personen saßen und sich mit einigen unterhielten, die danebenstanden. Es war eine bunt zusammengewürfelte Truppe aus ungewaschenen Studenten, Punks, Grünenwählern und Obdachlosen.

Ich fand das Ganze ziemlich abstoßend und fragte mich, was Nathan daran so faszinierte.

»Der Geist der linksradikalen Szene«, seufzte Nathan. »Ist das nicht fantastisch? So anders, so interessant, so kraftvoll. Diese Atmosphäre!«

»Ich hätte nicht gedacht, dass du links bist«, sagte ich.

»Links?« Nathan lachte manisch. »Links. Rechts. Das ist alles was für Idioten: Ideen, geschaffen, um die Realität zu verzerren und die Massen in die Irre zu führen. Nein, Mann, ich feier es einfach nur, dass es hier Leute gibt, die tatsächlich die Eier haben, sich dem System in den Weg zu stellen. Spürst du es nicht? Dieses rebellische Flair? Diesen Gestank von Rebellion und Auflehnung? Das ist geil, aber der Rest ist natürlich Quark. Seht, diese Bäckerei dort. Die war in den Nachrichten.«

Und weg war er, davongehüpft wie das weiße Kaninchen aus *Alice im Wunderland*. Wir hinterher.

Ich holte ihn im Laden ein, als er gerade die Softdrink-Abteilung durchforstete.

»Warum war dieser Laden in den News?«, fragte ich, atemlos vom Laufen, während Nathan seelenruhig eine Dose zwischen seinen Fingern kreisen ließ.

»Es gab eine tagelange Belagerung der Rigaer 94 durch die Polizei, und die Cops haben hier immer zum Frühstück herumgegammelt. Die Betreiber hatten das irgendwann satt und haben ein Hausverbot gegen die Polizei verhängt. Ist das nicht komisch?«

»Für dich ist das alles wohl nur komisch, oder?«

»Exakt. Ich nehme doch keinen dieser Spinner hier ernst«, sagte Nathan der Weise. Der verrückte Messias von Haching, der Obdachlose vom Wahn befreite und

exotische Drogen nahm. »Ich bin sowieso nur ein Tourist, ich gaff die Tiere hier an, zieh mir die Atmosphäre rein und verpiss mich wieder. Glaubst du, das Kokoswasser aus der Dose hier ist gut?«
Er hielt eine blaue Dose in der Hand, auf der »Coco« stand. Ich zuckte mit den Schultern. »Keine Ahnung.«
»Zumindest ehrlich. Ich hoffe es einfach mal.« Und während er zur Kasse ging und sich hinter ein paar Rentnern anstellte, redete er nahtlos weiter: »Ich war mal in Indonesien, da haben sie uns die Kokosnüsse frisch gebracht und mit den Macheten aufgehackt. Mann, ich sag dir, das waren Riesendinger und das Wasser darin war köstlich.«
Was sollte ich darauf antworten? Ich nickte einfach und ging zurück zu den Regalen, wo Jakob stand.
»Er ist heute total überdreht. Irgendwie komplett anders als gestern«, sagte ich zu Jakob.
»Er hat Stimmungsschwankungen«, kam die lakonische Antwort von Jakob, der sich eine Zitronenlimo nahm und davontrottete, um sich hinter Nathan anzustellen. Ich sah ihm gekränkt hinterher. Was machte ich falsch, dass er mich mied? Nein, ich machte nichts falsch. Das war einfach seine Art, und dass er überhaupt mit mir sprach, war etwas Besonderes. Ich ließ meinen Blick über das Regal schweifen, dann nahm ich mir auch ein Kokoswasser, wie Nathan.
Ich dachte mir, was solls, dann probiere ich halt was Neues aus. Um Neues auszuprobieren, war ich ja schließlich überhaupt mit Nathan unterwegs.
Ich eilte zu den anderen, wir bezahlten und schlenderten gemütlich nach draußen. Ich nippte an

dem Kokoswasser. Es schmeckte schal und leicht süßlich, nicht besonders gut. Wenn man aber bedenkt, dass Nathan sogar Kratom genüsslich runterkippte, war es kein Wunder, dass ihm auch so etwas wie Kokoswasser schmeckte.

Kapitel V:
Politisches Geschwafel

Wir bummelten die Straße entlang.

»Was machen wir jetzt?«, fragte ich Nathan, der sich mittlerweile beruhigt hatte und am Kokoswasser nuckelte. Sein Kopf kreiste unentwegt hin und her, neugierig alles beobachtend, wenn auch nicht mehr so rastlos wie zuvor.

»Wir genießen die Atmosphäre, spazieren etwas rum, halten nach irgendetwas Interessantem Ausschau, fahren zurück in die Stadt, essen irgendwo Mittag und ziehen uns coole Sachen rein.«

»Willst du nicht mit denen da reden oder so?«, fragte ich und zeigte mit dem Kopf in Richtung der Gruppe, die vor dem Eingang der Rigaer 94 herumgammelte.

»Ne, ne«, winkte Nathan ab. »Ich wollte mir nur die Gegend hier ansehen, aber ich habe weder die Zeit noch die Lust, mich in ein hirnverbranntes Gespräch zu verwickeln.«

»Erweitert das denn nicht den Horizont, wenn man sich mit solchen Menschen unterhält?«, hakte ich nach.

»Definitiv, ich habe mich aber bereits oft genug mit solchen Menschen unterhalten. Sie machen immer die gleichen Fehler, lassen sich von Doktrinen und ihren Trieben, vor allem Ressentiment, leiten. Sie sind realitätsfern und gehen von einem homogenen und egalitären Menschenbild aus, welches einfach unwahr ist. Lassen wir das. Ich könnte mir den Spaß erlauben, sie in eine Debatte zu verwickeln, aber das würde uns nur Ärger einbringen.«

»Und was ist dann das richtige politische System? Also wenn du nicht links bist, was bist du dann?«, fragte ich.
»Gar keins«, sagte Jakob. »Es gibt keine Perfektion.«
»Das ist ja klar. Es gibt keine mögliche Utopie, aber es muss doch irgendein System geben, das fast perfekt ist«, sagte ich.
»Nein und ja«, sagte Nathan. Er knüllte die Dose zusammen und schleuderte sie locker in einen zwei Meter entfernten Mülleimer. »Die Menschheit, ihre Technologie, ihre Ideen und damit ihre Weltanschauung, die beinahe bedeutender ist als die tatsächliche Welt, verändern sich konstant. Die Menschheit braucht jeden Tag fast schon ein anderes System, manchmal ein individuelleres, manchmal ein kollektivistischeres. Und man darf nie vergessen, dass die Menschheit aus siebeneinhalb Milliarden Individuen besteht, auch wenn die wenigsten davon wirklich individuell sind. Jeder ist aber zumindest etwas einzigartig. Niemals wird man daher alle unter einem System harmonisch vereinen können, alles ist ein Kompromiss.«
»Ja, aber welcher Kompromiss ist der beste?«
»Ich würde sagen, generell ein Minimalstaat, also ein libertäres Konzept. Alles andere macht den Staat zu einem kriminellen Ungeheuer. Je mehr der Staat regiert, desto mehr werden seine Politiker und Bürger korrumpiert. Optimal wäre demnach wiederum sogar *gar* kein Staat, aber das ist utopisch. Es schmeckt halt den ganzen Machtgeiern nicht, und der Pöbel genauso wie der Geldadel würden die damit einhergehende Freiheit nur missbrauchen.

Also hängt es eher vom Zeitgeist ab und man muss sich deshalb am Zeitgeist orientieren. Vor achtzig Jahren war der Nationalsozialismus ein funktionierender Kompromiss, vor achthundert der Feudalismus. Der Anarchismus hat vielleicht vor achttausend Jahren als guter Kompromiss funktioniert, aber der heutige Mensch würde damit nicht zurechtkommen. Die Welt ist zu kompliziert, zu aufgeklärt, entwickelt sich zu rasant und unsere Technologien wie das Internet brauchen starke Organisationen, um funktionieren zu können. Gleichzeitig untergraben die Globalisierung und die sozialen Netzwerke die Macht von Autoritäten und ermöglichen es den Menschen, sich selbst zu organisieren.

Auf lange Sicht werden Internet und Großunternehmen wie Google und Amazon Regierungen abschaffen und die Welt ein Stück anarchistischer machen, aber genauso mit Propaganda vergiften wie die Politiker von heute.

Bis dahin, denke ich, ist die sogenannte Demokratie ein guter Kompromiss für unsere Zeit, auch wenn sie generell ein schlechtes System ist. Bloß weil man in der Lage ist, alle paar Jahre ein Gremium aus Diktatoren zu wählen, ist man lange noch nicht frei. Des Weiteren ermöglicht Demokratie eine Tyrannei der Massen, die keine Ahnung von Politik und Wirtschaft haben und den Weg für Populismus und Unterdrückung ebnen, dem man nur durch Manipulation der Medien entgegenwirken kann.«

»Medienmanipulation? Aber das wäre doch eher etwas für eine Diktatur«, fragte ich erstaunt.

»Hitler ist auch durch die Demokratie an die Macht gekommen. Und Trump ist auch ein demokratisch gewählter Präsident. Oder denk mal an den Atomausstieg. Das war eine populistische Panikreaktion, die weder der Umwelt, noch der Wirtschaft gutgetan, noch die Sicherheit erhöht hat. Ihr einziger Zweck und Erfolg war die Besänftigung der Massen: Propaganda. Eine Demokratie ist nicht viel besser als eine Diktatur, wenn der Großteil des Volkes unaufgeklärt, selbstsüchtig und ideologisch verblendet ist, oder einfach keine Ahnung von den großen Zusammenhängen hat. Eine perfekte Demokratie wäscht mit Propaganda die Köpfe ihrer Bürger oder sie frisst sich irgendwann selber auf. Die ganze politische Welt ist eine Show aus Lügen, Inszenierungen und Bullshit.«

Ich schwieg und versuchte, diese Gedanken in meinem Kopf zu verarbeiten. Das alles ergab irgendwo Sinn, aber anderseits konnte ich es nicht begreifen. Zu viel in meinem Kopf schrie nach Widerspruch und verwirrte mich.

»Und wie soll man jetzt handeln? Also politisch? Was sollte man tun, wenn es eh keinen richtigen Weg gibt?«, fragte ich.

»Das musst du selbst wissen. Es hängt von deinen Prioritäten ab. Politik ist absolut subjektiv. Wenn du Freiheit für alle willst, engagiere dich dafür. Wenn du Stabilität willst, lass dich treiben, folge dem goldenen Mittelweg oder interveniere, wenn du Kräfte spürst, die die Stabilität untergraben. Wenn dir das System wichtig ist, kannst du dich dafür einsetzen, wenn nicht, dann nicht. Dir steht alles offen.«

»Und was machst du?«, fragte ich neugierig.
»Mich juckt die Politik nicht wirklich, um ehrlich zu sein. Ist sowieso alles Beschiss. Solange für mich alles in Ordnung ist und man mir meine Freiheit lässt, ist das okay. Ich mag das System nicht, ich mag das Kollektiv nicht, ich mag die Gesellschaft nicht. Sie unterdrücken mich als Individuum, sie lügen und sie sind korrupt, aber ich akzeptiere sie als notwendiges Übel. Sieh dich um. All diese Häuser, diese Konsumgüter, die Kleider, die wir tragen. All dies gäbe es ohne den Staat, den Kapitalismus und die Gesellschaft nicht. Ohne den braven steuerzahlenden Bürger, der sich ausbeuten lässt, gäbe es keine guten Straßen. Ohne die asiatischen Kinderarbeiter würden deine Klamotten ein Dutzendfaches kosten.
Natürlich ist da die Frage, ob wir das alles wirklich brauchen. Brauchen wir Superstraßen, auf denen wir noch schneller zu unseren verhassten Jobs können? Brauchen wir wirklich Unmengen an billigen Klamotten? Ich nicht, deswegen scheiße ich auf das System.
Ich will keine Steuern zahlen, ich will nicht in die Schule gehen, ich will nicht arbeiten, ich will nicht gehorchen, und ich tue diese Dinge so wenig wie möglich, suche immer nach Schlupflöchern. Ich bin sicherlich kein Vorbild, wenn es um den Lebensstil und das politische Engagement geht.«
»Das ist ziemlich asozial«, sagte ich.
»Du meinst antisozial. Asozial heißt, dass man sich von der Gesellschaft distanziert, antisozial ist, wenn man die Gesellschaft ausnutzt und gegen sie vorgeht. Jepp, ich bin wohl antisozial.«

»Aber stell dir vor, alle würden so handeln«, sagte ich bestürzt.
»Tun sie aber nicht. Invalides Argument«, sagte Jakob.
»Jepp«, sagte Nathan, »willkommen in der Realität. Es wird niemals passieren, dass nur, weil ich etwas auf eine bestimmte Art und Weise mache, alle so handeln werden, daher ist dieser kategorische Imperativ für das reale Leben irrelevant.«
»Ich weiß nicht, was ich davon halten soll. Es ist sicherlich nicht gut. Ich habe dich eigentlich für weise gehalten, aber mittlerweile bin ich mir nicht sicher.«
»Weisheit kann man verschieden definieren. Du denkst gerade in den Bahnen, die dir deine Eltern und die Schule eingebläut haben, mit den schönen Phrasen Kants und den Vorstellungen von Gut und Böse. Natürlich, für das Kollektiv, für die gesamte Menschheit, ist es höchstwahrscheinlich besser, wenn du dich an diese Regeln hältst.«
»Also ist es doch gut, sich an die Regeln zu halten«, wandte ich ein. »Warum tust du es dann nicht?«
»Weil ich nicht kann und nicht will und nicht muss. Meine Prioritäten liegen bei mir selbst, nicht bei den anderen Menschen. Im Ernst, was interessiert mich das Leiden der anderen? Homo homini lupus adhuc. Ich bin ein Egoist und ich bin zufrieden damit, das gestehe ich ehrlich. Außerdem glaube ich, dass ich damit der Menschheit auch dienen kann, besser als wenn ich mich anpasse.«
»Wie soll das gehen?«
»Denk an die ganzen Künstler, an die Wissenschaftler, an die Schriftsteller, an die Rebellen, die unsere Kultur voranbringen. Sie halten sich nicht an die Regeln, aber

dadurch bringen sie der gesamten Gesellschaft mehr ein, als wenn sie sich daran halten würden. Eine Gesellschaft, die nur aus regeltreuen Konformisten besteht, bleibt stehen, schläft ein und stirbt. Sie braucht den Mephistopheles, den Rebellen, der ihr in den Hintern tritt, damit sie sich weiterentwickelt. Sie braucht eine Avantgarde. Die Gesellschaft kann nur durch das Gewöhnliche, durch die konformistischen Massen, existieren. Aber nur durch die Außergewöhnlichen, die, wenn es sein muss kriminellen, Visionären wird sie vorangebracht. Sie braucht Gesetzesbrecher und Pioniere, die ihren kulturellen Horizont erweitern. So einer möchte ich sein, so einer werde ich sein!«

»Und wie willst du das anstellen?«, fragte ich skeptisch.

»Ich will frei sein. Auf allen Wegen. Wahrscheinlich werde ich ein Bohème-Dasein führen, sobald ich mich durch die Schule durchgetrickst habe und alles Notwendige dafür bereitsteht. Ich werde Philosoph, Künstler, Designer, Prophet und Schriftsteller. Frei, unabhängig und authentisch, und ich werde einige Projekte voranbringen, die die Welt grundlegend verändern werden. Oh ja, an diesen Projekten arbeite ich bereits seit einigen Jahren.«

»Und wenn du scheiterst? Wenn niemand deine Bücher liest, niemand dir zuhört? Deine Projekte scheitern? Dann verarmst du doch und bringst weder dir noch der Gesellschaft was ein. Das ist irre, das endet möglicherweise in einem Desaster.«

»Ich habe nur ein Leben«, sagte Nathan. »Und ich werde dieses Leben voll ausnutzen, ich werde diese

eine einzige Existenz, die ich jemals haben werde, dazu verwenden, um zumindest zu versuchen, das zu erreichen, wovon ich träume. All in or nothing. Ich pokere hoch, aber besser hoch spielen als gar nicht.
Ich werde mich nicht anpassen und mein Leben grau und trostlos werden lassen. Verstehst du? Ich kann nicht anders. Ich bin getrieben, der Einsatz ist immens und wenn ich scheitere, ende ich in der Gosse, da hast du sicherlich recht. Aber viel schlimmer wäre für mich ein Leben in den Bahnen des Systems. Allein die Autorität der Lehrer und die Disziplin der Schule fucken mich zu hart ab. Lieber lebe ich wie Diogenes als wie Alexander.«
»Das ist ziemlich riskant«, sagte Jakob.
»Ja, der Meinung bin ich auch. Das ist naiv und unrealistisch«, sagte ich. »Nathan, ist das der Kern deiner Persönlichkeit? Du bist ja wie Peter Pan. Du willst einfach nicht erwachsen werden, dich trotz aller guten Argumente nicht anpassen, oder?«
Nathan starrte uns beide an. »Genau. Das bin ich. Ich kann meinen Kopf nicht beugen.« Er nickte und sah gedankenverloren zu Boden.
Schweigend schlenderten wir weiter. Ich grübelte, versuchte Nathans Gedanken und Ideen zu entwirren und zu verstehen, sie auf mein eigenes Leben anzuwenden, aber es klappte nicht. Mein Verstand sagte mir die ganze Zeit, dass Nathan größenwahnsinnig und irre, aber gleichzeitig irgendwo weise und intelligent war. Ich konnte mich nicht entscheiden, was ich darüber denken – nicht einmal, was ich fühlen sollte. Ein Schwindelgefühl überkam mich, als könnte sich jeden Moment die Straße unter

mir öffnen und ich in einen bodenlosen Abgrund stürzen.
»Weißt du«, sagte Nathan einige Straßenzüge weiter, »ich habe ein wichtiges Argument vergessen. Es ist vielleicht zu offensichtlich für mich, aber du hast es wahrscheinlich noch nicht realisiert, sonst würdest du nicht so reagieren; mit Verwirrung und Widerspruch. Du hast dich verheddert in der Ethik und Politik, aber das sind beides metaphysische Gedankenkonstrukte, geistige Ketten. Sie sind nicht real, nur erdacht von Menschen, weshalb ich sie nicht wirklich ernst nehme. Für mich ist die Welt wie ein Spielfeld und wir haben dieses Spielfeld mit den ernsten Fragen des Lebens vermischt: mit der Frage, wie wir leben wollen und sollen. Du erinnerst dich, ich sagte dir gestern, dass du ›müssen‹ aus deinem Wortschatz streichen sollst?«
»Ja.«
»Verstehst du, warum?«
»Weil es meine Freiheit unterdrückt? Aber das ist doch realitätsfern, ich habe doch Pflichten, es gibt Gesetze und Regeln, wonach …« Nathan schnitt mir das Wort ab: »Eben nicht. Es gibt Gesetze und Regeln nur in den Köpfen der Menschen, genauso wie Ethik und Politik. Natürlich bestimmen sie unser Leben und ermöglichen erst unser Überleben, aber es gibt einen Faktor, der sie alle überschattet. Es gibt eine Sache, die alle philosophischen Überlegungen überschattet und bedeutungslos macht. Weißt du, welche es ist?«
Ich überlegte, dann schüttelte ich den Kopf.
»Jakob?«, fragte Nathan.
»Der Tod?«, fragte Jakob.
»Ja. Der Tod.

Eines Tages wirst du sterben, vielleicht aber schon in fünf Minuten, und eines Tages wird der letzte Mensch sterben, und eines Tages wird das Universum und mit ihm der letzte Tag und der Tod an sich sterben. Die Menschheit wird von den Mahlsteinen der Zeit restlos ausgelöscht werden.

Es wird so sein, als hätte die Menschheit, als hätte das Universum, niemals existiert. Alles, was wir tun, ist letztendlich bedeutungslos. Es ist bedeutungslos, was wir tun, wie wir es tun, sogar unsere Existenz ist bedeutungslos und damit all unser Handeln. Du kannst machen, was du willst. Außer den physischen Gegebenheiten im Moment limitiert nichts dein Denken und Handeln. Und was resultiert daraus?«

»Dass ich frei bin, zu tun und zu lassen, was ich will?«, sagte ich.

»Genau«, lächelte Nathan. »Sieh dein Leben an. Es ist wertlos und es könnte jeden Moment enden. Jeden Moment könnte ein Meteorit diesen Planeten in kleine Fetzen reißen. Fühlst du dich gut? Bist du zufrieden, wie du dein Leben gelebt hast?«

»Ja. Nein. Was. Nein, ich wollte ein Abitur machen und studieren und … Ich kann jetzt nicht sterben, ohne meine Ziele erreicht zu haben.«

»Pustekuchen. Du kannst jederzeit sterben, hier und jetzt. Gegen diese Erkenntnisse blockiert sich der menschliche Verstand, deshalb ziehen auch Soldaten in den Krieg. Alle haben Mitleid mit dem Mann neben ihnen, weil sie nicht glauben, dass sie selber sterben könnten, bis das Blut aus ihren Körper sprudelt. Der Tod ist jederzeit möglich.«

»Ja, aber warum sollte ich dann überhaupt etwas tun oder nicht tun? Das bedeutet ja, dass das Leben überhaupt keinen Sinn hat. Warum sollte ich dann überhaupt leben?«, fragte ich bestürzt. Das Schwindelgefühl schlug stärker auf mich ein, als würde ich auf dem hohen, windgepeitschten Turm der Existenz stehen. Der Asphalt unter meinen Beinen schien nachzugeben wie Knete. Es gab keine Sicherungsseile.

»Das ist eine gute Frage, laut Albert Camus sogar die wichtigste in der Philosophie«, sagte Nathan. »Es gibt keine greifbare objektive Antwort. Du musst selbst entscheiden, wie du damit umgehst. Ich habe für mich entschieden, dass das Leben ein sinnloses Spiel ist. Ich werde nicht, für mich sinnlosen, Zielen hinterherjagen, ich lebe im Moment. Sollte ich jetzt sterben, möchte ich nicht mit Bedauern davonscheiden, sondern mit dem Bewusstsein, mein Leben ausgekostet zu haben. Ich spiele das Spiel nach meinen eigenen Regeln. Du kannst das so handhaben, oder dich den Regeln der Allgemeinheit beugen oder irgendeiner Ideologie. Ist mir scheißegal.« Nathan kickte eine Bierdose aus dem Weg, sie flog auf die Straße und verschwand unter den Rädern eines vorbeirasenden SUVs.

Wir schwiegen. Als wir einen Park erreichten, in dem zwischen Bergen aus Müll Punks herumgammelten und kifften, regte sich Nathan wieder unglaublich auf und verfiel in Ekstase. Jakob hatte recht, unser Prophet hatte Stimmungsschwankungen, aber ich hatte eh keinen Kopf, um mich damit zu beschäftigen. In meinem Gehirn ratterte es. Ich versuchte, all das von Nathan Gesagte zu verstehen und zu analysieren, aber je länger ich mich damit beschäftigte, desto trauriger, hoffnungsloser und verwirrter wurde ich.

Wir fuhren zum Alexanderplatz, aßen dort Sushi zu Mittag und liefen dann von dort zu Fuß zum Hostel.

Im Hostelzimmer angekommen, machten wir erstmal eine Pause. Nathan las in einem Buch, Jakob hörte auf seinem Bett mit Kopfhörern Musik.

Ich dachte weiter über den Sinn des Lebens nach, aber diese Gedanken brachten mich nur zur Verzweiflung. Ich versuchte mich abzulenken, indem ich mit meinen Klassenkameraden chattete.

Wie ich erfuhr, hatten sich die meisten von ihnen aufgemacht, um einkaufen zu gehen oder irgendwo zu saufen. Einen Moment lang wollte ich zu ihnen aufschließen, aber meine Arme und Beine waren schwer, ich war zu erschöpft und träge, um mich zu erheben, und eigentlich wollte ich Nathan nicht verlassen. Ich blieb in meinem Bett liegen, verbrachte die Zeit mit kreisenden Gedanken und schielte mit einem Auge auf das sonderbare Wesen namens Nathan.

Kapitel VI:
Interview mit Herrn Karl M.

Ein rund zwei Meter großes Huhn steht vor der Kamera. Es zuckt unkontrolliert bei jeder dritten Silbe, die es schnattert, mit dem Kopf, auf dem es einen Turban trägt. Im Hintergrund sieht man Hügel und eine Polizeisperre, Blaulichter, Schaulustige. Panzer rollen auf. Vor einem gelandeten UFO, auf dem »DivineTV« steht, unterhält sich eine Gruppe pinker Marsmännchen mit einem Mann, der von Soldaten flankiert wird.

Reporterin: Es ist Ewigzeit 420:1312:56:32:11:45:6635. Ich bin Dokk Doka Rana und hier in Unterhaching unterwegs im Auftrag von *DivineTV* für eine Reportage um den berüchtigten Nathan. Nathan ist im gesamten Multiversum als Terrorist, Provokateur und Sektenführer bekannt und von der Jahova-Regierung zur Fahndung ausgeschrieben. Dieses Unterhaching befindet sich in Bayern, Deutschland, Planet A5T-Terra »Erde« des 4576AC-Universums im Spiegelvektor 3. Ich habe hier einen Mann aufgespürt, der behauptet, Nathan bereits seit vielen Jahrzehnten und in vielen Orten zu kennen. Er möchte unerkannt bleiben und hat uns daher lediglich seinen Vornamen, Karl, genannt. Herr Karl, woher kennen Sie Nathan?

Die Kamera schwenkt auf einen Mann, der neben der Reporterin steht. Sein dicker Körper ist in einen abgewetzten Mantel gehüllt. Er trägt einen breiten grauen Bart und eine Sonnenbrille, sowie eine Arbeitermütze, die tief in sein Gesicht gezogen ist.

Karl: Das erste Mal habe ich ihn in Berlin 1836 getroffen, wenn ich mich nicht irre. Das war, als er eine Vorlesung gestört hat. Es ging um Hegel. Nathan konnte Hegel nie gut leiden. Aber wirklich kennengelernt habe ich Nathan erst post mortem in den Hallen von R'yleh, das war oder wird 2137 sein, beim Aufstand der Roboproletarier gegen die Programmregierung, den ich zusammen mit einem kubanischen Kollegen und einem Typen namens Edgar initiiert haben werde ... oder so. Ich kenn ihn auch rückläufig: Er hat in den 60ern auf der Seite der Kapitalisten geholfen, ein Geschäft, das ich mit den Sowjets aufgebaut hatte, zu zerstören. Wir sind nicht die besten Freunde, nicht immer und überall, aber man kann sagen, wir kennen uns sehr gut und sind keine wirklichen Feinde. Wir spielen manchmal Monopoly zusammen und ich habe ihm Geld geschuldet haben, werden, hatte oder so. Ich muss zugeben, diese ganze Multiversumsache verwirrt mich noch immer, auch wenn sie mir einige lustige Nebenjobs verschafft hat. Ich bin noch recht neu in der Sache, und auch nicht, zumindest hier.

Reporterin: Sie sind ein sogenannter Mensch, nur um das für die Zuhörer klarzustellen, oder? Sie können Zeit normalerweise nur linear wahrnehmen und nur die drei Grundraumdimensionen, oder?

Karl: Genau. Ein »Homo sapiens«, wie wir uns selber nennen. Der Rest stimmt glaub ich auch, allerdings bin ich mir da unsicher.

Reporterin: Gut. Ist Nathan in der Vergangenheit oder woanders eine andere Person gewesen? Ändert er sich? Hat er sich geändert, seitdem oder bis Sie ihn kennen? Wie schätzen Sie ihn ein?

Karl: Das ist schwer zu sagen, wie man sich sicherlich vorstellen kann. Ich kann aber mit Gewissheit sagen, dass er der Sache des Proletariats nicht gedient hat. Man darf aber nicht vergessen, dass Nathan, trotz all seiner Macht, ein Jugendlicher ist, der noch nicht einmal seine ewige Pubertät abgeschlossen hat. Er ist ein verwirrter, sprunghafter Junge, der viel hinausposaunt, als hätte er die Weisheit mit dem Löffel gegessen, und dabei so viel übersieht und leugnet und sich wie ein Kleinkind aufführt. Er verursacht Chaos und genauso wie er nichts ernst nimmt, kann man auch ihn kaum ernst nehmen. Er ist egozentrisch, seiner Welt krankhaft entfremdet, wie leider viele heutzutage. Er hat sich zu allem Überfluss im Existentialismus und seinen Brüdern Absurdismus und Nihilismus verirrt.

Reporterin: Würden Sie den Existentialismus als gefährlich betrachten?

Karl: Ja und nein: Der gewöhnliche Mensch sollte ihn wohl vergessen und zu seiner Arbeit zurückkehren. Die Irrwege, auf die man abrutschen kann, sobald man das existentialistische Gefühl erlebt hat, können letal enden. Aber es hängt immer von der Ausrichtung ab. Man kann Existentialismus auch positiv ausrichten, wie Jean-Paul und Maurice das sehr gut demonstriert und vorgelebt haben. Nathan hat aber, wenn ich so darüber nachdenke, manchmal mehr mit einem irren Zen-Meister oder Nietzscheaner gemein als mit einem Existentialisten. In seinem Kern ist er aber wohl ein trauriger desillusionierter Romantiker.

Reporterin: Sehen Sie Nathan als eine Gefahr an?

Karl: Ich muss leider eingestehen: ja. Ich mag ihn eigentlich, aber die Konsequenzen seines Handelns werden, sind, haarsträubend und leider unvermeidbar, wie wir alle mittlerweile wissen werden.

Reporterin: Wissen Sie, wo sich Nathan zurzeit aufhält?

Karl: Nein. Ja. Ich bin verwirrt, um ehrlich zu sein. Können Sie mir vielleicht ein oder zwei Bier spendieren? Dann fällt es mir vielleicht wieder ein.

Die Kamera schwenkt wieder auf die Reporterin, Nahaufnahme ihres Schnabels.

Reporterin: Vielen Dank für dieses Interview. Das war Dokk Doka Rana im Interview mit Karl, einem Bekannten von Nathan, für *DivineTV*. Bleiben Sie jetzt dran, um live die Qakelyn-Meisterschaften der Blobs auf T5-3 zu erleben.

Die Kamera schaltet um auf ein Tennisfeld. Auf jeder Seite des Netzes liegt ein grünlicher Schleimhaufen, aus dem Tentakeln in die Höhe ragen. Absolut nichts geschieht. Eine Trompete ertönt. Ein Punkt mehr für den linken Haufen.

Kapitel VII:
Explosion

Am späten Nachmittag, ich sah gerade auf meinem Smartphone ein paar YouTube-Clips und ärgerte mich über das langsame Hostel-WLAN, sprang Nathan abrupt von seinem Bett und klatschte in die Hände: »Zeit, wieder aufzubrechen!« Sofort legte ich mein Smartphone beiseite. Ich wollte wissen, was Nathan als Nächstes tun würde und am meisten wollte ich herausfinden, wer oder was er wirklich war. Ich hatte Angst, und zugleich war ich aufgeregt.

»Wohin geht es?«, fragte Jakob.

»In die dunklen Gassen der Stadt. Jetzt ziehen wir uns mal den Dreck rein«, rief Nathan und beließ es bei der Erklärung. Er schulterte den Rucksack und stürzte aus dem Hostelzimmer. Wir ihm hinterher.

Wir liefen wieder zur Jannowitzbrücke. Bereits aus der Ferne konnten wir eine schwarze Rauchsäule zum Himmel aufsteigen sehen.

»Hey, was ist das? Irgendetwas brennt da!«, rief Nathan. Martinshörner heulten über der Stadt auf. Mein Hals schnürte sich zu. War das ein Terrorangriff? Oder ein weiterer Amoklauf? Ich hatte Angst, im Gegensatz zu Nathan, der natürlich lossprintete, um sich das Ereignis aus nächster Nähe reinzuziehen.

Ich zögerte, aber als auch Jakob losrannte, schloss ich mit rasendem Herzen auf. Wir kamen zur Kreuzung, überquerten die Straße und liefen unter der Brücke hindurch. Autos hielten an. Ein Feuerwehrwagen raste heulend vorbei, gefolgt von zwei Einsatzwägen.

Das Blut pochte in meinem Schädel. Ich versuchte, mich auf Nathans Rucksack zu konzentrieren, um ihn nicht zu verlieren und mir gleichzeitig nicht zu viele Gedanken über die Situation machen zu können. Nathan blieb abrupt stehen. Ich rannte in ihn hinein, er stolperte, fing sich wieder und sprang aufgeregt hin und her. Er zeigte auf die Quelle des Rauches, einen in Flammen stehenden Mercedes, und rief: »Zieht euch das rein! Ist das nicht geil? Unser erstes brennendes Auto in Berlin!«

Ich atmete erleichtert auf. Kein Terroranschlag, kein Amoklauf, einfach nur ein Auto, das in zweihundert Metern Entfernung brannte.

»Hmm.« Nathan stand wieder ruhig da. »Das ist langweilig.« Dann lächelte er und schnippte mit dem Finger. Das Auto explodierte, verschwand in einem Feuerball und das Krachen der Explosionen und die Druckwelle warf mich vor Schreck von den Beinen. Ich fiel der Länge nach hin, Nathans Lachen hallte wie das eines Dämons in meinem Kopf.

Das Blut zog sich kalt in meinen Hoden zusammen, als wären sie mit Eissplittern gespickt. Das gleiche Gefühl, wie wenn man gerade den Höhepunkt einer Achterbahn verlässt und dem unvermeidbaren Abgrund entgegenrast. Ich blieb einen Moment lang mit geschlossenen Augen liegen, spürte das immense Klopfen in der Brust, hörte das Schreien der Menschen und das Lodern der Flammen in der Entfernung und das Heulen der Sirenen. Ich wollte die Augen nicht aufmachen, ich wollte einfach nur liegen bleiben und mich am Asphalt festkrallen. Er war hart und stabil; das Einzige, von dem ich sicher sein konnte, dass es real war, denn Nathan konnte es nicht sein, dafür ging zu viel schief. Ich schmiegte mich fest an den Boden und kniff die Augen zusammen, aber der Frieden wurde mir nicht vergönnt. Eine Hand packte mich am Kragen und zog mich auf die Beine.

»Hör auf herumzublödeln«, sagte Nathan. Ich war verkrampft wie ein Brett. Die Hände eng an mich gezogen, weigerte ich mich, die Augen aufzumachen. Ich wollte nicht mehr, das war verrückt. Erst der geheilte Obdachlose und dann auch noch eine Explosion durch Fingerschnippen. Mama, weck mich!

»Okay, dann halt nicht«, sagte Nathan und die Hand ließ mich los. Ich stürzte auf den Boden zu, und schlagartig war seine Härte nicht mehr so verlockend. Ich riss instinktiv die Augen auf und fing meinen Sturz mit einem Ausfallschritt auf. Jakob stand vor mir und sah mich fragend an.

»Kommt«, sagte Nathan, »wir gehen weiter.«

»Ich habe Angst«, flüsterte ich Jakob zu.

»Musst du nicht haben«, sagte er und ging an mir vorbei. Ich blieb einen Moment lang stehen, überlegte kurz. Ich betrachtete die Trümmer des explodierten Autos am anderen Ende der Straße, die gerade im Löschschaum der Feuerwehrleute versanken.

Ich hatte mich entschlossen, Nathan zu verstehen, und diese übernatürlichen Ereignisse machten das Ganze zwar unheimlich, aber auch interessanter. Und wie oft würde ich in meinem Leben schon die Möglichkeit haben, an so etwas Verrücktem teilzuhaben?

Ich gab mir einen Ruck, dann drehte ich mich um und folgte den beiden. »Auf ins Abenteuer«, sagte ich zu mir selbst und rang mir ein Lächeln ab.

Kapitel VIII:
Die Cannabisvermehrung von Neukölln

Die Punks vom Vormittag lungerten noch immer an der Bahnstation herum. Sie sahen uns misstrauisch an. Der Obdachlose war verschwunden. Ich fragte Nathan, ob er wisse, wo der Mann jetzt ist.

»Er hat sich auf einem öffentlichen Klo rasiert und gewaschen und jetzt geht er gerade mit seinen paar Mücken beim Discounter saubere Klamotten kaufen.«

Darauf wusste ich nichts zu antworten. Warum hatte ich überhaupt gefragt? Es war doch klar, dass die Antwort nicht »Nein« sein würde und alles andere nur verwirrend. Ich schloss den Mund.

Die Fahrt mit der Bahn verbrachten wir wieder schweigend. Wir stiegen am Ostkreuz auf die S41 um. Ich setzte mich auf einen freien Platz, Jakob und Nathan blieben stehen und unterhielten sich leise. Ich wollte gar nicht zuhören, stattdessen starrte ich aus dem Fenster und versuchte herauszufinden, was real war und was nicht. Ich kam zu keiner Antwort.

Station Treptower Park stieg ein Jugendlicher hinzu und setzte sich neben mich. Seine Haut hatte einen leichten Braunstich, er trug ein gelbes T-Shirt und glotzte ununterbrochen auf sein Smartphone. Er war vielleicht vierzehn. Ich nahm seine Anwesenheit nur am Rande wahr, als er plötzlich zu mir sagte: »Kiffst du?«

»Nein«, sagte ich, eh ich überhaupt realisierte, dass ich es mit einem Dealer zu tun hatte.

»Hast du schon mal?«, fragte der Junge.

»Nein«, sagte ich und zwang mich zu einem Lächeln. Es lief mir heiß den Rücken hinunter, ich sah mich verstohlen um, aber niemand beachtete uns beide. Außer Nathan, der mir zugrinste.
»Willst du mal?«
»Nein«, sagte ich.
»Und deine Freunde?«
»Keine Ahnung«, sagte ich entnervt. Der Junge stand auf und ging zu Nathan. Sie unterhielten sich kurz und Nathan sagte zu mir: »Komm, wir steigen aus.«
Ich erhob mich. Station Hermannstraße.
Missmutig beobachtete ich, wie Nathan mit dem Jungen auf einem Bahnhofsklo verschwand.
»Was macht er da schon wieder?«, fragte ich Jakob, der neben mir stand.
»Keine Ahnung. Aber was erwartest du? Nathans Verhalten ist unberechenbar.«
Nathan kam freudestrahlend mit dem Jungen heraus, der sofort in die nächste Bahn sprang.
»Los, wir ziehen uns jetzt die Gegend rein«, sagte Nathan.
»Okay«, sagte Jakob.
Ich warf einen Blick auf eine Karte an der Wand.
»Wir sind ja in Neukölln. Was wollen wir hier?«, fragte ich.
»Sachen erleben«, sagte Nathan und da war er bereits mit zwei Sätzen die Treppe hoch.
Ich folgte ihm. Es stank nach Pisse. Überall waren Graffiti, der Wind wehte Müll die Stufen hinab. Wir traten hinaus in die kühle Nacht. Es war dunkel, die Sonne war untergegangen, die Lampen tauchten alles in ein dämmriges Gelb.

Eigentlich gab es kaum Beleuchtung – im Vergleich zu München, wo alle paar Meter eine Straßenlampe die Nacht vertreibt.

Ich fühlte mich, als würde ich eine andere Welt betreten: eine gefährliche, eine finstere, eine mörderische, in der der einzige Lichtfleck Nathans manisches Grinsen war. Dieser Typ war durch und durch irre, saß stundenlang regungslos vor einem Buch und dann sprang er auf und rannte lachend und aufgedreht in eine düstere Gegend. Ich versuchte, an seiner Seite zu bleiben, während er mit energischen Schritten voranging. Zu meinem Entsetzen blieben wir nicht auf der noch einigermaßen normal wirkenden Hauptstraße, sondern bogen ab in die zwielichtigen Nebenstraßen und Seitengassen, deren abgestandene Aura uns mit Haut und Haar verschluckte. Wir kamen an Shisha-Bars, Cafés und Mietskasernen vorbei. Ich sah viele Araber, aber auch Weiße, nicht wenige gepierct und in schmuddeligen Klamotten, rauchend, lachend, Bier trinkend. Ein Dunst lag in den Gassen, durchtränkt von Fäkalgestank, Alkohol, Marihuana und Hoffnungslosigkeit.

In der Rigaerstraße war es nicht ganz sauber gewesen, aber hier klebte der Boden förmlich vor unidentifizierbarem schwarzen Dreck. Meine Hände waren feucht, ich erwartete, dass jeden Augenblick jemand mit einem Messer aus dem Schatten treten und uns bedrohen würde. In meiner Brust klopfte das Hasenherz.

Mittlerweile befanden wir uns in einer gänzlich unbeleuchteten Straße. Gelegentlich raste ein Auto an uns vorbei, Rap und merkwürdige orientalische Musik schallten aus Kellern, Wohnungen und einigen dämmrigen Shisha-Bars, ansonsten herrschte ein beklemmendes akustisches Vakuum. Das war keine Gegend der großen Worte. Verdächtige Gestalten gammelten in den Hauseingängen herum und starrten uns mit ihren in der Dunkelheit weiß-gelblich schimmernden Augen an. Manche tuschelten untereinander, die meisten schwiegen wie lauernde Raubtiere.

Das Geschnatter einer lachenden Gruppe Jugendlicher in einer Seitengasse schallte durch die ganze Straße und ließ mich zusammenfahren. Ich fühlte mich klein, angreifbar. Ein kleines Küken, das in den Raubtierkäfig hineingelaufen war und bereits die Blicke der Hyänen und Löwen spürte.

»Nathan, was wollen wir hier? Meinst du nicht, dass es besser wäre, wenn wir zurückfahren?«

Nathan drehte sich zu mir um und lächelte: »Entspann dich, Daniel. Es passiert hier doch nichts. Das ist nicht so wie in den Nachrichten. Ist eigentlich eine voll gechillte Gegend.«

»Ah, komm. Hier gibts nichts«, sagte ich. »Lasst uns umkehren. Jakob, du willst doch auch zurück, oder?«

»Ist mir egal«, kam die lakonische Antwort, die mich noch weiter zusammenschrumpfen ließ. Als Nathan das sah, lachte er und klopfte mir auf die Schulter.

»Okay, du hast mich überzeugt. Wir verschwinden von hier, aber davor muss ich noch eine Sache durchziehen. Das wird mega, vertrau mir.«

Bevor ich irgendetwas sagen konnte, machte er einen Satz nach vorne und lief zu den Jugendlichen, die zuvor gelacht hatten.

Ich folgte ihm wankend, mit einigen Metern Sicherheitsabstand. Als die Jugendlichen ihn sahen, verstummten sie und traten ihre Kippen aus.

»Hey, Leute«, rief er und hob die Hand, »was geht?«

»Wer bist du? Was willst du, Mann?«, fragte ihn ein durchtrainierter Gorilla mit einer Baseballmütze.

»Jo, ich will euch nur was zeigen«, sagte Nathan. Die Gruppe baute sich wie eine Wand aus Muskeln vor ihm auf; die meisten waren größer als er, aber das beeindruckte ihn offensichtlich nicht. Er griff hinter das Ohr des Gorillas und zog ein kleines Tütchen hervor. Gras! Ich biss mir auf die Zunge. War das sein Ernst? Dazu hatte er sich das Weed von dem Kind gekauft?

»Tada«, rief Nathan. »Das gehört glaube ich dir.«

»Willst du mich verarschen?«, fragte ihn der Baseballmützengorilla. Ich konnte hören, wie Springmesser aufsprangen und Knöchel knackten. Ein kleinwüchsiger Junge mit der Gestalt und boshaften Visage einer Ratte grinste mich dumm an.

»Aber nicht doch«, sagte Nathan. Er hob das Tütchen mit seinem rechten Zeigefinger und Daumen in die Höhe. »Seht ihr das?« Dann zog er mit der linken Hand an dem Tütchen und plötzlich hatte er zwei Tütchen, in jeder Hand eins. Er reichte das zweite Tütchen einem kahlgeschorenen Typen in Sportkleidung, der ihn die ganze Zeit misstrauisch gemustert hatte.

»Nimm, ist für dich«, sagte Nathan. Der Jugendliche nahm es wortlos an und hielt es skeptisch gegen das fahle Mondlicht.

»Was soll die Scheiße?«, fragt ein anderer, aber Nathan rief sofort: »Keine Sorge, es ist genug für alle da! Kostenlos!«

Er zog noch einmal an dem Tütchen, und wieder waren es plötzlich zwei. Er warf das zweite einem anderen zu, und ehe ich mich versah, hatte er das fünfmal wiederholt, und nochmal und nochmal.

Die Jugendlichen fingen die Tütchen verwundert auf, während er immer wieder und schneller das Tütchen vermehrte.

»Was zur Hölle? Was isch hir los, Diggha?«, rief einer verwundert, während die anderen um ihn herum bereits eifrig dabei waren, die Baggies einzufangen und den Inhalt zu prüfen.

»Das ist Gras für alle! Kostenlos!«, rief Nathan. »Ich liebe euch, Leute! Heute sollen alle high werden!« Mit diesen Worten schleuderte er in blitzschnellen Bewegungen ein weiteres Dutzend Tütchen zu den Jugendlichen, die in wilden Jubelschreien ausbrachen. Ich rieb mir die Augen. Das konnte nicht wahr sein, er konnte doch nicht allen Ernstes so viel Cannabis gekauft haben. Ich war Zeuge eines weiteren Wunders und ich war nicht der Einzige. Aus der ganzen Straße kamen Menschen, vor allem männliche Jugendliche, angerannt, um zu sehen, was los war.

»What the fuck?«, keuchte ich, als ich mich endlich aus meiner Schockstarre gelöst hatte.

»Weißt du, diese Potheads hier leben nicht vom Brot allein, sondern von jedem Material, das sie high macht«, rief Nathan und zuckte mit den Schultern, während er weiter mit den Tütchen um sich warf.

Es mussten mittlerweile hunderte sein, die sich auf dem Gehweg stapelten. Von überall kamen junge Männer angerannt. Sie schaufelten sich wie verrückt die Tütchen in ihre Taschen, sahen uns aus paranoiden blutunterlaufenen Augen an und drängelten und schubsten sich gegenseitig aus dem Weg.

»Es ist genug für alle da!«, rief Nathan und teilte weiter aus. Bald lagen Kilos im Wert von tausenden Euro auf der Straße. Ich musste halluzinieren, das konnte nicht wahr sein.

»Wie geht das?«, fragte ich Jakob perplex. Er zuckte mit den Schultern. »Ich versuche das seit Monaten herauszufinden. Er ist kein Mensch, glaube ich.«

»Aber was dann?«

»Ein gefallener Engel, vom Herren mit Wahn bestraft«, sagte Jakob.

»Was? Das ist doch Bullshit. Es gibt keine Engel«, sagte ich, aber ich spürte, wie ich daran zweifelte. Etwas war hier definitiv nicht normal.

»Er hat einmal im Schlaf geredet. Er redete etwas von einer Verbannung, dass er nicht wie Luzifer enden wolle und so. Ich kann es auch nicht glauben, aber es ist die einzige schlüssige Theorie, die ich bisher habe, abgesehen von der, dass ich halluziniere«, sagte Jakob.

»Für einen Engel verhält er sich ziemlich diabolisch«, sagte ich.

»Ich glaube, das merkt er gar nicht. Er ist verwirrt, verzweifelt und ich habe den Eindruck, dass er gar nicht wirklich versteht, wie besonders und anders er ist oder was er da gerade macht. Vielleicht glaubt er, nur ein Mensch zu sein. Das, was er im Schlaf geredet hat, könnte ein verdrängter Erinnerungsfetzen sein, oder auch einfach Nonsens. Auf jeden Fall stimmt etwas nicht«, sagte Jakob.

»Das kannst du laut sagen.«

Nathan warf manisch lachend mit Baggies um sich. Wie ein Maschinengewehr verschoss er sie in die grölende Menge, die sich mittlerweile um ihn herum gebildet hatte. Die ganze dunkle Straße war gefüllt mit Gestalten, ein Auto steckte mittendrin fest, einige andere standen dahinter und fingen an zu hupen. Die Männer jubelten, aber ich sah auch welche, die in einem Hauseingang standen, miteinander tuschelten und Nathan düster anblickten. Irgendwo in der Ferne hörte ich Polizeisirenen aufheulen, ein für den Stadtteil sicherlich nicht ungewöhnliches Geräusch, aber es ließ mich zusammenfahren. Mein Herz raste. Wir standen neben genug Cannabis, um für Jahre in den Bau zu wandern, und einer von uns verteilte das Zeug auch noch an Minderjährige. Wie sollten wir das erklären? Und was würde die Polizei bei der Leibesvisitation von Nathan finden? Ein Wurmloch, durch das Gras aus einer anderen Dimension teleportiert wurde? Wer weiß das schon. Ich wollte es zumindest nicht herausfinden. Ich wollte weg, sofort.

»Nathan«, rief ich und packte ihn an der Schulter, »wir müssen los!«

Er wirbelte herum, grinste und rief: »Aber klar doch. Moment.« Er griff unter seinen Hoodie und zog eine große Plastiktüte voller Cannabis heraus. Das waren sicherlich mehrere hundert Gramm.

»Für euch, meine Genossen!«, rief er und schleuderte sie in die vor Freude brüllende Menge. Dann wirbelte er herum und stürzte an mir vorbei, Jakob und ich rannten ihm hinterher, genauso wie der ganze Mob hinter uns.

»Stehenbleiben!« und »Wartet!«, brüllten die Jugendlichen, ihre Sneakers ließen die Straße beben. Ich konnte ihren hechelnden dopegetränkten Atem in meinem Nacken spüren. Sie wollten, dass wir anhielten, dablieben, mehr Gras daließen, und das Schlimmste war: Sie wollten Erklärungen.
Die wollte ich auch, aber zuerst wollte ich lebend weg. Wir rannten quer über die Straße. Autos hielten quietschend und hupend, Nathan sprang über die Kühlerhaube eines Fiats, ich rannte darum. Wir stürzten durch die Gassen und Straßen und fädelten uns durch Menschenmengen, die uns auf wundersame Weise nicht aufzuhalten versuchten. Als wir die Bahnstation erreichten, hatten wir nur noch ein Dutzend Personen an den Fersen. Wir stürzten die Rolltreppe hinunter, Nathan rief nur die ganze Zeit »Schneller, schneller!« und lachte dabei.
Mehrmals fiel ich fast hin. Wir kamen ans Gleis, wo gerade eine U-Bahn hielt. Nathan sprang durch die offenen Türen, Jakob folgte, und gerade, als ich hineinschlüpfte, schlossen sie sich. Einen Atemzug später stürmten die Potheads den Bahnsteig. In dem Augenblick fuhr die Bahn ab. Ich brach schnaufend und nach Luft schnappend auf einem Sitz zusammen. In meinem Kopf drehte sich alles und ich musste fast kotzen, Schweiß tropfte von meiner Stirn auf den staubigen Bahnboden. Jakob saß neben mir und hechelte, sein Gesicht war knallrot; ihm ging es nicht viel besser.
Ich war noch nie in meinem Leben so schnell gerannt. Nathan stand vor uns, war nicht einmal außer Atem und studierte ruhig die Bahnkarte.

Mein Sichtfeld schwamm hin und her, blieb aber trotzdem an ihm haften. Er war kein Mensch, er war einfach kein Mensch, so viel stand für mich bereits fest. Und ich würde herausfinden, was er war.

Kapitel IX:
Ein ganz normaler Tag, fast

Als ich am nächsten Morgen erwachte, war Nathan verschwunden. Ich versuchte, die Erinnerungen des vorherigen Tages als Träume abzustempeln, aber sie steckten zu klar und deutlich in meinem Kopf fest, und Jakob war auch noch da. Ich konnte es nicht mehr leugnen, dass ich mit Nathan an etwas Krankes und Übernatürliches geraten war. Und so zwang ich mich dazu, die Ereignisse nicht weiter zu hinterfragen und einfach weiterzumachen.

Es war der vorletzte Tag unserer Klassenfahrt und es ging wieder mit dem Programm weiter, weshalb es mich nicht wunderte, als Nathan fehlte. (Naja, eigentlich wunderte mich bei Nathan gar nichts mehr.) Er hatte auch die ersten zwei Tage fast durchgehend geschwänzt und sich irgendwo herumgetrieben, während der Rest der Klasse brav mit den Lehrern die Mauer, den Bundestag und den sonstigen Kram besichtigt hatte.

An diesem Tag fuhr unsere Klasse mit der Tram zum Stasigefängnis Hohenschönhausen. Die meiste Zeit hing ich mit Luis und meinen anderen Freunden aus der Klasse ab: Tim, Ludwig, Alina, Sophie und Luis. Sie fragten mich, was ich so in den letzten zwei Tagen mit Nathan gemacht hätte. Sie wussten durch meine WhatsApp-Nachrichten, dass ich mit ihm unterwegs gewesen war, aber ich hatte mich über die Details bedeckt gehalten. Niemand von ihnen kannte Nathan wirklich, weshalb alle gespannt waren, was ich zu erzählen hatte.

Die Einzigen, die davor etwas mit Nathan zu tun gehabt hatten, waren Tim und Ludwig, die ein Jahr zuvor auf seiner legendären Hausparty gewesen waren, bei der es laut ihnen so gut wie keinen Alkohol, dafür aber kiloweise Gras und einen verrückten Schwarzen mit Einhornkostüm gegeben hatte.
Kaum jemand glaubte ihnen die Geschichte von der großen Grasmenge, denn sie waren als die Einzigen von unserer Schule dort gewesen.
Nun, mittlerweile glaubte ich ihnen selbstverständlich, aber ich gab es nicht zu, und natürlich erzählte ich nichts von den fragwürdigen Wundern, die Nathan bewirkt hatte. Ich erzählte nur knapp, dass Nathan wohl nicht ganz so verrückt sei und dass er mir eine Droge namens Kratom gezeigt hätte, die ziemlich cool sei, und dass wir uns die besetzten Häuser reingezogen hatten.
»Kratom?«, fragte Alina skeptisch, nachdem ich geendet hatte. Wir stiegen aus der Tram und machten uns auf den Weg zum Stasigefängnis. »Was ist das?«
»So eine Pflanze. Soll legal sein.«
»Was? Doch nicht eine dieser Kräutermischungen! Weißt du, wie scheißegefährlich die sind?«, fuhr mich Sophie an.
»Damit ist echt nicht zu spaßen«, sagte Tim. „Die schreiben nur, dass da Pflanzen drin sind, aber das, was dich dann high macht, sind so Badesalzdrogen, die da reingemischt werden. Die zerficken einen total.«
»Hey, wartet!« Ich hob beschwichtigend die Hände. »Das ist nicht so ein Zeug. Das ist echt sicher.«
»Und woher willst du das wissen?«, fragte mich Alina.
»Vom verrückten Nathan dem Weisen, oder was?«

»Nathan ist ein richtiger Nihilist-Punk, dem würde ich alles zutrauen, aber niemals vertrauen«, ergänzte Ludwig.
»Chillt mal, Leute«, sagte Luis. »Ich google das gerade. Moment, hier. Der Wikipedia-Artikel.«
Alle sahen zu ihm hinüber. Ich schalt mich währenddessen einen Idioten. Wie hatte ich Nathan trauen können, dass Kratom sicher war? Vielleicht hatte es mein Hirn zerfickt, und dadurch bekam ich nun die Halluzinationen, er würde Wunder vollbringen. Mir war heißkalt, und als ich sah, dass Luis die Stirn runzelte, begannen meine Hände unkontrolliert zu zittern.
»Das Zeug scheint sicher zu sein«, sagte er. »Also, laut Wikipedia soll es in geringen Dosen wie Kokain oder Kaffee wirken und hochdosiert wie Opium, stark schmerzstillend und beruhigend.« Ich atmete erleichtert aus.
»Ja, aber ist das jetzt so Chemie, oder nicht?«, fragte Tim und kratzte sich am Kopf.
»Nein, nein. Das sind die Blätter eines Baumes, der in Südostasien wächst. Die Schlitzaugen dort nehmen das Zeug wohl seit Jahrtausenden und es scheint echt sicher zu sein. Klingt eigentlich nach ziemlich coolem Shit, wenn ihr mich fragt.« Er zeigte uns ein Foto des Kratombaums.
»Pff«, machte Alina. »Ich würde trotzdem keine Drogen nehmen.«
Ich musste an Nathans Hass auf Alkohol denken, und wie er es eine harte Droge nannte. »Alina, ähm, trinkst du nicht Alkohol?«, fragte ich.
»Ja«, sagte sie, »natürlich, aber das ist keine Droge.«

»Was denn sonst? Es verändert deine Psyche, wie alle Drogen«, sagte Luis.

»Ja, aber es ist *legal*!«, sagte sie laut. Ihre Wangen erröteten.

»Das ist Kratom auch«, wandte Luis ein.

»Ja, aber Alkohol ist sicher, das weiß man doch«, sagte Alina und jetzt war die Verärgerung in ihrer Stimme klar und deutlich.

»Also«, sagte Luis, »laut Wikipedia gibt es keine bekannten Todesfälle bei Kratom, trotz tausender Jahre Konsum in Thailand, während in Deutschland, wenn ich mich nicht irre, jedes Jahr ungefähr siebzigtausend Menschen wegen Alkohol sterben.«

»Und was willst du jetzt damit sagen? Dass wir alle Kratom nehmen sollten oder was?«, sagte Alina aufbrausend. Ich beobachtete die beiden voller Faszination. Ich war Luis dankbar für seine unerwartete Unterstützung und gleichzeitig überrascht von Alinas Wut über seine Kritik an Alkohol. Als wäre sie eine religiöse Fundamentalistin, der man gerade gesagt hatte, es gebe keinen Gott. Ihr Kopf leuchtete greller als ihr kirschroter Pulli, während Luis in stoischer Gelassenheit sagte: »Nein, aber ich denke, wir sollten Daniel nicht wegen seines Kratomkonsums nerven.«

»Naja, ich würde es auch nicht konsumieren«, sagte Sophie. »Irgend so ein komisches Kraut aus Asien. Wer weiß, was das für unbekannte Nebenwirkungen haben kann. Aber von mir aus kann Daniel machen, was er will. Lasst uns über etwas anderes reden.«

»Jo, ganz deiner Meinung«, sagte Ludwig. Alina funkelte Luis wütend an, und ich glaubte, in seinem

Gesicht lesen zu können, dass er nur zu gerne weitergeredet hätte.

»Leute, was macht ihr eigentlich so in den Ferien?«, fragte Tim, und damit war das Thema vom Tisch. Alle begannen von ihren Ferienplänen zu erzählen, außer ich, denn ich hatte keine. Also lief ich schweigend nebenher, als Luis plötzlich neben mir auftauchte.

»Also ist Nathan nicht so verrückt, wie er sich gibt?«, fragte er.

»Doch, und irgendwie auch nicht. Er ist auf jeden Fall kein Normie«, fast hätte ich »Mensch« statt »Normie« gesagt, »aber er ist interessant und ziemlich intelligent.«

»Das habe ich mir gedacht«, sagte Luis und nickte. »Wie war das Kratom so?«

»Es war wunderschön. Ich war vollkommen entspannt, ich konnte klar denken und ich war richtig happy. Es war das beste High meines Lebens, wenn ich so darüber nachdenke.«

»Besser als so richtig saufen? Oder als wir damals auf der Orientierungsfahrt im Wald massenweise Köpfe Lemon Haze weggehauen haben?«, fragte Luis erstaunt.

»Viel besser«, sagte ich. »Es war mega. Und ich habe mich am nächsten Tag wunderbar gefühlt. Kein Kater. Keine Trägheit. Nix. Das Zeug ist wirklich nice«, sagte ich und meinte das ehrlich. Kratom war wunderbar gewesen, aber während ich das Luis erzählte, spürte ich Schuldgefühle in mir aufsteigen. Warum? Weil ich eine Droge bewarb? Weil ich eine weitere Person in Nathans Wahn zog? Wahrscheinlich, aber irgendwie konnte und wollte ich auch nicht anders.

»Hat er noch etwas von dem Zeug?«, fragte Luis.
»Ja, ich denke schon«, sagte ich. »Willst du es etwa nehmen?«
»Ja, warum nicht? Ausprobieren definitiv mal, und wenn sich jetzt die Möglichkeit ergibt …« Während er das sagte, nickte er, als wollte er sich selbst in seinem Vorhaben bekräftigen. Retrospektiv habe ich das Gefühl, dass hier Nathans übernatürliche Kräfte im Spiel waren, aber ich merkte damals nichts davon.
»Okay«, sagte ich.
»Wo ist er überhaupt?«
»Keine Ahnung. Er schwänzt, aber wenn wir zurück sind, ist er bestimmt wieder im Hostel. Dann kannst du es heute ausprobieren.«
»Heute«, sagte Luis und rieb sich am Hals. »Heute ist der letzte Tag. Morgen fahren wir zurück, also wird heute Nacht hart gefeiert an der Spree, bis zum Morgengrauen.«
»Ah, das ist doch langweilig«, sagte ich. »Gesoffen hast du doch schon die ganze Woche.«
»Stimmt«, sagte Luis und nickte wieder. »Ich habe sogar mittlerweile einen permanenten Kater, mein Schädel brummt. Es wäre sicherlich nicht schlecht, heute mal nicht zu trinken. Und bei der Spree passiert wahrscheinlich ohnehin nicht viel mehr als sonst. Gut. Ich bin dabei. Sag mir Bescheid, sobald du ihn siehst.«
»Jo, geht klar.« Luis gab mir die Brofist und legte einen Gang zu, um zu Sophie aufzuschließen. Er erklärte ihr, dass er am Abend nicht mit zum Saufen kommen würde. Sie war geschockt sie fragte ihn, ob er denn etwa Kratom nehmen wolle. Er log: Nein, er wolle einfach an dem Abend chillen. Er sei schon von der

ganzen Woche einfach zu wasted. Tim und Ludwig waren ebenfalls bestürzt und versuchten ihn rumzukriegen, aber er blieb standhaft. Ich fiel hinter ihnen zurück und versank in Gedanken. Wo war ich da nur mit Nathan hineingeraten? Kaum war das Wort »Nathan« in meinen Hirnwindungen gefallen, legte sich eine Hand auf meine Schulter.

»Guten Morgen, mein Freund«, erklang Nathans Stimme. Ich machte vor Schreck einen Satz nach vorne und wirbelte herum. Nathan stand da, seine schwarze Sonnenbrille funkelte in der Sonne und er war umgeben von einer starken Dunstwolke *Eau de Marihuana*.

»Was machst du denn hier? Wo warst du?«, fragte ich.

»Ich habe gehört, Luis will mal mitkrayen, bisschen Kratom ausprobieren.«

»Woher weißt du das?«, fragte ich Trottel: schon wieder etwas, worauf ich keine Antwort haben wollte.

»Oh, ich habs gehört. Bin ja die ganze Zeit hinter euch hergelaufen«, sagte Nathan. Er griff in seine Hosentasche und zog einen Tablettenblister hervor.

»Willst du eine Rita? Oder zwei?«, fragte er mich wie beiläufig, während er sich selber zwei Pillen in die Hand presste und einwarf.

»Ritalin?«, fragte ich.

»Jo, jo. Das gute alte Methylphenidat. Klasse Zeug, um wach zu werden und mehr zu lernen, mehr zu denken, mehr von der Welt wahrzunehmen. Also?« Er hielt mir den Blister hin. Ich warf einen Blick über die Schulter: Wir waren die Letzten der langen Schülerkolonne, die Lehrer waren weit weg, niemand sah uns.

Ich schüttelte den Kopf. »Ich muss auch nicht immer high sein.«

»Das macht dich doch nicht high, solange du es nicht irgendwie durch die Nase ziehst. So wirkt das eher wie ein starker Kaffee, macht wach«, sagte Nathan. »Aber das ist eine kluge Entscheidung.« Er steckte den Blister wieder ein. »Ich habe das Zeug verschrieben bekommen. Und das bereits mit zwölf. Hat mich ziemlich verrückt gemacht, aber mittlerweile nehme ich es nicht mehr täglich.«

»Aha«, sagte ich. »Kommst du jetzt eigentlich mit? Zum Stasigefängnis?«

Nathan schüttelte den Kopf. »Nein, nein. Ich wollte dir nur meine Nummer geben.«

Er kramte eine zerknüllte Serviette hervor und reichte sie mir. Ich faltete sie auseinander. Fein säuberlich war dort mit Kugelschreiber eine Telefonnummer notiert.

»Danke«, sagte ich und sah wieder auf. Nathan rannte bereits die Straße hinab. Einen Moment lang wollte ich ihm hinterherlaufen, um zu sehen, was sich der Typ an dem Tag so alles reinzog, aber dann drehte ich mich um und beeilte mich, meine Klasse wieder einzuholen. Ein paar Stunden ohne den nathanschen Wahnsinn würden mir auch guttun.

Ich könnte dir jetzt berichten, was für einen Eindruck das Stasigefängnis auf mich gemacht hatte, wie es mich schockte und daran erinnerte, dass Freiheit und Demokratie und die damit einhergehenden Rechte nicht selbstverständlich sind. Ich könnte dir auch davon erzählen, wie beklemmend und schrecklich ich die Zellen dort fand, und wie ich darüber nachdachte, dass das alles nur die Folge von Ideen war, die unter anderem ein arbeitsloser Philosoph namens Karl in die Welt gesetzt hatte. Ich könnte dir im Detail alles beschreiben, aber ich lasse es. Du hast dieses Buch ja nicht gekauft, um dir langweilige Beschreibungen meines Lebens oder eines Gefängnisses durchzulesen. Nein, du willst mehr vom Messias sehen, vom Heiligen Vater des Wahns, von Nathan dem Weisen. Hier, du kriegst es, wir springen direkt zu der Stelle, wo ich mich am Abend wieder mit ihm, Luis und Jakob in unserem Zimmer traf.

»Das schmeckt ja wie Arschloch«, sagte Luis, als er den Becher absetzte und das Gesicht verzog.
»Für die Wirkung lohnt sich das«, hörte ich mich sagen und spülte meine eigene Dosis hinunter. Ich hörte Nathan lachen. Jetzt gab es kein Zurück mehr. Die Sekte hatte damit bereits vier Mitglieder.

Kapitel X:
Krankenhaus und Freud

Ich öffne die sandverkrusteten Augen. Es fühlt sich an, als hätte ich Jahrhunderte geschlafen.
Meine Sicht schwimmt, meine Glieder sind taub und schwer. Ich blinzle und sehe eine weißgekachelte Decke. Ich höre ein konstantes Piepen, spüre eine Maske aus Plastik auf meinem Gesicht und das Ein- und Ausströmen von purem Sauerstoff.
»Wo?«, stöhne ich. Eine Gestalt taucht in meinem Sichtfeld auf, eine Krankenschwester. Jung, mollige Figur, kein Model, aber alles andere als hässlich.
»Bleiben Sie liegen. Alles ist gut!«, sagt sie. »Sie waren durch eine Drogenüberdosis monatelang im Koma, aber jetzt wird alles wieder gut. Ich hole den Doktor.«
»Nicht nötig«, sagt eine Männerstimme, die Krankenschwester dreht sich um. »Ich bin bereits hier.«
Ein Mann im Arztkittel kommt herein, er hat einen überdimensionalen weißen Kaninchenkopf. Die Augen stehen in entgegengesetzte Richtungen ab, die Schlappohren sind gepierct.
»Ja, wie geht es Ihnen, Herr Vogt?«, sagt der Kaninchenarzt. »Sie lagen genau 69 Tage im Koma. Ist das nicht lustig? Was denken Sie, wenn Sie die Zahl ›69‹ hören?«
»Ich …« Ich versuche nachzudenken, aber meine Gedanken sind träge und schwer. »Ich weiß es nicht.«
»Das kann doch nicht sein«, sagt das weiße Kaninchen. »Schwester, zeigen Sie es ihm.«
»Aber mit Vergnügen!« Die Krankenschwester zieht die Beatmungsmaske von meinem Gesicht und wirft

sie weg, dabei zwinkert sie mir zu. Ich spüre, wie mir das Blut ins Gesicht und ein anderes Körperteil schießt. Die Krankenschwester klettert auf mein Bett und stellt sich über mich, den Rücken zu mir. Sie trägt nichts unter ihrem Rock. Ich bekomme eine Erektion. Ich will etwas sagen, aber in dem Moment setzt sich die Krankenschwester auf mein Gesicht. Meine Nase versinkt in ihrer Vagina. Es ist feucht und heiß und stinkt nach faulem Fisch. Ich bekomme keine Luft mehr und will schreien, aber ich bekomme nicht viel mehr als ein dumpfes »Hähe Mhhm Hmm« heraus.
Der Arzt sagt: »Na, na. So leicht entkommen Sie uns nicht, Herr Vogt. Ich spritze ihnen jetzt zehn Milligramm Salvinorin A.«
Ich will mich wehren, aber meine Arme und Beine sind an das Bett fixiert. Die Krankenschwester lacht und wippt auf meinem Gesicht auf und ab. Ihre Hände fummeln an meinem Hosenbund herum. Ich spüre ein Stechen in meinem rechten Unterarm und wie sich eine heiße Flüssigkeit durch meine Adern ausbreitet. Mein Schädel dröhnt, alles zittert. Ein ätherisches Heulen durchdringt den Raum, etwas reißt auseinander. Ich brülle und werfe mich hoch.
Ich blinzle.
Plötzlich sitze ich aufrecht in meinem Bett, neben mir der grinsende Kaninchenarzt. Ich sehe meine Arme an, sie sind durchsichtig, ich sitze gar nicht, ich schwebe. Langsam gleite ich aus meinen Körper, mitten in den Raum. Ich wirble herum. Mein Körper liegt noch immer auf dem Bett, mehrere Meter von mir entfernt. Seine Gliedmaßen laufen blau an, mein erigierter Penis ragt aus dem Hosenbund aufrecht zur Decke wie ein

kleiner Wolkenkratzer. Ein phallischer Bau im freudschen Sinne? Auch egal. Die Krankenschwester beugt sich vor und beginnt, meinen Penis zu lecken.
Sie reibt daran und mein Körper ejakuliert ihr ins Gesicht. Sie lacht und leckt sich das Sperma von den Lippen, während sie von meinem Penis ablässt und zu mir aufsieht. Ihre Haut beginnt zu verschrumpeln und zu schmelzen, ihre Nase wird groß und breit, ihre Zunge schlängelt sich fad und grau aus dem Mund. Sie ist eine alte, buckelige Hexe mit behaarten Armen. Zwischen ihren Beinen läuft grauer Schleim heraus, der meinen sterbenden Körper über und über bedeckt.
»Hilfe!«, schreie ich. »Ich werde ermordet! Tut doch was!« Meine Schreie klingen, als würde ich unter Wasser brüllen, schrill, dumpf, undeutlich, als würden sie gar nicht existieren.
Der Arzt sieht mich mit einem seiner irren Nagetieraugen an. »Exakt.«
Plötzlich fliegt die Tür mit einem Krachen auf. Abraham Lincoln steht im Türrahmen, er trägt eine große Axt. »Abraham Lincoln, Vampirjäger und Präsident der US and fucking A. Ich habe gehört, es gibt ein Problem«, bellt er.
»Ich werde von dieser Hexe ermordet. Sie müssen sie aufhalten!«, schreie ich.
Abraham Lincoln sieht mich an und blinzelt, als könnte er mich nicht wirklich sehen.
»Ah, Astralprojektion«, sagt er dann nickend und dreht sich zum Arzt um »Oder?«
»Exakt«, sagt das weiße Kaninchen. »Aber die Zeit läuft uns davon.«

»Ich werde es beenden«, sagt Abraham Lincoln. Er geht zu dem Bett und lässt die Axt auf meinen Körper niedersausen. Mein Torso reißt entzwei, Blut spritzt in alle Richtungen und besudelt Abraham, die Wand und die Hexe. Das Bett bricht durch. Die Hexe kreischt, als alle Geräte, mein Körper und das Bett in sich zusammenkrachen und sie mitreißen. Ich schreie und will nach Lincoln greifen, aber mein Geisterkörper dringt einfach durch ihn hindurch, anstatt ihn zu berühren. Verzweifelt muss ich bei allem zusehen. Ich will die Augen davor verschließen, aber meine Augenlider sind durchsichtig. Der Arzt rennt aus dem Raum. Abraham Lincoln hackt auf die Hexe, meinen Körper und die medizinischen Geräte ein. Blut spritzt in alle Richtungen, elektronische Bauteile fliegen ihm um die Ohren, meine Organe rollen über den Boden, während Lincoln mit grimmigem Gesichtsausdruck alles zu Hackfleisch zerschlägt.

Es klopft an der Tür. Lincoln hält inne. Ein Lama kommt in den Raum. Auf seinem Kopf sitzt ein Mafia-Frosch im Anzug und einer Minikalaschnikow im Anschlag.

»Was wollt ihr hier?«, fragt Lincoln und wischt sich mit einem Taschentuch mein Blut aus dem Gesicht.

»Revolution«, schreit der Frosch und eröffnet das Feuer. Die Mini-AK-47 rattert und blitzt, aber die winzigen Kugeln prallen wirkungslos von Lincolns Stirn ab. Es gibt ein Klicken, als die Waffe leer ist.

»Ist das alles?«, fragt Lincoln.

»Nein«, dröhnt eine tiefe Stimme. Wir drehen uns alle um. In der Tür steht der Weihnachtsmann. Statt

Händen hat er zwei Miniguns, deren Munitionsketten zu einem großen Sack auf seinem Rücken führen.
»Revolution!«, schreit der Weihnachtsmann. Die Läufe der Miniguns beginnen zu rotieren, heulen auf und der gesamte Raum versinkt im ratternden Kugelhagel. Alles wird in Stücke gerissen.
Ich öffne die Augen. Ich liege auf einer Wiese unter einem Apfelbaum. Neben mir sitzt ein Mann in braunem Anzug und mit grauem Bart. Er pafft eine Zigarre.
Über die Wiese laufen pinke Zebras. Über den Himmel fliegen Frösche mit riesigen Hoden. Ich sehe Kobolde auf einem Regenbogen Ski fahren, bei jedem Richtungswechsel versprühen ihre Skier bunte Funken, die als Kometen auf die Wiese niederregnen. Überall, wo sie einschlagen, wächst eine schillernde Mohnblume aus dem Boden und öffnet ihre Blüten. Auf einer großen Nase, die aus dem Boden wächst, sitzt nachdenklich dreinblickend ein Vogel mit Hörnern. Ein Faun spielt mit einer überdimensionalen Spinne Poker, während Lindwürmer davon high werden, dass sie sich mit einem Revolver Gehirnstücke aus dem Kopf schießen, die dank ihrer schnellen Regenerationskraft sofort wieder nachwachsen. Kichernd lassen sie die Waffe in einer gemütlichen Runde kreisen.
»Hast du Kokain?«, fragt mich der Mann neben mir.
»Was? Nein, warum sollte ich?«, antworte ich.
»Kokain ist was Tolles, vor allem bei Morphinentzug. Zumindest dachte ich das früher, mittlerweile bin ich mir da nicht mehr so sicher.«

»Ich glaube, Kokain ist nichts, womit man leichtfertig hantieren sollte.«
»Hmm ... Da könnte was dran sein«, sagt der Mann und pafft an seiner Zigarre. »Eine Frage. Das ist zwar dezent intim, aber haben Sie schon mal daran gedacht, ihre Mutter zu ficken?«
»Bitte was?«, entgegne ich entsetzt.
»Oder den Vater?«
»Haben Sie einen Dachschaden? Was sollen solche Fragen? Natürlich nicht, das ist gestört.«
»Anhand der aggressiven Reaktion schließe ich, dass Sie viele ungelöste Komplexe in sich tragen. Wollen Sie darüber reden? Das kann echt guttun.«
»Nein, sicher nicht mit so einem Spinner wie Ihnen. Ich gehe.«
»Besuchen Sie mich in Wien, wenn Sie es sich anders überlegen«, sagt der Mann. »Und vergessen Sie nicht, ausreichend zu masturbieren! Das tut Wunder für die Gesundheit. Rate ich meinen Kindern auch immer!«
Ich stehe auf, zeige ihm den Mittelfinger und betrete mein Zimmer. Ich lege mich aufs Bett. Ich habe keinen Bock mehr auf die Verrückten, aber dann klopft es an meiner Tür. Ich gehe hin und öffne sie, dahinter ist mein Garten. Ich habe keinen Garten, das macht keinen Sinn, und was macht er im Gang? Ich schlage entnervt die Tür zu.
Ich nehme einen Revolver, lade ihn und schiebe mir den Lauf in den Mund. Beim ersten Knall spritzt mein halbes Gehirn an die Decke und ich beginne zu kichern. Beim zweiten kann ich mich vor Lachen kaum halten, bei dritten besteht mein Kopf nur noch aus einem Unterkiefer, der auf und ab wippt. Megahigh.

Kapitel XI:
Die Rückkehr des Penners

Am nächsten Tag war die Abreise.
Koffer wurden von betrunkenen Schülern panisch durch die Gegend geschleudert, die Schränke umgeworfen und ihr Inhalt auf dem Boden verteilt, überstürzt gefrühstückt und alle schrien panisch umher. Alles versank im Chaos.
Alles, bis auf unser Zimmer. Wir waren ausgeschlafen vom kratominduzierten Tiefschlaf und standen rechtzeitig um sechs Uhr auf, um unsere Koffer zu packen, bevor wir um halb acht in der Eingangshalle des Hostels zusammenkommen sollten.
Luis war gut gelaunt. Das Kratom hatte ihm sehr gefallen, vielleicht sogar etwas zu sehr, denn er hatte Nathan sofort einen kleinen Vorrat abgekauft.
Ich fühlte mich frisch und war froh, dass die Klassenfahrt nun endete. Sie war aufregend gewesen und ich hatte, vor allem mit Nathan, viel Neues erlebt. Aber jetzt wollte ich endlich mal wieder zur Ruhe kommen – ein naiver Wunsch ohne Aussicht auf Erfüllung, denn ich klebte an Nathan wie eine Klette, ob ich wollte oder nicht. Nathan brachte keine Ruhe, nur Chaos, wilde, brüllende Freiheit und den trügerischen Frieden des Drogenrausches.
Wir und die Lehrer waren am vereinbarten Treffpunkt um sieben Uhr dreißig die Einzigen in der Eingangshalle. Wieder lobte man uns für unsere Pünktlichkeit.
Mein Physiklehrer, der uns begleitete, sah immer wieder auf seine Uhr und lief auf und ab.

Seine Stirn glänzte vor Schweiß, seine Haare waren zerzaust und er murmelte die ganze Zeit etwas davon, dass wir spät dran wären. Wie ich später erfahren sollte, hatte er die Nacht nicht geschlafen, weil er um drei Uhr morgens Tim ins Krankenhaus hatte fahren müssen. Tim war betrunken gestolpert und hatte sich mit einer Glasscherbe am Boden die linke Hand aufgeschnitten.

Unsere Geographielehrerin, die zweite begleitende Lehrkraft, nippte entspannt an einem Kaffee und unterhielt sich mit Nathan. Als er sie fragte, ob sie sich denn keine Sorgen mache, dass wir den ICE nach München verpassen könnten, lächelte sie und sagte: »Ich kenne doch meine Schüler. Es ist nicht einmal acht und unser Zug fährt erst um elf ab. Wir haben mehr als genug Puffer, aber sagt es niemandem, sonst glauben die noch, sie könnten es ganz ausreizen.« Sie lachte.

Nach und nach trudelte der Rest unserer verplanten Klasse ein. Teilweise machte sie den Eindruck eines Flüchtlingstrecks. Die Haare waren zerzaust, die Koffer und Taschen quollen stellenweise über und die Augen hatten sich in dunkle, von schwarzen Augenringen umfasste Höhlen zurückgezogen. Eine Wolke aus Alkohol, Tabak, Dope und Unmengen Deo umgab den chaotischen Haufen, der gegen acht Uhr dreißig endlich vollständig war. Die meisten starrten einfach nur geistesverloren auf ihre Smartphones und nippten an Kaffees, während sie ihre Aspirin kauten. Tim und Ludwig waren aber bereits (oder noch immer) hellwach und unterhielten sich plärrend und witzelnd.

Tim zeigte mir seine verbundene Hand und auf seinem Smartphone die Fotos der durchgefeierten Nacht. Die meisten kannte ich bereits von seiner Snapchat-Story und von Instagram, wie das, auf dem meine Klassenkameraden in der Runde irgendwo an der Spree mit Bierflaschen um zwei Uhr morgens rumsaßen. Andere waren neu, wie zum Beispiel das, auf dem Ludwig mit einem Obdachlosen kumpelhaft eine Kräuterschnapsflasche leerte. Es wirkte wie eine lustige Nacht. Irgendwie war ich betrübt, den Spaß verpasst zu haben, aber dann erinnerte ich mich daran, was ich stattdessen erleben durfte: Nathans philosophische Stonerreden von »fick das System«, »ich mach, was ich will, ihr seid alle Idioten« und »das Leben ist Schrödingers Katze« live, während im Hintergrund die Klänge von *Pink Floyd* einen Bilderteppich ausrollten.

Wir hatten das Kratom so hoch dosiert, dass wir es nicht mehr aus dem Hostelzimmer schafften, sondern auf unseren Betten dahinschmolzen, wie Marshmallows über einem Lagerfeuer. Genauso warm, flauschig und süß: eingebettet in eine Harmonie der Töne und Melodien. Ich schwelgte in diesen klebrigen Erinnerungen, als unser Physiklehrer in die Hände klatschte und rief: »Los gehts. Wir verpassen sonst noch den Zug und dann stecken wir hier fest. Und ihr wollt doch sicherlich pünktlich für die Sommerferien nach Hause, oder?«

Die Klasse murrte kollektiv und setzte sich schlurfend und mit polternden Koffern in Bewegung. Luis lief neben mir her: »Ein paar Tage mehr Berlin wären auch nicht verkehrt. Diese Stadt ist geil. Sie ist wie ein Organismus aus vielen coolen Menschen und

spannenden Orten. Ich wäre gern länger hiergeblieben. Und du?«
»Na. Ich bin schon froh, dass wir zurückkehren«, sagte ich. »Das war schon eine intensive Woche. Spaßig, klar. Aber ich fühl mich jetzt reif für zuhause Faulenzen.«
»Hmm. Okay.« Luis nickte nachdenklich.
Wir verließen das Hostel und schwärmten über die Straßen Richtung Jannowitzbrücke. Ich unterhielt mich gerade mit Luis über unsere Ferienpläne, als vor uns ein Tumult entstand. Ein Mann in einem Anzug und Sonnenbrille diskutierte wild mit unserem Lehrer. Mich überkam das mulmige Gefühl, diese Person irgendwoher zu kennen, dann rief Nathan hinter mir aus: »Jonathan, mein Freund!«
Er stürzte nach vorne und der Mann drängte sich durch die Schülermenge, fiel mitten auf dem dreckigen Weg auf die Knie und umarmte Nathan an den Beinen. Er weinte und schluchzte. »Oh, vergib mir mein Herr. Ich danke Euch. Ich danke Euch, dass Ihr mich herausgeholt habt aus meinem Elend.«
Nathan tätschelte den Kopf des Mannes und sagte immer wieder, wie eine Mutter, die ihr Kind in den Schlaf trösten wollte: »Es ist doch alles gut.«
Die Erkenntnis traf mich wie ein Blitz: Der Mann, der aussah wie das Vorstandsmitglied einer Bank, war der Obdachlose, den wir zwei Tage zuvor getroffen hatten. Hinter mir krachte irgendetwas. Ich bemerkte erst mit einiger Verzögerung, dass ich meinen Koffer fallengelassen hatte, aber ich dachte gar nicht daran, ihn wieder aufzuheben. Mein Unterkiefer fiel fast zu Boden, während ich beobachtete, wie der Mann Nathan die Schuhe küsste.

»Weißt du, wer das ist? Noch so ein Irrer wie Nathan? Sein Vater vielleicht?«, fragte mich Luis. Ich konnte nicht antworten. Die ganze Klasse tuschelte verstört, der Physiklehrer war genauso gelähmt und handlungsunfähig wie ich. Nathan hatte ein schiefes Lächeln aufgesetzt. Unsere Geolehrerin trat auf ihn zu und kniete sich zum ehemaligen Obdachlosen hin. Sie legte eine Hand auf seinen Rücken. »Entschuldigen Sie. Kann man Ihnen helfen?«, fragte sie freundlich. Der Obdachlose hielt mitten in der Bewegung inne und drehte langsam seinen Kopf zu ihr um. Seine Augen zitterten in ihren Höhlen, als wollten sie herausspringen und weglaufen. Er zeigte auf Nathan. »Er ist der Messias! Erkennt ihr das nicht?« Sein tiefer Bass hallte über den Platz. Er lallte nicht, seine Stimme war ernst. Er stand auf. Wäre da nicht der irre Blick gewesen und die Rede, die er hielt, hätte er wieder wie ein Bankangestellter wirken können. Nathan stand lässig daneben, als wäre er selber nur ein Zuschauer.

»Dies ist der Messias! Er hat mich von Wahn und Alkoholismus geheilt«, verkündete der Ex-Penner.

Luis gluckste neben mir: »Irgendwie habe ich den Eindruck, genau das Gegenteil wäre der Fall.« Ich spürte, wie sich mein Gesicht zu einer lächelnden Grimasse verzog, aber ich konnte nicht lachen.

»Seht ihr nicht? Seid ihr blind? Sind eure Augen verschlossen? Er ist unter uns, wie es im Necronomicon steht. Er, der Verkünder der letzten Wahrheiten! Das Wolfsrudel mit den tausend Köpfen und nur einer Entität, Baka'thoth, der Gefallene Morgenstern, Hastur, der Lichtbringer, der die Finsternis entfesseln wird, Herr der Fliegen und des Sees von Hali. Ich beschwöre

euch! Ich habe davon gelesen und bin dem Wahn verfallen, aber er hat mir den Weg hindurch gezeigt! Er ist es wahrhaftig.«
»Das reicht«, schritt mein Physiklehrer ein. »Diesen Irrsinn werden wir uns nicht mehr anhören. Entweder Sie verschwinden sofort, oder ich rufe die Polizei.«
»Jonathan«, sagte Nathan. Der Mann drehte sich sofort um und verneigte sich. »Ja, mein Herr.«
Nathan trat auf ihn zu und umarmte Jonathan, worauf dieser in Tränen ausbrach.
»Lasst mich nicht im Stich, Meister! Ich will Euch dienen. Ich will Euch aufrichtig dienen, denn ich habe gesehen. Zweimal wurde ich erleuchtet, im Gegensatz zu diesen Narren.«
Nathan tätschelte ihm den Rücken und sagte: »Ist schon gut, aber verstehe, dass sie blind sind. Du willst mir dienen? Dann diene mir, indem du dir selber dienst, und zwar hier, in dieser Stadt, indem du dir dein Leben wiederaufbaust.«
»Danke, Herr, ich werde gehorchen.«
»Gehorche nicht: Denke, sei frei. Und jetzt geh, die Schafe starren bereits.«
Jonathan verbeugte sich, sah sich einmal um, dann rannte er davon. Die ganze Klasse starrte Nathan an, aber der zuckte nur mit den Schultern.
»Nathan!«, rief unser Physiklehrer. »Wir müssen uns später dringend unterhalten.«
»Jaja«, sagte Nathan und winkte ab.
Wir setzten den Weg zum Bahnhof fort.
Als jemand Nathan fragte, wer der Mann gewesen sei, sagte Nathan: »Keine Ahnung. Ich habe einfach improvisiert und mitgespielt, um ihn loszuwerden.«

Ich bin mir nicht sicher, ob das überhaupt irgendjemand glaubte, aber was hatten die anderen schon für eine Wahl? Ich sah in die Gesichter meiner Klassenkameraden. Sie erschienen mir auf einmal stumpf und dumm. Sie waren wirklich wie Schafe. Inmitten ihrer wanderte Nathan als der Wahnsinn in persona mit übernatürlichen Kräften, und sie sahen es nicht. Sie nickten und ließen sich mit seinen schlechten Ausreden abspeisen. Sie taten mir leid und zeitgleich spürte ich so etwas wie den Hauch einer arroganten Verachtung, denn mir wurde bewusst, dass ich Geheimwissen besaß. Die Sekte um Nathan war ein exklusiver Club und ich war ein Mitglied.
»Warum grinst du?«, fragte mich Luis.
Die Arroganz verschwand, ich fühlte mich wieder verwirrt und beklemmt, spürte einen feuchten Ekel in meinem Verstand kriechen. Schamgefühle. »Ah, nichts.«, antworte ich, während in meinem Kopf folgende Gedanken kreisten:
Wer oder was ist Nathan? Und will ich das überhaupt wissen? Ich glaube nicht.

Kapitel XII:
Heimfahrt

Wir erreichten den ICE pünktlich.
Ich saß während der Fahrt neben Luis. Auf der anderen Seite des Ganges hingen Nathan und Jakob in ihren Sitzen. Ich bedauerte es, nicht neben Nathan zu sitzen. Versteh mich nicht falsch, Luis ist kein langweiliger Mensch, aber ich konnte den Drang nicht unterdrücken, immer wieder auf die andere Seite des Ganges zu spähen, weil ich etwas Aufregendes erwartete. Trotzdem sah ich immer nur das Gleiche: Jakob, der las oder Musik hörte, und Nathan, der, mit der Sonnenbrille auf den Augen, in sich zusammengesunken an der Fensterscheibe lehnte. Ich glaube, er schlief. Vielleicht meditierte er auch. Ich kann es nicht sagen, aber auf jeden Fall erholte er sich von dem Chaos der vergangenen Woche und nahm die ganze Fahrt lang keine Notiz vom Rest der Welt.
Ich schlug die Zeit anfangs damit tot, dass ich auf meinem Smartphone durch den Instagram-Feed scrollte und mich mit Luis über irgendwelche Belanglosigkeiten unterhielt. Luis fragte mich irgendwann nach Jonathan, dem irren Obdachlosen, und nach einigem Zögern erzählte ich ihm die Geschichte, wie Nathan den Mann vom Wahn geheilt hatte. Luis runzelte die Stirn: »Und das ging so einfach? Und dann hat er ihm dieses Buch da weggenommen?«
»Ja«, seufzte ich, während ich mir die Instagram-Bilder meiner Klassenkameraden ansah und Herzchen verteilte.

»Und du bist dir sicher, dass der Typ im Anzug heute Morgen dieser Obdachlose war?«
»Hundertpro«, sagte ich und wechselte zu 9gag und dann zu Hiddenlol, um durch Memes zu scrollen.
»Und was hat er mit dem Buch gemacht? Weißt du das?«
»Nö. Ich habe mich nicht dafür interessiert. Wahrscheinlich war es einfach ein alter Roman und Nathan hat ihn später entsorgt, keine Ahnung.«
»Hmm. Der Mann hat irgendwas von Nekrozeug geschrien und dass er darin von Nathan gelesen hätte. Hmm.« Luis runzelte die Stirn und zog sein Smartphone hervor. »Ich google das mal, also Nekro und Buch. Vielleicht findet sich ja ein Hinweis.«
»Mach das«, antwortete ich, während ich durch Hiddenlol scrollte. Hiddenlol ist die perverseste und gestörteste Memeseite des Internets. Ludwig hatte sie mir irgendwann mal zum Jahresbeginn anvertraut. Wahrscheinlich wird sie vom Teufel persönlich betrieben. Zwischen rassistischen Cartoons und frauenverachtenden Sprüchen tauchen immer wieder kranke Porngifs auf.
Die Porngifs machten mich geil. Ich hatte die ganze Woche lang im Hostel keine Zeit zum Masturbieren gehabt und durch das ganze Kratom auch keine Lust, aber jetzt kam das alles zurück.
»Jo, ich muss kacken«, sagte ich. Luis nickte. Er war in seine Recherchen vertieft.
Ich ging zur Toilette und sperrte hinter mir die Tür zu.

Es stank, die Maschinen ratterten und das Rauschen des Fahrtwindes peitschte gegen das gekippte Fenster und übertönten die meisten anderen Geräusche. Perfekt. Ich versicherte mich nochmal, dass die Tür abgeschlossen war, dann ließ ich die Hose herunter. Mein Penis hing bereits auf Halbmast. Ich steckte mir meine Kopfhörer in die Ohren, versicherte mich mithilfe eines Liedes und dem mehrmaligen Rausnehmen der Kopfhörer, dass der Ton leise genug eingestellt war, sodass man ihn nicht hörte, wenn man die Kopfhörer nicht aufhatte.

Ich öffnete den Browser und ging auf meine liebste Pornoseite. Innerhalb kürzester Zeit hatte ich ein passendes Video gefunden, und mein Schwanz war hart wie ein Gewehrlauf. Ich wichste, während sich auf dem kleinen Bildschirm eine Frau stöhnend rekelte und ihre Vagina mit einem Dildo bearbeitete. Ihr Stöhnen erinnerte mich an mein erstes und einziges Mal bei einer Party mehrere Monate zuvor. Die Erinnerungen rissen meine Konzentration vom Porno weg. Sie waren erregend und gleichzeitig schrecklich und voller Scham.

Nicht, dass ich damals keinen Spaß gehabt hätte. Sie hieß Annabell, sie war von einer anderen Schule und nur durch Zufall irgendwie auf die Party gekommen. Ich sah sie danach nie wieder. Wir waren sturzbesoffen, und trotzdem hatte ich es geschafft, eine Erektion zu kriegen, als sie mich am Arm nahm und in ein Nebenzimmer zog. Begierig hatte ich mit ihren Möpsen gespielt und war in sie eingedrungen. Das einzige Problem war der Alkohol, der mir immer mehr zu Kopfe stieg.

Ich vollbrachte das Multitasking-Wunder, gleichzeitig zu ejakulieren und mich zu übergeben. Ich kotzte ihr ins Gesicht, auf ihren nackten Bauch und sonst überall hin und brach dann auf ihr zusammen. Sie stöhnte zuerst, dann schrie sie, wälzte mich von sich herunter und schlug mich. Sie war über und über mit Erbrochenem bedeckt, während ich völlig orientierungslos und debil grinsend auf dem Boden lag, mich krümmte und erneut erbrach. Der ganze Raum tanzte wie ein entgleistes Karussell, nur schwammig sah ich, wie sie hinausstürmte, bevor ich das Bewusstsein verlor. Bei der Erinnerung wurde mir übel und die Scham ließ mich zusammenzucken.

Mein Schwanz erschlaffte in meiner Hand und ich bemerkte, dass ich gedankenverloren Löcher in die Luft starrte. Ich schüttelte den Kopf und zwang mich dazu, mich auf den Porno zu konzentrieren. Ich rieb immer schneller und aggressiver, wurde wieder härter, die Welt reduzierte sich auf den Bildschirm. Schneller, fester. Die Frau schrie, stöhnte, schloss die Augen vor Erregung, rieb sich an ihren Titten. Ich keuchte, spürte, wie sich der Druck aufbaute, immer schneller und schneller. Der Stausee der Lustenergie füllte sich und begann meinen Kopf einzudrücken, als es explodierte. Der milchige Saft spritzte durch den Raum, der Staudamm zerbrach und die Energie des Wohlbefindens ergoss sich durch meinen Körper. Ich pumpte den weißen Glibber restlos aus.

Ich schloss die Webseite, löschte den Browserverlauf und watschelte mit noch immer heruntergelassener Hose zum Waschbecken.

Ich wusch mir die Wichse von der Hand, zog die Hose hoch und machte mich daran, mit Taschentüchern die Beweise vom Boden und der Wand abzuwischen. Als ich fertig war, urinierte ich und wusch mir erneut die Hände.

Ich ging zu meinem Platz, wo mich Luis aufgeregt erwartete.
»Ich habe es gefunden!«, sagte er.
»Was denn?«, fragte ich.
»Das Buch, das Nathan dem Penner weggenommen hat. Es ist das Necronomicon. Also möglicherweise, wenn es das wirklich gibt.«
»Ja, so hat er es genannt. Genau. Aber ich habe nie zuvor davon gehört. Klär mich auf.«
»Also. Das Necronomicon ist ein fiktives Buch, welches in den Geschichten des Horrorschriftstellers H. P. Lovecraft auftaucht. Dort soll es ein verrückter Araber namens Abdul Alhazred in der Antike geschrieben haben, bevor er von unsichtbaren Wesen aus einer anderen Dimension in Stücke gerissen wurde. Das Buch beinhaltet Wissen über verschiedene Kulte uralter Götter, Beschwörungen und Zauberformeln, sowie Symbole, die das Öffnen von Portalen in andere Welten erlauben.« Ein Frostschauer ging durch meinen Körper.
»Okay. Aber das ist ja nur Fiktion«, sagte ich.
»Laut Lovecraft ja. Es gibt allerdings Seiten im Internet, die behaupten, das Buch habe es wirklich gegeben, beziehungsweise es gäbe es noch immer. Aber alle Menschen, die es lesen, sollen angeblich entweder wahnsinnig werden oder sterben. Verstehst du? Der Penner hat behauptet, er wäre durch das Necronomicon wahnsinnig geworden und Nathan hätte ihn geheilt. Und dann hat Nathan ihm das Necronomicon abgenommen.«

In meinem Hals bildete sich ein drückender Kloß. Das mit dem Buch war eigentlich unmöglich, aber es würde alles erklären. Nathan hatte Kontakt zu übernatürlichen Mächten, zu alten Göttern, er wusste Bescheid, er war tatsächlich irgendeine Art von gefallener Engel.

»Ist was? Warum bist du so blass?«, fragte Luis. Ich hörte Belustigung in seiner Stimme. »Du glaubst doch nicht, so etwas gebe es wirklich. Der Penner war wahrscheinlich einfach schizophren oder hatte einen psychotischen Schub durch den Alkoholentzug. Psychotiker spinnen sich die verrücktesten Geschichten zusammen. Und Nathan hat einfach mitgespielt, wahrscheinlich, weil er es lustig fand.«

»Ja, bestimmt«, sagte ich und nickte.

»Du klingst nicht sehr überzeugt.«

»Hmm.«

»Du verschweigst mir etwas.«

»Ja, aber das ist zu verrückt. Wenn ich das erzähle, glaubst du mir nie im Leben.«

»Jetzt ist es zu spät, du hast mich angefixt. Los, erzähl, und wenn es verrückt ist, ich verspreche dir, ich schick dich nicht in die Klapse.« Er grinste. Meine Zähne malmten.

»Okay.« Ich erzählte ihm von der sonderbaren Cannabisvermehrung in Neukölln.

Er runzelte die Stirn und schüttelte den Kopf.

»Du verarschst mich doch«, sagte er.

»Nein. Ich habe es gesehen. Jakob auch. Frag ihn.«

Luis drehte sich um und tippte Jakob über den Gang hinweg an. Jakob sah von seinem Buch auf und Luis erwartungsvoll an.

»Entschuldige, dass ich dich störe, aber ich habe ein paar Fragen. Warst du mit Daniel und Nathan vorgestern in Neukölln?«
Jakob nickte.
»Und war da was mit Gras?«, fragte Luis.
Jakob nickte.
»Und was hat Nathan mit dem Gras gemacht?«
»Er hat es unter den Bedürftigen verteilt.«
»Und wie viel hat er verteilt?«
»Das ist relativ.«
»Wie relativ?«
»Er hat ein Gramm mehrere hundert wenn nicht tausend Mal verteilt. Gleichzeitig. Also eigentlich kann man sagen, er hat eine große Menge verteilt.«
»Wie? Hat er etwa ein Gramm vermehrt oder was?«
»Ja. Er hat aus einem Tütchen tausende gemacht. Keine Ahnung, wie. Und jetzt lass mich lesen.« Jakob wandte sich wieder seinem Buch zu.
»Ihr verarscht mich doch beide, oder?«, sagte Luis.
»Nein«, sagte ich.
»Aber das ist unmöglich.« Luis schüttelte den Kopf.
Ich zuckte mit den Schultern. »Ich weiß.«
»Hört auf mich zu pranken. Das ist echt billig.«
»Machen wir nicht. Ich verspreche dir, wenn du Nathan länger beobachtest, wird er früher oder später etwas Übernatürliches vollbringen. Wetten? Wir können darauf wetten, wenn du willst. Wenn du bis zum Ende der Sommerferien nichts Unerklärliches bei ihm beobachtest, kriegst du von mir einen Zehner.« Ich hob die Hand. Luis schlug ein.
»Okay, die Wette gilt«, sagte er und grinste breit. Wie naiv. »Jetzt habe ich aber Hunger. Wollen wir essen?«

Mein Magen knurrte. »Jo, ich könnte was vertragen.«
»Jakob? Kommst du mit? Wir gehen ins Bordrestaurant essen.«
Jakob sah von seinem Buch auf und nickte.
Wir bahnten uns den Weg zum Speisewaggon, wo bereits einige andere Schüler saßen. Tim, Anna, Sophie und Ludwig spielten in einem Wald aus Bierkrügen Karten. Als Ludwig mich sah, hob er sein Bier und prostete mir in der Luft zu.
»Daniel! Servus. Na, willst du mit uns spielen und ein Bierchen kippen?«
»Um dreizehn Uhr? Bier?«, fragte ich skeptisch.
»Es ist noch Abschussfahrt«, säuselte Anna. Ihre Wangen waren knallrot, sie schwankte hin und her.
»Nein danke«, sagte ich und winkte ab.
»Luis, du?«, fragte Tim.
»Leute, sorry, aber ich habe echt keine Lust.«
»Du hast doch schon gestern nicht getrunken. Du wirst noch ein langweiliger Spießer«, sagte Sophie.
»Werde ich nicht, bloß weil ich nicht trinke«, sagte Luis und ließ sich am Tisch gegenüber dem der Trinker nieder.
Ludwig sah Jakob an, dann winkte er ab. »Dich frage ich gar nicht erst. Du antwortest eh nicht«, sagte Ludwig.
»Genau«, sagte Jakob.
»Wohaaa! Habt ihr das gehört?«, rief Tim und klatschte mit der Hand auf den Tisch.
»Ja, Diggha«, rief Alina. »Silent Jakob hat gesprochen.«
»Sag nochmal was!«, rief Ludwig. Jakob ignorierte sie kaltblütig und setzte sich gegenüber von Luis, ich ließ mich neben ihm nieder.

»Arschloch«, rief Alina.
»Was wollt ihr essen?«, fragte Luis Jakob und mich. Die anderen waren ihm wohl auch egal, wie ich verwundert feststellte. Ich nahm die Speisekarte und blätterte durch die laminierten Hochglanzseiten, auf denen unrealistische Darstellungen von gutem Essen abgedruckt waren.
»Ich nehme das Chili Con Carne«, sagte ich.
»Ich das Schnitzel, und du, Jakob?«, fragte Luis.
»Chili Con Carne und stilles Wasser.«
Am Nachbartisch wurde gejubelt und Tim und Ludwig riefen irgendetwas, aber keiner von uns dreien hörte zu. In diesem Moment kam die Bedienung, ein kleiner Mann mit Kurzhaarschnitt und kantigem Gesicht. Zuerst ging er ein paar Tische mit Schülern aus anderen Klassen ab, nahm die Bierbestellungen der Alkis neben uns auf und kam dann zu uns. Luis bestellte, der Kellner nickte und notierte sich alles akribisch in seinem Notizbuch.
»Getrennte Rechnungen?«, fragte er.
»Ja, bitte«, sagte ich. Der Mann nickte, dann verschwand er Richtung Bordküche.
»Und, was macht ihr so in den Ferien?«, fragte Luis.
Jakob zuckte mit den Schultern.
»Keine Ahnung«, sagte ich. »Meine Eltern müssen arbeiten und wir fahren dieses Jahr nirgendwohin. Wahrscheinlich werde ich rumgammeln, ein bisschen lernen und die Lektüreempfehlungen für die Oberstufe durcharbeiten.«
Ich dachte in dem Moment nicht einmal daran, in den Sommerferien etwas mit Nathan zu machen. Für mich

war die Akte Nathan eine Affäre, die nach der Berlinfahrt beendet sein sollte.

Wir quatschten über Belanglosigkeiten, keiner von uns war sich der fürchterlichen Zukunft bewusst. Dann kam unser Essen. Wir plauderten, bezahlten und Luis verschwand in ein anderes Zugabteil.

Er wollte zu Lisa, einem Mädchen aus einer der Parallelklassen, in das er etwas verschossen zu sein schien. Ich und Jakob blieben sitzen, starrten aus dem Fenster auf die Landschaft, die an uns vorbeizog, wie das Leben an den meisten Menschen.

Ich hörte am Nachbartisch jemanden über UFOs reden, die angeblich in München gelandet sein sollen.

Auf welche Ideen manche Menschen kommen.

Kapitel XIII:
Polizeibericht

Pressemeldung der Polizei:

1279. Verdacht auf Landung Außerirdischer im Landkreis München – Stand 15:20 Uhr, 27.07.2016

Wie bereits berichtet, kam es am 26.07.2016 gegen 13.50 Uhr zu der Landung eines großen unidentifizierbaren Flugobjekts (UFO) auf der Landebahn des ehemaligen Militärflughafens im Landschaftspark Hachinger Tal. Gepanzerte Fahrzeuge und Soldaten aus der nahegelegenen Bundeswehr-Universität konnten zusammen mit der lokalen Polizeibehörde das UFO umstellen und sichern.

Zeugen und Einsatzkräfte melden, dass mehrere der nichtmenschlichen Insassen sich einen Weg an den Einsatzkräften vorbei bahnten, um mit einem einheimischen Menschen zu reden. Kurz nach dem Gespräch flogen die vermeintlichen Außerirdischen mit dem UFO davon und ihre menschliche Kontaktperson konnte in die umliegenden Wohnsiedlungen entkommen. Polizei und Bundeswehr fahnden nach wie vor mit einem Großaufgebot an Einsatzkräften unter Hochdruck nach der Kontaktperson der vermeintlichen Außerirdischen. Die Person wird als alter bärtiger Mann in einem schmutzigen Mantel und mit Sonnenbrille beschrieben. Die Bevölkerung ist dazu aufgerufen, mögliche Sichtungen zu melden.

Aufgrund der noch unklaren Situation bitten wir alle Personen im Wohngebiet von Unterhaching, Neubiberg, Ottobrunn, Taufkirchen und Neuperlach zu Hause zu bleiben bzw. in nahen Gebäuden Schutz zu suchen.
Sobald weitere Informationen vorliegen, wird nachberichtet.

1280. Vermeintliche Landung Außerirdischer im Landkreis München stellt sich als Filmset heraus - Steffan Spülzwerg bittet um Entschuldigung – Stand 18.20 Uhr, 27.07.2016

Die vermeintliche Landung von Außerirdischen im Hachinger Tal hat sich als Inszenierung des DDF für einen neuen Film des berühmten Allgäuer Regisseurs Steffan Spülzwerg herausgestellt. Der Produzent und sein Team bitten die Öffentlichkeit um Verzeihung für die verursachte Aufregung. Obwohl eine Drehgenehmigung vorlag, habe man wohl bei der Informierung der lokalen Behörden und der Öffentlichkeit nachlässig gehandelt.

Der Film *Weltraumaffen vs Cyberchicken* wird am 1. April 2022 im DDF (Drittes Deutsches Fernsehen) erstausgestrahlt.

Es sind keine Außerirdischen auf der Erde gelandet. Es sind noch nie Außerirdische auf der Erde gelandet. Die Warnung aus Meldung 1279 wird zurückgezogen, gehen Sie auf die Straßen und konsumieren Sie.

Kapitel XIV:
Ankunft und Befragung

Wir erreichten München am Abend.
Genau fünf Minuten vor der Ankunft erwachte Nathan und stand auf, um seine Sachen zusammenzusuchen. Es gab ein fürchterliches Gedrängel, als der Zug endlich hielt. Alles schrie durcheinander und wollte nach draußen. Die Gänge waren hoffnungslos verstopft. Schüler rannten hin und her und suchten nach Dingen, die sie irgendwo zwischen den Sitzen verloren hatten.
Irgendwie schafften Luis, Nathan, Jakob und ich es mit unseren Reisetaschen und Koffern aus dem ICE, und versammelten uns etwas abseits am Bordsteig. Jakob verschwand als erster mit einem Nicken und lief davon, und auch Nathan wollte sofort gehen, aber Luis hatte noch eine Frage an ihn: »Nathan, was hast du eigentlich mit dem Necronomicon des Obdachlosen gemacht?«
Nathan drehte sich um und lächelte: »Na was wohl?« Er klopfte auf seinen Koffer. »Eingesteckt. Das ist die erste deutsche Ausgabe, die mir unter die Nägel gekommen ist. Bisher hatte ich lediglich eine Lateinische und eine Arabische und beide sind unvollständig. Na, aber jetzt ist es spät. Ich muss los, Leute!« Er gab dem verdutzten Luis und mir einen High five und bevor er davonstürzte, lächelte er uns an: »Aber macht euch bitte keine Gedanken mehr über das Necronomicon, das wäre alles andere als gesund.«
Dann lief er, den Koffer hinter sich herziehend, in die Menge und verschwand im Chaos des Hauptbahnhofs.

Soweit ich weiß, dachte keiner von uns beiden bis heute wieder über das Necronomicon nach, und wir sprachen auch nie wieder darüber. Nathans Befehle duldeten keinen Widerspruch.

»Was habe ich dir gesagt?«, meinte ich zu Luis, als Nathan aus unserem Sichtfeld verschwunden war.

»Ich glaube das einfach nicht«, sagte Luis und schüttelte den Kopf. Ich grinste: »Das kommt mir bekannt vor.«

»Jaja. Bestimmt. Ich muss dringend mal ausschlafen und das Restkratom abbauen. Ciao, Mann. Schöne Sommerferien.«

»Jo. Dir auch schöne Sommerferien«, sagte ich und gab ihm einen High Five.

Kapitel XV:
Bahnsteigphilosophie

Bereits zwei Tage nach unserer Heimkehr kamen wir alle wieder bei Nathan zusammen.
Es gab keine andere Möglichkeit. Wir alle, ich, Luis, Jakob, wir wurden von ihm angezogen wie Kometen von der Sonne. Er zerrte uns in seinen Orbit und ließ uns nicht mehr los, bis wir auf seiner Oberfläche aufschlugen und zerschmetterten, zusammen mit unserem Verständnis von Realität.

Ich rief ihn am zweiten Morgen an, einfach, weil ich es nicht mehr aushielt, das subtile, immer lauter werdende Verlangen ihn zu sehen. (War das eine Form von Verliebtheit? War das Obsession? War das Sensationslust? Ich glaube keins und doch alles davon.) Er hob sofort ab, als hätte er meinen Anruf erwartet, und sagte, ich könnte am Nachmittag auftauchen.
Nathan wohnte in Unterhaching, einem Fünfundzwanzigtausend-Seelen-Vorort Münchens. Von meiner Wohnung in Schwabing aus war das eine halbe Stunde Fahrt mit der S-Bahn, mit einmaligem Umsteigen am Hauptbahnhof.
Als ich in Unterhaching ausstieg, wartete Nathan bereits auf mich. Er saß auf einer Bank am Bahngleis, sauberes weißes Shirt am Körper, die dunkle Pilotenbrille auf der Nase, und las ein Buch: *Fight Club*. Der Bahnsteig war zu meiner Überraschung recht voll. Das war kein Vergleich zu den großen Bahnhöfen der Innenstadt, aber wir waren definitiv nicht auf dem Land. Das war eine lebendige Vorstadt.

Hier war was los, es stank nach Zigaretten und Marihuana, es gab viele Bäume zwischen den Wohnhäusern, ich hörte irgendwo ein Akkordeon spielen, Graffiti zierte die Gebäude.
»Hi«, sagte ich, gab Nathan die Brofist und deutete auf *Fight Club*. »Das Buch zum Film? Ich habe ihn gesehen, war krass.«
»Nein«, sagte Nathan, klappte das Taschenbuch zu und schob es in eine der weiten Taschen seiner Cargohose. »Das geniale Buch von Chuck Palahniuk, auf dem der Film basiert.«
»Der Film ist aber trotzdem krass«, sagte ich. Es war einer meiner Lieblingsfilme, absolut irre, absolut anarchistisch und befreiend, er schreit all die Frustration des angepassten Menschen der modernen Leistungsgesellschaft heraus und verwandelt sie in rohe, greifbare Gewalt und einen abgefuckten Charakter als Antidot dazu: Tyler Durden.
»Im Vergleich zum Buch ist er okay.«
»Oh. Darf ich es lesen, wenn du fertig bist?«, fragte ich.
»Jo«, sagte Nathan, lehnte sich zurück, streckte die Arme über die Rückenlehne der Bank aus und gähnte.
»Gehen wir?«, fragte ich.
»Ne, ne. Wir warten noch.«
»Auf was?«, fragte ich.
»Die anderen: Luis und Jakob. Setz dich, du bist viel zu früh dran.« Ich setzte mich neben ihn und warf einen Blick auf die Anzeigetafel über unseren Köpfen. Acht Minuten, bis die nächste S-Bahn eintraf.
»Du hast sie auch eingeladen?«
»Nein, ihr habt mich alle drei angerufen, unabhängig voneinander, soweit ich weiß. Was für ein Zufall.«

»Klar«, sagte ich. Zu dem Zeitpunkt glaubte ich bei Nathan noch zumindest manchmal an Zufälle. Retrospektiv wirkt aber immer alles determiniert, wie ein abgekartetes Spiel, sogar meine Entscheidungen.
»Luis bringt Tim mit«, sagte Nathan.
»Echt? Cool. Was machen wir heute? Kratom nehmen?«
»Hmm«, sagte Nathan. Ich wurde hellhörig.
»Wie ›Hmm‹? Bist du dir etwa unsicher?« *Du, der Prophet?*
»Wir sollten das Zeug nicht zu oft nehmen, weißt du? Macht sonst süchtig und das wäre auf Dauer echt nicht nice. Aber ich denke, heute geht noch voll klar, vor allem, weil Tim dabei ist und wahrscheinlich seine Krayytuum-Jungfräulichkeit verlieren will. Apropos Jungfräulichkeit. Bist du Jungfrau, Daniel?«
Ich spürte, wie das Blut heiß in mein Gesicht schoss, Nathans Grinsen hatte etwas Haifischartiges.
»Nei-nein. Nicht mehr«, sagte ich und erinnert mich unwillkürlich wieder an mein erstes Mal. Es rumorte in meinen Eingeweiden. »Und du?«, fragte ich hastig im Versuch, die unangenehmen Erinnerungen zu verscheuchen.
»Nein, ich auch nicht.« Nathan schüttelte den Kopf.
»Hast du eine Freundin?«, fragte ich.
»Nein, hatte ich nie. Als ich klein war, wollte ich immer eine haben. Ich habe es versucht, aber ich kann wohl nicht so gut mit Mädchen umgehen. Zweimal wurde mein Herz zertrümmert. Jetzt ist nicht mehr viel davon übrig. Ich will keine mehr. Ich kann nicht mehr lieben.«
»Ich hatte auch noch nie eine«, sagte ich.
»Das macht es nicht besser. Nur trauriger.«

Ich widmete meine Aufmerksamkeit der Anzeigetafel. Plötzlich war es sehr interessant, dass der nächste Zug in sechs Minuten kommen würde, und die darauffolgenden jeweils in Zwanzigminuten-Abständen. Die Anzeigetafel flackerte. Fünf Minuten. Ich blinzelte und sah wieder zu Nathan. Sein Gesicht hatte sich verhärtet und starrte angespannt in die Leere vor ihm. Ich versuchte, vom Thema wegzukommen: »Ist es schlimm, süchtig nach Kratom zu sein?«
Nathans Mund war wie aus Stein gemeißelt, ich biss mir auf die Lippen, doch dann zogen sich Nathans Mundwinkel nach oben. Er lachte und lenkte zu meiner Erleichterung ein: »Es hängt natürlich vom Blickwinkel ab, aber aus den meisten Perspektiven, auch meiner, ist es egal, wonach man süchtig ist: ob nach Kratom, Gras, Vaginas, Glücksspiel oder von mir aus auch Kunst. Absolut egal, was. Irgendwo gibt es bestimmt auch einen Freak, der nach Schreiben oder Stiftezerbrechen süchtig ist. Sucht bedeutet, dass etwas Kontrolle über dich ausübt, und wenn etwas Kontrolle über dich ausübt, bist du nicht mehr maximal frei. Und nicht frei zu sein, mein Freund, ist das einzige Sakrileg, das ich kenne.«
»Aber«, wandte ich ein und merkte, dass meine Stimme zitterte, wahrscheinlich, weil ich mittlerweile unterbewusst Angst davor hatte Nathan zu widersprechen, »können wir überhaupt frei sein? Ich meine, unsere Freiheit wird immer limitiert. Von der Gesellschaft, von der Physik, von den Gesetzen, von eigentlich allem.«
»Du verwechselst absolute Freiheit mit Handlungsfreiheit. Ich habe mich falsch ausgedrückt.

Natürlich ist niemand absolut frei, alles zu tun und zu lassen, was ihm gerade durch den Kopf geht. Du kannst zum Beispiel nicht einfach fliegen wie ein Vogel. Deswegen meine ich mit ›Freiheit‹ eigentlich nicht die absolute Freiheit, sondern die Handlungs- und Denkfreiheit: die negative Freiheit. Siehst du, du könntest jetzt einfach aufs Gleis springen, oder aufstehen und das Ave-Maria singen, oder du könntest die Rentnerin da vorne totschlagen.« Er deutete auf eine buckelige Frau in rosa Pulli und mit weißer Wuschelmähne, die ein paar Meter neben uns stand und sich grimmig auf ihren Gehstock stützte. »Du könntest jetzt auch denken, was immer du willst, zum Beispiel über Lamas und Mexikaner. Du kannst jetzt alles machen, was physikalisch möglich ist und nicht von deinen Reflexen bestimmt wird, die aber auch mehr physikalisch sind, als dass sie deinem Willen untergeordnet wären.«

»Aber ich kann doch nicht einfach die Rentnerin totschlagen«, widersprach ich. Die alte Dame sah sich zu uns um und funkelte mich misstrauisch an.

»Ich wusste, dass du dich an diesem Detail aufhängen würdest«, sagte Nathan und lächelte wie ein Wolf, der gerade ein Lamm am Genick gepackt hatte. »Natürlich kannst du es. Es gibt nichts, was dich davon abhält.«

»Doch. Das Gesetz und mein Gewissen: Es wäre falsch und böse, es zu tun.«

»Das Gesetz ist nicht physikalisch real. Es ist ein Gedankengebäude. Du kannst machen, was du willst; das sogenannte Gesetz wird dir nichts anhaben können, nur Leute, die dieses Gedankenkonstrukt in ihren Köpfen tragen und Polizisten genannt werden.

Dein Gewissen ist die Folge sozialer Konditionierung, gemischt mit Instinkten, aber es ist nicht die dominierende Instanz in deinem Verstand. Du kannst dich immer darüber hinwegsetzen. Wenn du sagst, du kannst etwas aus Gewissensgründen nicht machen, lügst du. Du kannst es nämlich sehr wohl, du willst es nur nicht. Das gleiche gilt für Gut und Böse. Sie sind nicht real, sie existieren nur in den Köpfen der Menschen. Sie sind nicht einmal richtig definiert. Bei den Nazis war es gut, Juden zu töten, in unserer Gesellschaft ist es böse. Im islamischen Reich des elften Jahrhunderts war es gut, als Mann kleine Jungs zu ficken, heutzutage ist es böse und man wird dafür in Saudi-Arabien und im Iran hingerichtet. Gut und Böse sind nichtreale Gedankenkonstrukte. Sie haben nur die Macht, die man ihnen zuschieben will. Alles, was du tust, ist das Resultat deines Wollens; es gibt kein Müssen in dieser Welt, keinen Imperativ, außer den, dass alle Menschen eines Tages sterben müssen. Du tötest diese Frau da vorne nicht, weil es böse wäre, sondern weil du es einfach nicht tun willst. Der Mensch trifft konstant, wenn auch meist unbewusst, willentliche Entscheidungen. Er wird nie von irgendetwas gezwungen.«
»Aber ... das ist ja fürchterlich.«
»Nein, es bedeutet Freiheit. Und es bedeutet Verantwortung, und okay, ich gebe es zu, Verantwortung ist in der Regel fürchterlich, aber besser als Sklaverei.«
»Wie, Verantwortung? Wie soll man Verantwortung haben können, wenn es kein Gut und Böse und kein Richtig und Falsch gibt?«

»Wenn es kein Gut, kein Böse, keine Zwänge, keine realen Gesetze, kein Müssen, nur Wollen gibt, dann kannst du niemandem anders für deine Entscheidungen, für dein Wollen und für deine Taten die Schuld geben, als dir selbst. Du bist für alles, was du tust, verantwortlich, denn alles, was du tust, willst du tun.

Wenn du jetzt süchtig bist und dich berauschst, dann gibst du große Teile deiner Freiheit auf. Aber dann hast du die Verantwortung dafür, dass du ein dreckiger Junkie bist, denn die Sucht ist etwas derart Primitives, dass sie fast wie deine Reflexe zu etwas Physikalischem wird.«

»Das klingt, als würdest du dich auskennen«, sagte ich.

»Ich war zwei Jahre lang abhängig von Aufputschmitteln; um genau zu sein, von Methylphenidat, also Ritalin, und Koffein, aber unfreiwillig.« Nathan ließ seine Fingerknöchel knacken. »Man hat mir das Zeug verschrieben, weißt du? Ich war ein dicker, schweigsamer Junge. Ich hatte keine Freunde und ich sprach mit niemandem, so wie Jakob. Ich war nur nicht so zynisch und hart wie er, ich war eine Mimose. Ich war ruhig, aber ein Nerd, und bald das Ziel von Arschlöchern, die mich mobbten und zusammenschlugen, jeden verfickten Tag, jahrelang. Bis ich mit zwölf einen Nervenzusammenbruch nach dem anderen erlitt und nur noch depressiv war. Meine Mum brachte mich zum Psychiater und der meinte, ich hätte wie alle Kiddies heutzutage ADHS. Die nächsten zwei Jahre bestand mein Frühstück aus Ritalinpillen, runtergespült mit Energydrinks. Und irgendwo da habe ich meinen Verstand verloren, bin größenwahnsinnig geworden, habe zwanzig Kilo abgespeckt und alle meine Mobber zusammengeschlagen.« In Nathans Augen hing der feuchte Glanz eines traumatisierten Kriegsveteranen. »Seitdem hat in diesem Kaff jeder Schiss und Respekt vor mir und ich bin Nathan der verrückte Weise. Mit vierzehn dann habe ich das Zeug eigenständig abgesetzt, von einem Tag auf den anderen. Ich hatte erkannt, dass es mir mehr schadete als nützte, ich konnte einfach nicht mehr schlafen und bekam Visionen und all das psychotische Zeug. Seit einem Jahr nehme ich es wieder gelegentlich, aber nicht mehr oft. Die zwei Jahre der Abhängigkeit waren echt irre und wahrscheinlich hätte ich mir ohne die Pillen die Pulsader aufgeschnitten, aber ich war froh, als es vorbei war und ich sie nicht mehr brauchte.«

Ich schwieg. Ich wusste nicht, was ich darauf antworten sollte. Es war zu viel. Meine Gedanken kreisten um die Informationen und möglichen Antworten, kamen aber zu keiner passenden Lösung. Ich sagte deshalb einfach nur: »Das ist krass.«

»Jo, also das war so meine halbe Lifestory«, sagte Nathan und klatschte in die Hände. »Aber scheiß drauf, jeder hatte eine beschissene Kindheit, manche nicht einmal das, also hat das keine Bedeutung ... Sieh mal, wer da kommt.«

Die S3 Richtung Holzkirchen fuhr ein, keine Minute später gab ich Luis, Tim und Jakob die Brofist und wir machten uns auf den Weg zu Nathans Domizil.

Kapitel XVI:
Nathans Domizil

Wir waren alle von Nathans Haus überrascht.

Ich weiß nicht, was wir genau erwartet hatten, wahrscheinlich eine abgefuckte Sozialwohnung oder einen Hindutempel voller Weihrauch, aber sicherlich kein großes Haus der Oberschicht. Wobei, eigentlich war das logisch, schließlich waren wir alle Schüler an einer Privatschule, aber Nathan hatten wir irgendwie eher ein Stipendium zugetraut. Viele der Freaks und Musterschüler an Privatschulen waren Stipendiaten, irgendwo mussten die guten Notenschnitte ja herkommen.

Im Wohnzimmer stand ein Flachbildfernseher mit einer 5.1-Heimkinosoundanlage, deren Lautsprecher aus den Wänden links und rechts von Gemälden hingen. Es gab auch ein Klavier und einen großen Garten voller Apfelbäume. Wir zogen unsere Schuhe in der Garderobe aus.

Eine Putzfrau kam uns entgegen. Es war ein verschrumpeltes Greislein, das sich flink bewegte und noch schneller gestikulierte. Sie nickte uns zu und sagte: »Guten Tag, meine Herren«, und dann an Nathan gewandt irgendetwas in einer slawischen Sprache. Zu meinem Erstaunen antwortete er ihr in derselben Sprache, sie lächelte, er lachte, dann zog er eine Geldbörse hervor und reichte ihr ein Bündel Zwanziger. Sie nahm die Scheine und steckte sie, ohne zu zählen, ein, verbeugte sich und ging an uns vorbei. »Auf Wiedersehen, meine Herren«, sagte sie und verschwand in der Garderobe.

»Was war das für eine Sprache?«
»Ukrainisch.«
»Du sprichst Ukrainisch?«, fragte Luis.
»Echt jetzt?«, stimme Tim ein.
»Jo.«
»Warum das? Woher?«, fragte ich verwundert.
»Hatte Langeweile«, sagte Nathan und bedeutete uns, ihm zu folgen.
»Und dann lernst du einfach Sprachen?«, fragte Luis.
»Jo.«
»Wie viele Sprachen beherrschst du?«, fragte ich neugierig.
Nathan blieb stehen und rieb sich am Hinterkopf. »Deutsch, Englisch, Französisch, Mandarin, Ukrainisch, Spanisch, Polnisch, Russisch, Arabisch, Japanisch, Portugiesisch, Hebräisch, Latein, Alt- und Neugriechisch, Assyrisch, Akkadisch, Sumerisch, Esperanto und etwas Tupi.« Er nickte. »Zwanzig. Ja. Das sollte es sein, wenn ich nichts vergessen habe.«
»Du verarschst uns. Niemand beherrscht so viele Sprachen, schon gar nicht mit siebzehn«, wandte Luis ein. Nathan zuckte mit den Schultern. »Dann bin ich halt eine Ausnahme.«
»Beweis es. Stell dich auf jeder einzelnen Sprache vor.«
Wie aus der Pistole geschossen kam es: »Ich heiße Nathan. My name is Nathan. Je m'appelle Nathan. Wǒ de míngzì Nathan. Mene zvut' Natan. Yo soy Nathan. Nazywam się Nathan. Menya zovut Nathan. Watashi wa Nathan. Aismi Natha…«
»Okay«, unterbrach ihn Tim, »das reicht. Ich kann nicht noch einmal Nathan hören. Wir glauben dir ja, du bist

ein Wunderkind. Oh Mann, ist das krank. Lasst uns einfach dieses Kratomzeug trinken.«
»Aber du erzählst mir später, wie du sie gelernt hast und welche Lerntechnik du verwendest«, sagte Luis.
»Okay«, sagte Nathan und zuckte mit den Schultern, damit war es beschlossene Sache. Wir betraten die Küche. Sie sah aus wie eine dieser Katalogküchen, die man im Küchenmarkt oder eben im Katalog sah, aber eigentlich nie bei jemandem zu Hause. Marmorplatten, hochmoderner Kühlschrank, Hochglanz-Mixer, Hochglanz-Kaffeemaschine.
»Also für jeden von euch eine schöne sedierende Dosis, oder?«
»Geht es auch anders?«, fragte Luis.
»Ja, also Kratom wirkt in geringen Dosen eher stimulierend und motivationssteigernd wie Cocablätter oder Rita, auch etwas aphrodisierend. Erst wenn man die Dosis erhöht, wirkt es sedierend und euphorisierend.«
»Wie soll das funktionieren? Wie kann etwas stimulieren und sedieren?«, fragte Jakob.
»Das ist eine der Eigenschaften, die Kratom so besonders machen«, erklärte Nathan. »Die Wirkstoffe von Kratom sind Mitragynin und seine Derivate, und diese wirken primär als Opioide, aber auch serotogen und adrenogen.«
»Warte, stopp«, schritt Luis ein, »Opioide? Also wie Heroin, oder was?«
»So in der Art, aber anders, deswegen kann man Kratom praktisch nicht überdosieren. Also, in geringen Dosen wirkt Kratom vor allem an den Delta-Opioid-Rezeptoren, die stimulieren das Nervensystem, machen

wach und dämpfen Schmerz. In höheren Dosen bindet Kratom dann an den Mu-Opioid-Rezeptoren, das sind die gleichen, die von Heroin und Morphin angesprochen werden und die zu Beruhigung, Euphorie und Schmerzstillung führen.«

»Also konsumieren wir gerade mehr oder weniger Heroin?«, fragte Tim. Die Farbe wich ihm aus dem Gesicht. Ich spürte selber einen Kloß im Hals. Heroin, das war ein Tabu in meinem Kopf. Bilder blitzten vor meinen Augen auf: ich, wie ich sabbernd und mit einer Nadel im Arm in der Gosse lag.

»Nein, nein«, sagte Nathan »Kratom wirkt ja gleichzeitig noch an Serotonin- und Adreno-Rezeptoren und an den Delta-Rezeptoren. Die wirken der sedierenden Mu-Rezeptor-Wirkung entgegen. Deswegen stillt Kratom Schmerzen zwar sechsmal stärker als Heroin, ist aber gleichzeitig von der Rauschwirkung anders, vielleicht gerade mal ein Viertel so stark, wenn nicht weniger. Das lässt sich aber wirklich schlecht vergleichen, und man kann Kratom wie gesagt auch nicht tödlich überdosieren. Bei Heroin hört man bei einer Überdosis auf zu atmen, bei Kratom muss man höchstens kotzen. Die beiden Drogen haben einige gemeinsame Wirkungsmechanismen, aber sie sind eigentlich total verschieden.«

»Und was ist mit Abhängigkeit und Sucht?«, fragte Luis ruhig. Er runzelte die Stirn, kalkulierte wahrscheinlich gerade, wie gefährlich Kratom war.

»Ungefähr so hoch wie von Cannabis oder Kaffee. Der Entzug ist allerdings etwas unangenehmer. Deswegen sollte man es auch nicht täglich konsumieren, aber das

habe ich euch auch gesagt. Solange ihr nur mit mir konsumiert, seid ihr auf der sicheren Seite.«
Luis nickte langsam. »Okay. Das klingt vernünftig.«
»Sicher, Leute? Also irgendwie ist mir das doch zu krass«, sagte Tim. »Oder was hältst du davon, Daniel?«
»Ich ... ich habe, um ehrlich zu sein, keine Ahnung, wie ich darüber denken soll. Ich kenne mich nicht aus, aber ich glaube, Kratom ist sicher, und ich vertraue Nathan.«
Ich sah ein verunsichertes Funkeln in Tims Augen, was wohl so viel bedeuten sollte wie: »Du vertraust wirklich diesem Irren?«
»Nehmen wir es jetzt?«, unterbrach Jakob.
»Ja, klar. Also: stimulierend oder sedierend?«
»Sedierend«, sagte ich, »so wie in Berlin.«
»Ich auch«, sagte Luis und Jakob nickte.
»Ja, dann für mich dito«, sagte Tim.
»Okay.« Nathan ging zu einer Schublade. Sie war gefüllt mit bunten Teeblechdosen, die mit britischen Arabesken überzogen und mit kleinen Aufklebern beschriftet waren. »Ah, ihr wisst wahrscheinlich auch noch nicht, dass es mehrere Kratomsorten gibt, oder?«
»Nein«, sagte ich.
»Worin unterscheiden sie sich?«, fragte Luis.
»Man unterscheidet die Kratomsorten nach Herkunftsort und nach der Farbe ihrer Blattvenen. Es gibt Kratom aus Vietnam, Malaysia und Thailand und von Borneo, Bali und Sumatra. Und es gibt rotes, weißes, grünes und noch gelbes, das habe ich aber nicht. Wenn man alles mischt, nennt man das ›Meanga Da‹.«

»Und gibt es irgendeinen Unterschied in der Wirkung?«, fragte Luis.

»Naja, prinzipiell wirken sie alle in niedrigen Dosen wachmachend und in hohen beruhigend, aber jede Sorte hat ihre eigenen Akzente, manche sind stärker, manche schwächer, manche machen eher wach, andere sind euphorisierender und haben auch eine psychedelische Komponente.«

»Was hatten wir in Berlin?«, fragte Jakob.

»Meine Lieblingssorte. Borneo Red Horned. Das ist eine besonders starke rote Sorte, eine moderne Kreuzung, die im Gegensatz zum normalen Kratom gezackte statt herzförmige Blätter hat. Sehr beruhigend und träumerisch.«

»Nehmen wir einfach das. Passt schon«, sagte ich.

»Jo«, stimmte Luis zu.

Nathan nahm eine der Dosen heraus und schloss die Schublade beim Weggehen mit einem sanften Tritt. Er setzte den Wasserkocher auf, und während das Wasser zu glucksen und sprudeln begann, nahm er aus einem Schrank Tassen und eine Feinwaage.

»Habt ihr alle einen nüchternen Magen?«, fragte Nathan. »Man sollte vier Stunden vor Kratom nichts essen, sonst wird einem möglicherweise übel oder die Wirkung setzt nicht richtig ein.«

Wir bejahten.

»Ihr wollt es schön stark haben, oder? So wie in Berlin? Oder stärker? Oder schwächer?«

»Kann ruhig etwas stärker sein«, sagte ich.

»Ja, von mir aus auch«, sagte Luis. »Aber Nathan, warum lagerst du dein Kratom in der Küche? Haben deine Eltern nichts dagegen?«

»Mein Vater wohnt hier nicht. Und meine Mutter sieht nie in der Schublade nach. Sie arbeitet viel und kocht ungern, also übernehme ich das meistens und daher wühlt sie hier auch nicht groß rum.«

Er schaufelte das Kratompulver mit einem Esslöffel aus der Box auf die Waage, wog es ab und kippte das Pulver in die Tassen. Gerade als er die letzte Dosis abgewogen hatte, pfiff und piepte der Wasserkocher.

Während er das dampfende Wasser in die Tassen goss, sagte er: »Daniel, bring mir bitte mal die Milch und die Schlagsahne aus dem Kühlschrank.«

Ich öffnete den Kühlschrank und nahm eine Schlagsahnedose und Milch heraus. »Und nun das Schoko- und Vanilleeis aus dem Kühlfach.«

Ich bückte mich, kramte das Eis heraus und reichte es Nathan. Er gab mir dafür die Milch und ich stellte sie zurück in den Kühlschrank. In jede Kratomtasse klatschte Nathan jeweils eine Kugel Vanille und eine Kugel Schoko, dann reichte er mir die Boxen zurück und ich räumte sie wieder ein. Als ich wieder aufsah, streute er gerade Zimt und Zucker in die Kratomshakes und steckte einen kleinen Rührstab hinein. Es surrte und gluckste viermal, dann landete der Rührstab scheppernd im Abfluss. Die Sprühdose zischte viermal, auf die Sahnehäubchen rieselte Kakaopulver und schwarze Strohhalme durchstießen die weiße Schaumdecke.

»Voilà!«, rief Nathan aus. »Vier Eisschokokrays. Süß und schmackhaft. Bitte.«

Er drückte jedem von uns eine Tasse in die Hand. Erst jetzt fielen mir die Motive auf. Es waren Beagle mit

Weihnachtskostümen, die um die Tasse tanzten. Ich musste lächeln und dachte mir unwillkürlich: *süß*.
Es war diese Art von Tassen, die man auf Weihnachtsflohmärkten erstand. Sie erinnerten einen immer wieder an die nach Lebkuchen und Glühwein riechende und an die vor Pathos schwangere Empfindung der Vorweihnachtszeit des Kindesalters. Wenn man älter wird, zerfällt diese Empfindung, man spürt die Kälte und wird sich des Konsumzwangs und der Kommerzialisierung bewusst; der Glaube an den altruistischen Weihnachtsmann zerrieselt wie der erste Pulverschnee in den Handschuhen. Zurück bleibt nur die Winterkälte.
»Lecker«, sagte Jakob. Er schlürfte bereits an seinem Kratomshake, während ich mich dabei ertappte, den braun gesprenkelten Sahnehaufen zu betrachten und an Weihnachten zu denken. Im August. Ich nahm den Strohhalm in den Mund.
»Ja, es ist wirklich gut«, sagte Luis und im selben Moment bestätigten meine Geschmackszellen diese Aussage. Zusammen mit dem Kakao, dem Eis, dem vielen Zucker und der Milch entstand eine angenehm süßlich-herbe Note, die erfreulich leicht herunterging. Es war kein Vergleich zu dem Schlamm in Berlin, der wie ungewaschenes Diarrhöe-Arschloch geschmeckt hatte. Der Geschmack lag irgendwo zwischen Chaitee und dunkler Bitterschokolade, die man in Milch und Zucker gelöst hatte.
Nathan kippte seinen Shake in einem Zug herunter und schleckte die Sahne weg. »Je schneller man das Kratom zu sich nimmt und je leerer der Magen, desto besser kommt die Wirkung«, sagte er, woraufhin Luis

den Shake, an dem er gerade noch genüsslich genippt hatte, ebenfalls in einem Zug ausschlürfte.

»Wusstet ihr eigentlich, dass Sahnedosen Stickstoffmonoxid enthalten?«, fragte Nathan.

»Ähm, ja. Treibgas halt«, sagte Tim.

Ich trank mein Kratom ebenfalls aus. Zurück blieben nur etwas Schaum und grüne Bröckchen am Tassenboden.

»Stickstoffmonoxid ist auch bekannt als Lachgas«, sagte Jakob, wie immer klang er dabei teilnahmslos.

»Echt jetzt?«, fragte Luis. »Es gibt Lachgas so einfach im Supermarkt?«

»Jo. Und die Sahne hier ist fast leer, da ist nur noch etwas Gas. Jemand Bock auf einen kleinen Hit, bevor das Kratom einschlägt?«, fragte Nathan.

»Nein danke«, sagte ich.

»Aber immer doch!«, sagte Luis. Er knallte die Tasse grinsend auf den Küchentisch. »Was muss ich machen? Einfach in den Mund sprühen oder was?«

»Nein, warte. Wir brauchen einen Luftballon.« Nathan lief mit der Sahneflasche an uns vorbei, wir hörten ihn im Wohnzimmer in einer Schublade rumkramen, dann kam er mit einem pinken Luftballon zurück. Er schob ihn über die Sprühmündung und ließ ihn volllaufen. Die Dose zischte und spotzte Gas und einzelne Sahnetropfen in den sich aufblähenden pinken Ball. Die Sahne rann an der halbdurchsichtigen Innenwand hinab, während der Ballon die Größe eines Kopfes erreichte, dann stotterte die Dose und das Zischen erstarb.

»Okay. Genau ein Hit für eine Person«, sagte Nathan.

»Wenn du willst, kannst du«, sagte Luis, »gehört ja dir.«

»Nein, ich nehme kein Lachgas«, sagte Nathan und machte eine abwertende Handbewegung.

»Was? Du nimmst es selber nicht, bietest es aber uns an?«, fragte Luis. »Ist das irgendwie gefährlich?«

»Ja und nein, also doch, aber nicht ganz. Ich nehme es selber nicht, weil das Nutzen-Kosten-Risiko-Verhältnis einfach scheiße ist, genauso wie bei Alkohol oder Zigaretten oder Crack und Heroin, aber es ist an sich relativ sicher. Ich würde es halt nach meinen eigenen Prinzipien nicht nehmen, aber das sind meine Prinzipien und die wenigsten folgen ihnen. Ich zwinge sie auch niemandem auf, ich bin ja schließlich kein Missionar oder Prophet oder dergleichen.«

Der Prophet behauptet, kein Prophet zu sein - das ist absurd.

Alle drehten sich zu mir um. Erst jetzt realisierte ich, dass ich unkontrolliert lachte. Mein ganzer Körper schüttelte und krümmte sich vor unbändigem Irrsinn.

»Alles in Ordnung?«, fragte Luis.

»Vielleicht hat er einen Schlaganfall«, sagte Jakob.

»Ne, ne«, brachte ich heraus und wischte mir die Lachtränen aus dem Gesicht. »Ist wieder gut, ich hatte nur einen lustigen Gedanken, ist schon wieder in Ordnung.«

»Spontanes und grundloses Lachen ist ein Symptom einer sich anbahnenden Schizophrenie«, sagte Jakob.

»Ah was«, sagte Nathan. »Daniel ist einfach gut drauf. Also Luis, willst du Lachgas?«

»Nein danke, Mann. Wenn du es selber nicht nimmst, verzichte ich auch. Das klingt für mich vernünftiger.«

»Ist es auch. Tim, du?«

»Nein, Mann«, sagte Tim und schüttelte den Kopf. Nathan ließ den Ballon los und dieser flog furzend davon, bis er leer war und leblos auf den Boden klatschte.
»Was sind das für Prinzipien, denen du folgst?«, fragte ich.
»Oh, das ist etwas kompliziert. Ich habe sie mir selber erdacht, aber wisst ihr was, es gibt einen Schriftsteller, der ähnliche Gedanken hat wie ich, wobei, nein. Er ist noch radikaler und noch abstinenter, er nimmt Drogen niemals zum Spaß, für den sind das wissenschaftliche Artefakte, Werkzeuge für die Psychoanalyse und Produktivitätssteigerung. Er heißt Leveret Pale oder so und hat seine Ideen in einem Essay zusammengefasst. Vielleicht erzähle ich euch davon später genauer, oder ich schick es euch per Telegram. Jetzt ist es aber an der Zeit, euch in den Bunker zu führen.«
»Bunker?«, fragte ich.
»Ist das weit weg?«, fragte Luis.
»Gar nicht«, sagte Jakob und streckte die Hand aus. »Ist gleich da vorne.« Er zeigt auf eine der drei Türen in der Küche. Eine führte ins Wohnzimmer, eine in die Speisekammer und eine in den Keller, den Nathan »Bunker« nannte.

Kapitel XVII:
Der Bunker

Der Bunker, das war einer der beiden Keller in Nathans Haus, der als Gästezimmer fungierte.

Der Bunker, das war der Tempel des weisen Junkies Nathan. Statt Oblaten und Wein gab es hier abwechselnd Pappen und Kratomshakes, statt Bibellesungen und Messen gab es existentialistische Philosophievorträge und Sexorgien.

Der Bunker, das war eine kleine autonome Kapsel unter der Erde. Es war ein Ort, an dem man sich für immer vor der Welt verkriechen konnte. Wir taten es zwar nie für länger als ein paar Stunden, aber allein das Wissen, dass man theoretisch niemals diesen Tempel verlassen müsste, war Balsam für die Seele.

Aber davon wusste ich damals noch nicht Bescheid.

Es war mein erster Abend im Bunker, und deswegen hatte ich etwas Angst und wieder dieses Gefühl, an einer Schwelle zu stehen, kurz davor zu sein, eine weitere Ebene im Kaninchenbau hinabzustürzen, einen weiteren Schritt in den Wahnsinn zu machen.

Ich zuckte zusammen, als Nathan hinter uns die Tür zur Küche schloss. Ich wusste intuitiv, was es bedeutete: Er schloss uns damit in seine Welt ein und die laute und verwirrende Realität aus. Hier war er der Meister und wir waren seiner Gnade ausgeliefert. Mit klopfendem Herzen nahm ich eine Stufe nach der anderen.

Die Treppe hinab in den Bunker war schmal und links und rechts von Beton gesäumt. Wenn man unten stand und das Licht auf der Treppe aus war, verschwand die

Tür zur Realität in Dunkelheit. Lediglich durch das Fenster, das am Boden eines Schachtes lag, versuchte die Realität, in Form von geisterhaften Lichtfäden, sich erfolglos Zutritt zu verschaffen. Kaum, dass wir den Raum betraten, ließ Nathan die Jalousie herunter und zog die Vorhänge zu. Wir waren von der Außenwelt hermetisch abgeriegelt. Das hätte mich eigentlich beunruhigen sollen, stattdessen fühlte ich mich, als wäre eine Last von mir abgefallen. Ich ließ mich auf ein Sofa fallen, denn das Kratom kündigte sich an: ein leichtes Schwanken meiner Seele, als wäre ich gerade auf ein kleines Ruderboot gestiegen, dessen Bestimmung es war, für immer und in Frieden über den endlosen Fluss der astralen Welten zu gleiten. Ich ließ meinen Blick durch den Raum schweifen, während Luis und Tim neben mir und Jakob und Nathan vor mir Platz nahmen.
»Das ist echt gut ausgestattet«, sagte Luis.
»Jo«, sagte Nathan, »danke.« Zwischen den beiden Sofas war ein kleiner Tisch, auf dem eine Räucherstäbchenschale stand. Links der Treppe war eine Tür mit einem Milchglasfenster. Dem Bunker wohnte eine ausgeglichene Atmosphäre inne.
»Wollt ihr was zu trinken?«
»Aus der Minibar oder müssen wir wieder hoch?«, fragte ich.
»Natürlich aus der Minibar. Die ist voll mit Getränken, und im Schrank hinter mir, da ist genug Knabberzeug für ein Jahr gebunkert, sowie allerhand Drogen und Spielzeug. Und im Scheißhaus hier«, er deutete auf die Tür neben der Treppe »da gibt es eine Badewanne, Trinkwasser, einen Trockner, ein Waschbecken und

eine Klospühlung. Hier unten gibt es alles.« Er deutete auf die Tür neben der Treppe. »Wir könnten hier für Monate bleiben.«

»Naja, ist schon cool, aber es gibt kein WLAN und kein Netz«, sagte Tim, sein Gesicht leuchtete krankhaft blass im Schein des Smartphone-Displays.

Nathan machte ein prustendes Furzgeräusch mit seinem Mund und winkte ab. »Den Scheiß brauchst du doch nicht wirklich zum Leben, das lenkt dich nur ab. Und wenn du Entertainment willst: Im Schrank sind auch Musicbox und Projektor, sowie ein Stapel DVDs und Bücher. Wir können uns *Apocalypse Now* in Dauerschleife reinziehen oder etwas lesen. Wir haben die gesammelten Werke Freuds, Nietzsches, Burroughs, Kerouacs, Sartres, Camus, Jungs, Poes und Lovecrafts hier. Aber ich denke, fürs Erste reicht es, wenn wir einfach chillen.«

Das letzte Wort, das *chillen*, berührte mich in meinem Inneren: Es war die Essenz des Raums, die in der Unendlichkeit widerhallte und mich mit ihren metaphysischen Fingern im Herzen streichelte. Ich zuckte und sank lächelnd zusammen.

»Ich glaube, das Kratom schlägt ein«, sagte Tim, er hatte das Smartphone weggesteckt.

»Ja, bei mir auch«, sagte Jakob.

»Bei mir leider noch nicht«, sagte Luis.

»Musique, mes petits camarades d'intoxication?«, fragte Nathan mit verspielter Stimme.

»Oh. Fick dich mit deinem Französisch«, murmelte Tim fröhlich. »Ich hasse diese Sprache, wegen ihr wäre ich mehrmals fast durchgefallen.«

»Chill«, sagte Nathan und das Wort kitzelte in meinen Knochen. »Du verströmst sonst noch schlechte Vibes. Also, Musik?«
»Aber klar doch«, sagte ich.
Nathan stand auf und ging zum Schrank. Er kam mit einer Box zurück, an die mit einem Line-in-Kabel ein altmodischer MP3-Player angeschlossen war.
»Ich habe was Neues für euch. Es ist von der Band *Dead Can Dance*. Wir nehmen ihr Album *Anastasis*, da gibt es ein Lied, das heißt ›Opium‹. Es erinnert mich immer an Kratom, wirkt ja schließlich ähnlich.«
Plötzlich ertönte hinter uns ein animalisches Brüllen, das klang wie das nasale Stottern eines Motors unter Wasser klang. Alle erstarrten in ihrer Bewegung.
»Was war das?«, hörte ich mich fragen. Meine Arme und Beine waren weich wie Butter in der Mikrowelle, trotzdem stellten sich meine Nackenhaare auf.
»Fuck. Ich habe das Nilpferd vergessen«, sagte Nathan, ließ den MP3-Player fallen und stürzte zum Bad. Er riss die Tür auf und ein Schnaufen und erneutes Brüllen ertönten.
»Hat er gerade ›Nilpferd‹ gesagt?«, fragte Tim.
»Ja«, sagte Jakob.
Wir sprangen alle auf und drängten uns durch die Tür.
In der Badewanne saß ein kleines Nilpferd. Es röhrte und schlug mit dem Kopf um sich, aber es konnte weder aus der Badewanne heraus, noch hin oder zurück gehen, es steckte fest.
»Nathan, sag mal. Hat Kratom eigentlich auch eine halluzinogene Wirkung?«, fragte Luis.
»Nein, warum?«

»Hast du uns sonst irgendetwas verabreicht?«, fragte Tim, seine Stimme zitterte wie Espenlaub.
»Nein. Definitiv nicht.«
»Warum«, schrie Luis, »sehe ich dann ein verficktes Nilpferd vor mir?«
Das angesprochene Tier brüllte wie zur Antwort und schlug wütend auf den Badwannenrand ein. Es riss das Maul auf und zeigte uns seine mächtigen Hauer und den tiefen, dunklen Rachen.
»Sssch. Schhh«, machte Nathan und flüsterte: »Jetzt habt ihr es verärgert. Idioten!«
»Wie kommt hier ein Nilpferd rein?«, fragte ich.
»Durch die Tür. Wie denn sonst?«, antwortete Nathan.
»Junge, ist das krank«, sagte Tim. »Leute, ich lege mich aufs Sofa, das ist mir zu weird. Schlimmer als VICE.«
Tim verschwand durch die Tür.
Ich spürte, wie das Kratom nun auch die letzten Zellen meines Gehirns erreichte; alles begann weich und angenehm zu werden und ich hatte keine Lust, mich mit dem Nilpferd oder irgendwelchen anderen abstrakten Problemen zu beschäftigen. Ich drehte mich um und wollte ebenfalls gehen, um mich einfach hinzulegen und den Rausch zu genießen.
»Ey, wohin gehst du?«, zischte Luis, während Nathan sich zu dem Nilpferd hinunterbeugte, ihm beruhigend den Kopf tätschelte und ihm zuflüsterte. Ich blieb stehen.
»Ich habe keinen Bock hierauf«, sagte ich.
»Jakob«, zischte Nathan, »stell die Wassertemperatur der Wanne auf Maximum, schalt auf Duschen und reich mir den Duschkopf.«

Luis und ich erstarrten und wandten uns Nathan zu, dem Jakob gerade den Duschkopf reichte. Langsam entfernte sich Nathan vom Nilpferd, während er noch immer beruhigend auf es einflüsterte. Ich verstand die Worte nicht einmal, wahrscheinlich war es Ägyptisch, was auch immer. Plötzlich griff Nathan mit einer Hand nach dem Wasserhahn und riss ihn hoch. Ein brühend heißer Wasserstrahl schoss aus dem Duschkopf, der Dampf füllte schlagartig das ganze Bad, heiße Wasserspritzer trafen mich, das Nilpferd brüllte vor Schmerzen. Es kochte bei lebendigem Leib in seinem Becken. Die Todesschreie waren entsetzlich. Meine Ohren taten weh, als würde ich direkt neben einer startenden Formel-1-Flotte stehen, doch das Brüllen verebbte und wurde zu einem Winseln. Das Nilpferd begann zu schmelzen; es sank in sich zusammen wie Eiscreme in der brühenden Hitze der Merkuratmosphäre. Es verstummte und floss als graubraune Brühe in den Abfluss. Was blieb, war das Prasseln der Dusche, das abrupt abbrach, als Nathan das Wasser abstellte und den Duschkopf wieder aufhängte. Es war, als hätte es nie ein Nilpferd gegeben. Nur der beschlagene Spiegel und die feuchte Luft zeugten noch von dem Ereignis.

»Was!«, brüllte Luis direkt neben mir. Ich zuckte zusammen.

»Alter, schrei mir nicht ins Ohr.«

»Junge. Das war nicht normal, das kann einfach nicht sein«, rief Luis.

»Beruhig dich«, sagte ich. Langsam ging er mir auf die Nerven. »Ich habe dir doch gesagt, bei Nathan ist alles möglich. Du schuldest mir zehn Euro.«

»Nein. Ihr habt mich doch auf irgendeinen Scheiß gesetzt«, rief Luis und wollte aus dem Bad stürmen, aber Jakob stand bereits in der Tür. Luis holte aus, er hatte den gehetzten Blick eines Tieres auf der Flucht, aber bevor er zuschlagen konnte, legte sich Nathans Hand auf seine Schulter und er erstarrte. Sein Kopf drehte sich wie bei einer Eule um 180°.
»Luis. Akzeptiere, was geschehen ist. Manche Dinge liegen außerhalb der engen Kreise der Ratio«, sagte er. Luis sah Nathan in die Augen, seine Pupillen weiteten sich, sie schrumpften zu Stecknadelköpfen, weiteten sich, bis das Weiße verschwand, schrumpften wieder, sie pulsierten, dann waren sie normal. Luis blinzelte. Er öffnete den Mund und sagte: »Ich habe gesehen, ich habe verstanden.« Dann holte er seine Geldbörse hervor und reichte mir den Zehner. Ich steckte ihn ein und war froh, dass die Sache endlich geklärt war.
Wir gingen zusammen zurück in den Bunker. Tim saß dort und hob gähnend den Kopf, bevor er fragte: »Habt ihr das Nilpferdproblem gelöst?«
»Jo«, sagte Luis knapp. Tim nickte langsam, bis ihm das Kinn auf die Brust sank und es schien, als wäre er eingeschlafen. Wir ließen uns auf den Sofas nieder.
Ich wollte einfach nur liegen. Die Welt war in Wärme eingepackt, alle negativen Gedanken grinsten wie die positiven und ich trieb auf meiner Glückseligkeit vor mich hin.
»Gibt es hier eigentlich eine Videokonsole oder so? Wenn ich zugedröhnt bin, zocke ich gern was ... irgendwas«, sagte Tim plötzlich.
»Nope«, antwortete Nathan.

»Wie?«, fragte ich. »Du hast keine Konsole? Zockst du auf dem PC?«
»PC-Masterrace«, murmelte Luis.
»Nö. Ich zocke gar nicht«, sagte Nathan. »Videospiele sind süchtigmachende Zeitverschwendung.«
»Süchtigmachend?«, rief Luis. »Junge, wir sind zugedröhnt. Du willst uns doch nicht erzählen, dass das weniger süchtigmachend wäre als Videospiele.«
»Nein, also nicht wirklich«, erklärte Nathan. »Wie schnell man von etwas süchtig wird, hängt ganz vom Individuum ab und variiert auch stark. Es gibt Leute, die können sich Heroin drücken, ohne süchtig zu werden, und verfallen dann einer Cannabissucht oder werden zwanghafte Serienjunkies. Videospiele sind aber halt auch sehr einfach zu kriegen, und sie schaffen es, im Gegensatz zu den meisten Drogen, einen komplett von der Realität und seinen eigenen Gedanken abzuschotten. Ein Suchtpotenzial ist definitiv vorhanden. Sie liefern auch kaum Mehrwert. Halte ich irgendwie für kontraproduktiv für die persönliche Entwicklung, und sobald man aufhört sich weiterzuentwickeln, beginnt man zu sterben. Ist aber nur meine persönliche Meinung, deshalb zocke ich nicht.«
»Und was machen wir jetzt?«, fragte Tim.
»Entspannen. Meditieren. Sich im Rausch treiben lassen und die Tiefen des eigenen Unterbewusstseins furchtlos erkunden, oder einfach die Ästhetik der Musik von einer neuen, reineren Perspektive erleben. Vielleicht auch miteinander hemmungslos diskutieren. Das Bewusstsein erweitern. Dafür ist Kratom wie geschaffen«, sagte Nathan.

»Musik klingt gut«, sagte Tim, nickte und schloss die Augen. Ein dunkler Schleier sank über den Raum.
Nathan drückte auf dem MP3-Player herum. Musik setzte ein; »*Anastasis* von *Dead Can Dance*«, kündigte DJ Nathan an. Plötzlich funkte Leben in der Dunkelheit auf. Ein Corno spielte, einfühlsame Hände entlockten Trommeln einen pochenden, epischen Rhythmus. Eine weiche, tiefe Männerstimme trug englische Gedichte vor, und irgendwann sang eine Frauenstimme in mystischen Versen, während gotische Klangmonumente in dunkle Höhen wuchsen und wieder einstürzten.
Ich sank von einem Lied ins nächste, auf einem goldenen See der Ewigkeit treibend. Manchmal öffnete ich die Augen, sah zu den anderen hinüber, die, wie ich, nur dalagen und genossen. Zwischen uns brannte ein Räucherstäbchen. Schleier eines süßlichen, harzigen Lotusdufts schwebten durch den Raum.
Jakob nickte mir lächelnd zu, ich nickte zurück, Nathan nickte mir zu, ich nickte ihm zurück, ich sah mich zu Luis um, der neben mir zusammengesunken war. Tim nickte im Schlaf vor sich hin. Wir nickten uns alle zu, wir waren vereint. Erleichtert schloss ich meine Augen und lehnte mich wieder zurück.
Doch dann nervte Luis wieder: »Sag mal, wie hast du das mit dem Nilpferd gemacht?«
»Ich will es gar nichts wissen, Leute, bitte«, murmelte Tim. Ich sah ihn an, er wirkte durchsichtig, fiebrig, als wäre er dabei, sich aufzulösen. Ich wunderte mich, war aber zu entspannt, um etwas zu sagen oder zu tun.
»Einfach weggespült«, sagte Nathan.

»Das geht doch nicht. Das ist unmöglich«, sagte Luis. Ich wollte »Ungläubiger« rufen, aber meine Lippen waren zu schwer. Wie konnte er nach all der Zeit noch an Nathans göttlicher Macht zweifeln?
»Das nächste Lied ist *Opium*«, schallte Nathans Stimme durch den Äther.
Trommelschläge trippelten gleichmäßig und gewichtig im Einklang miteinander, Schellen rasselten und eine flötenartige Melodie beschwor Bilder der Akropolis im Nebel herauf. Die tiefe, epische Stimme des Sängers setzte ein, und ich sah vor meinen inneren Augen einen Mann, der in der dunklen, grenzenlosen Ebene Mesopotamiens an einer Opiumpfeife zog. Die Welt rauschte an ihm vorbei. So fühlte auch ich mich, und mit jedem Ton versank ich tiefer im Sofa und im Nebel. Bald nahm ich die Musik nur noch am Rande als etwas Abstraktes und Metaphysisches wahr. Die Zeit blieb stehen, gefror zu kristallinen Bildern. Ich fiel wie die Feder, die Galileo Galilei vom Schiefen Turm von Pisa hatte fallen lassen, um die Schwerkraft zu erforschen. Ich fiel, um alles jenseits von Zeit und Raum zu erforschen. Ebenso sanft und tonlos schlug ich am Grunde meiner Seele auf.
Dort war das ewige Nichts, die Rückkehr in die pränatale Dunkelheit, Schlaf. Tod. Schlaf. Morpheus.
Was ist schon Wachheit, als ein Kampf gegen das Unvermeidbare, das Friedliche, gegen die Nacht? Was ist schon Leben, als ein greller, schmerzhafter Blitz, ein störender Funke in der dunklen, harmonischen Unendlichkeit, den es zu dimmen gilt?

Kapitel XVIII:
Das dealende Einhorn

Es war stockdunkel. Für einen Augenblick überkam mich der beruhigende Gedanke, tot zu sein, aber er verflog schlagartig, als ich aufstand und mir das Knie an einer Tischkante stieß. Ich fluchte, und während ich den Mund öffnete, durchfuhr ein stechender Schmerz meinen Schädel, als hätte jemand glühende Nägel durch meine Augen geschlagen.

»Alles klar?«, ertönte Nathans Stimme vor mir.

»Nein«, presste ich hervor, während ich mir mein pochendes Knie rieb, »ich habe mich angestoßen und ich habe höllische Kopfschmerzen. Warum ist das Licht aus? Ich dachte, von Kratom bekommt man keinen Kater.«

»Im Dunkeln schläft und erholt sich der Körper besser. Und naja, wenn man Kratom zu hoch dosiert und es nicht gewohnt ist, dann bekommt man schon einen Kater. Sorry«, sagte Nathan. »Warte, ich mach das Licht an.«

Ein Luftzug streifte mich und hinter mir klickte es. Ich kniff die schmerzenden Augen zusammen, als mich die Deckenlampe des Bunkers blendete. Ich blinzelte, Jakob murrte vor mir und neben mir streckte sich Luis gähnend. Neben Jakob saß ein rosa Einhorn. Ich blinzelte erneut und rieb mir die Augen.

Das rosa Einhorn hob die Hand und sagte: »Morgen.«

»Morgen«, sagte ich und schloss die Augen. Ich atmete tief aus und versuchte die Schmerzen auszublenden. Als ich die Augen wieder öffnete, war das Einhorn noch immer da.

Aber ich erkannte, dass es kein echtes Einhorn war. Es war ein Mensch in einem rosa Overall und mit einer rosa Einhornlatexmaske. Seine Hände waren schwarz. Der Einhorn-Niggha von der berühmten Hausparty, von der Ludwig und Tim erzählt hatten.

Nathan lief an mir vorbei und rief: »Ich hole Maracuja-Eis. Das lässt die Kray-Kopfschmerzen sofort verschwinden.« Er rannte die Treppe hoch.

Ich starrte einfach nur das Einhorn an und es starrte mich an, während ich mir den Schädel rieb. Die Schmerzen pochten immer stärker auf mich ein und ließen mich gar nicht erst darüber nachdenken, was ein Typ im Einhornkostüm hier machte.

Nathan kam die Treppe hinunterstolziert, stellte fünf Glasschüsseln auf dem Tisch ab und ließ sich neben Jakob fallen. Dieser öffnete die Augen, über seinem Gesicht hing die Einhornfresse. Er schrie und sprang zurück. Dabei stolperte er über Nathan und fiel der Länge nach hin. Durch den Lärm erwachte Luis neben mir.

»Was ist los?«, fragte er schlaftrunken, und als er das Einhorn sah: »Oh ne, ich träume doch. Scheiße, was ist mit meinem Schädel?«

»Ne, ne, Leute. Das ist kein Traum«, sagte Nathan, während er seine Portion Eis nahm. »Das ist Daniel, also ein anderer als *der* Daniel« – er zeigte auf mich – »nennt ihn einfach Danny, oder Unicorn. Whatever.«

»Hallo«, sagte das Einhorn. Die Augen der Latexmaske starrten debil in entgegengesetzte Richtungen. Ich nahm mir eine der Schüsseln mit Eis, weil ich das nicht mehr ertrug. Es war Maracuja-Sahne-Eis, weiß-orange gestreift mit harten Stückchen. Ich schlang es hinunter.

»Warum hat Danny ein Einhornkostüm an? Und wo kommt er her?«, fragte Jakob, der sich mittlerweile aufgerappelt hatte und die Augen auf und zu kniff.
»Ich mag Einhörner, und ich bin heute Nacht gekommen, um hier zu pennen. Da habt ihr alle schon geschlafen, abgesehen von Nathan«, sagte Danny.
»Bist du irgendwie eine scheiß Schwuchtel oder so?«, murmelte Luis und rieb sich die Schläfen. »Fuck, mein Hirn, was ist das für eine Art von Kater?«
»Irgendwie nicht«, sagte das Einhorn und plötzlich zog es ein Messer und sprang auf Luis. Luis schrie und schlug mit den Armen um sich, aber das Einhorn drückte ihn in das Sofa und hielt ihm die Klinge an die Kehle. Einen Moment lang überlegte ich, ob ich eingreifen sollte, aber mein Knie tat weh, außerdem hatte ich bereits mein Eis komplett verschlungen und spürte erleichtert, wie die Kopfschmerzen verschwanden. Ich lehnte mich zurück und sah den beiden zu. Das Einhorn zischte: »Wenn du mich noch einmal eine Schwuchtel nennst, schneide ich dir die Eier ab und verfüttere sie an deine Mutter. Verstanden?«
Luis nickte.
»Verstanden?«
»Ja«, wimmerte er.
»Das ist schön«, sagte das Einhorn, löste sich von Luis und reichte ihm die Hand. Luis schüttelte sie und lächelte schief.
»Übrigens«, sagte Danny, nahm eine Eisschüssel und reichte sie Luis, »das wird den Kater killen.«
Luis nahm die Schüssel und bedankte sich, wobei er das verrückte Einhorn nicht aus den Augen ließ. Danny

steckte das Messer wieder ein und setzte sich mit seiner Eisportion genau auf die Mitte des Tisches, neben die Räucherstäbchenschale.

»Schön, dass ihr das geklärt habt«, sagte Nathan. »Es ist jetzt halb zehn. Was wollen wir machen? Brunchen? Frühstücken? Danny hat sicherlich etwas Gras dabei, wenn ihr wollt.«

»Jo. Das beste Dope der Gegend und das soll was heißen. Ich habe feinstes Blue Dream und White Widow«, verkündete das Einhorn.

»Blue Dream? Was ist das für eine Sorte?«, fragte Luis.

»Hybrid«, sagte Nathan, »24% THC, 0,2% CBD. Das haut dich richtig weg. Zeig es ihm mal, Danny.«

Das Einhorn griff in eine der Taschen seines Overalls und zog einen Baggie mit einem Bud darin hervor und reichte ihn Luis, der ihn öffnete und daran schnupperte.

»Hey, das riecht ja wirklich nach Blaubeere. So süßlich. Und das ballert auch?«

»Darauf kannst du wetten. Besser als das olle White Widow«, sagte Nathan.

»Wie viel willst du dafür?«, fragte Luis.

»Zehner für den Gi«, sagte das Einhorn.

»Zehn? Für ein Gramm?« Luis hob die Augenbrauen und hielt den Baggie gegen das Licht. »Wo habt ihr das her? Ich bekomme in der Stadt nur White Widow und manchmal Lemon Haze, und das kostet dann fünfzehn oder zwanzig.«

»Es gibt hier in der Gegend eine Menge Homegrower«, sagte Nathan, »viel mehr als in fucking München. Und seit der Graph weg ist, sind die Preise ziemlich chaotisch, weil sich der Markt neu orientieren muss, und dann kommt man recht einfach und billig an guten Stoff. Gestern hätte Danny es dir noch für einen Fünfer verkauft.«

»Der Graf? Ein Adeliger?«, fragte ich.

»Nein, ein Student. Er heißt Felix. Daraus wurde dann f(x), f von x, der Graph von X. Ihr wisst schon, wie in Mathe. Wir haben irgendwann angefangen, ihn den Graphen zu nennen. Korrekter Typ, hat hier in der Region, von Haching nach Ottobrunn, über Taufkirchen bis Holzkirchen, den halben Drogenhandel kontrolliert. Hat die Homegrower vernetzt und Emma und Pep etabliert. Er ist aber letzten Monat ausgestiegen, hat das Studium geschmissen und ist nach Lissabon gezogen. Dort betreibt er jetzt einen Cannabis-Socialclub und vertickt die Schokolade legal.«

»Und er hat noch genug Asche von seinen Geschäften hier übrig, um sich ein richtig gemütliches Leben zu machen, wie ein echter Graf«, sagte das Einhorn.

Luis nickte. »Coole Story. Also, wie viel hast du dabei?«

»Wie viel willst du?«, fragte das Einhorn.

»So viel wie geht. Warte.« Luis holte seine Geldbörse hervor und klappte sie auf. »Ich habe noch einen Fuchs. Also fünf Gramm.«

Danny nahm den Fünfziger von Luis und steckte ihn ein.

»Gib mir mal den Baggie«, sagte Nathan.

»Warum?«, fragte Luis.

»Mach es einfach«, sagte ich und musste lächeln. Mittlerweile fühlte ich mich blendend. Der Kater war

weg und irgendwo im Hintergrund spürte ich noch die sanften Schwingungen des Kratomrausches.
Luis sah uns misstrauisch an, dann gab er Nathan den Baggie. Der beäugte das Tütchen, dann zog er daran. Die Luft zwischen seinen Fingern flackerte. Plötzlich hatte er in jeder Hand einen Baggie. Er legte die beiden übereinander und zog nochmal. Er wiederholte die Verdopplung und hatte plötzlich acht Beutel in den Händen. Zwei warf er dem Einhorn zu und es fing sie geschickt auf, eins verschwand in seiner eigenen Tasche und den Rest ließ er in Luis' Schoß fallen. Luis starrte Nathan mit offenem Mund an.
»What the fuck?!«, keuchte er.
»Was?«, fragte Nathan ruhig. »Du hast doch dein Weed erhalten.« Ich kicherte und biss mir in die Faust, um nicht durchzudrehen. Luis' Gesicht verlor alle Farbe und er sah auf die Baggies hinab, als wären sie Maden, die über seine Oberschenkel krochen.
»Ah, wir wollen mal nicht so sein. Danny, gib ihm mal dreißig Euro zurück. Er bekommt ja nur ein Gramm fünfmal, das wäre ja sonst echt unfair, wenn ich dir mit der Verdopplung einen Vorteil gegenüber anderen Dealern geben würde. Und für mich einen Zehner, so als Provision.«
Das Einhorn reichte Nathan einen und dann Luis drei Zehneuroscheine. Luis' Finger zitterten, als er die Scheine in seine Geldbörse schob.
»Wie?«, fragte Luis.
»Einfach so. Hinterfrage nicht. Die Gesetze der Physik gelten hier nicht«, sagte Jakob.
»Das ist falsch«, sagte Nathan. »Man sollte immer hinterfragen. Die Gesetze der Physik gelten auch hier.

Nur kennt ihr die Physik nur oberflächlich, das ist euer Problem.«

»Das mag zwar sein, aber ich weiß, dass man nicht einfach Materie oder Energie aus dem Nichts erschaffen kann«, wandte ich ein.

»Dann irrst du dich, zumindest teilweise«, sagte Nathan bestimmt. »Materie und Energie können spontan entstehen, Vakuumfluktuation nennt man das in der Quantenphysik. Das Universum dehnt sich aus, dadurch entsteht konstant neuer Raum, und Raum ist nicht Nichts, sondern Etwas. Komprimierter Raum ist Energie, komprimierte Energie ist Materie. Es kann also aus dem Nichts Materie entstehen.«

»Ja, aber sie zerfällt sofort wieder«, wandte Jakob ein, »und es ist nur sehr wenig und ich wüsste nicht, wie man diese Materie so nutzen könnte, dass daraus Cannabisblüten entstehen.«

»Das ist der aktuelle Stand der Wissenschaft, der nur von der Existenz eines Universums und der vier Dimensionen ausgeht. Sehr oberflächlich, sehr oberflächlich. Man kann zusätzliche Energie aus Paralleldimensionen beziehen und damit die Dopplung stabilisieren. Aber um euch alles zu erklären, bräuchte ich Äonen und solange haben wir nicht, begnügt euch damit, dass ich einen großartigen Lifehack beherrsche, das ist alles.«

»Das ist verrückt«, sagte Luis.

»Ja, und?«, sagte ich. Luis drehte sich zu mir um, starrte mich an, dann nickte er.

»Okay, okay. Ich glaube, ich gehe jetzt einfach nach Hause und smoke das Quantenphysikgras, während ich überlege, ob ich mich einweisen lassen soll.«

Er steckte die Baggies ein und stand auf. Jakob erhob sich ebenfalls. »Warte, ich komme mit. Ich muss auch nach Hause.« Luis nickte und sagte: »Wir finden den Weg nach draußen.«
Nathan lächelte. »Ciao, Leute. Man sieht sich.«
»Bye«, sagte ich.
»Kommst du nicht mit?«, fragte Luis, der bereits mit einem Fuß auf der Treppe stand.
»Nein, ich bleibe hier. Das ist interessanter als alles, was ich zu Hause erleben könnte.«
»Interessanter vielleicht ... aber auch gestörter ... Naja, bye«, sagte Luis und rannte die Treppe hoch, Jakob folgte ihm.
»Nen Joint?«, fragte das Einhorn.
»Nein danke, Mann«, sagte Nathan. »Du weißt doch, dass ich schon lange nicht mehr kiffe.«
»Du?«
»Ich auch nicht, danke«, sagte ich.
»Na, dann mache ich mich auch mal auf die Socken«, sagte das Einhorn.
»Du gehst einfach in diesem Aufzug nach draußen?«, fragte ich.
»Ja. Warum nicht? Bin auch so hergekommen.«
»Kucken die Leute nicht? Und die Polizei? Das ist doch merkwürdig, wenn jemand in einem Einhornkostüm herumläuft.«
»Wen juckts? In diesem Kaff haben eh alle einen Schaden. Ich fühle mich als Einhorn einfach besser«, sagte das Einhorn und zuckte mit den Schultern. »Also, man sieht sich.« Es gab mir einen High five, gefolgt von einer Brofist, das gleiche bei Nathan.

»Es ist immer eine Freude, mit dir Geschäfte zu machen, Nathan.«

»Die Freude ist ganz auf meiner Seite.«

Das Einhorn verschwand nach oben, die Tür zur Küche knallte.

»Was machen wir jetzt?«, fragte ich.

»Ich habe Hunger«, sagte Nathan. »Wollen wir brunchen gehen? Es gibt hier in der Nähe einen echt guten Asiaten mit All-you-can-eat-Buffet.«

»Klingt gut.« Mein Magen knurrte, doch dann fiel mir etwas ein: »Sag mal, Nathan. Wo ist eigentlich Tim? War er nicht auch gestern dabei?«

»Hä? Wovon redest du?«, fragte Nathan. »Wir waren gestern nur zu viert. Du, ich, Jakob und Luis. Tim konnte ja nicht kommen. Ihm ging es nicht so gut.«

»Aber … hä?«, ich rieb mir den Kopf. War ich verrückt?

»Du hast sicherlich nur geträumt, dass er hier war. Passt schon. Es ist früh am Morgen, da kann ich auch nicht immer klar denken«, sagte Nathan.

Ich nickte. Ja, ich hatte wohl Traum und Realität vermischt oder so, das musste es gewesen sein. Aber irgendwie war da trotzdem ein Wurm.

Kapitel XIX:
Asiafood

Nathan gab mir eins seiner alten Fahrräder und wir radelten zusammen durch Unterhaching. Unterwegs erzählte er mir dies und jenes über den Ort. Wir kamen an einem grauen Blockgebäudekomplex vorbei, der gegenüber einer Sporthalle am Ortsrand stand. Dahinter waren Ackerfelder. Nathan hielt an.

»Kennst du das Gebäude?«, fragte er mich. Ich sah zu den dimmen Fenstern und der grauen Front auf und ließ meinen Blick über das trostlose Gelände schweifen. Auf den Mauern, die den Innenhof eingrenzten, wuchsen grüne Sträucher und Bäume. Auf dem Hof stand vor dem Haupteingang ein fetter Stein, der wohl eine Skulptur sein sollte.

»Es kommt mir irgendwie bekannt vor, aber ich kann nicht sagen, woher. Sieht aus wie eine Schule.«

»Ist es auch. Das ist das Lise-Meitner-Gymnasium, LMGU. Hier wurde der Film *Fack ju Göhte* gedreht, und ich war hier einst Schüler, bevor ich zuerst auf ein Internat und dann zu euch gewechselt bin.«

»Ich dachte, das im Film wäre eine Hauptschule.«

»Ha!« Nathan schnaubte. »Wir haben eine Hauptschule hier, die ist aber auf der anderen Seite des Ortes und nicht nur nagelneu, die Leute haben dort wahrscheinlich auch nur halb so viel eins an der Klatsche wie hier. Übler und lustiger Ort. Hat mich geprägt. Ich habe hier meinen Verstand verloren ... und einiges mehr. Naja, ich wollte es dir nur mal zeigen. Weiter gehts.« Nathan trat in die Pedale. Ich blieb noch einen Augenblick stehen.

Warum hatte er mir das LMGU gezeigt? Und warum floh er jetzt davor? »Kommst du?«, unterbrach Nathans Ruf meinen Gedankengang.
»Ja.«
Wir radelten an der Schule vorbei und die Ackerfelder entlang. Ich dachte über Nathan nach. Er besaß unglaubliche Kräfte und Fähigkeiten. Obwohl seine Präsenz die Realität um ihn herum zu verzerren und zu verändern und die Logik abzuschaffen schien, war er offensichtlich doch irgendwo ein Mensch oder hatte zumindest eine täuschend echte menschliche Vergangenheit. Vielleicht war er doch kein Engel, sondern ein Magier im Besitz uralten Wissens, das er aber durch seinen drogeninduzierten Irrsinn nur für Schabernack benutzte? Ich musste mir unwillkürlich einen jüngeren Nathan vorstellen, wie er einen Brief von Hogwarts erhielt, der heimliche Traum aller Kinder, und ihn gelangweilt zerriss mit den Worten: *Ich kann das schon alles. Die Spießer können mich mal.*
Ich lachte laut auf und Nathan fragte mich, was los sei. Ich entgegnete, ich hätte nur über Danny nachgedacht. Er nickte wissend.
Wir fuhren durch eine Unterführung und kamen in ein Gewerbegebiet. Große Supermarkthallen, Baumärkte, Technomärkte, Einkaufspassagen, Werkstätten, McDonalds und Restaurants säumten die Straße. Wir hielten vor einem gelben Restaurant und schlossen unsere Fahrräder an einer Straßenlaterne an.
Der Laden war echt schick eingerichtet, groß und sauber, fast schon fein. Wir bekamen einen Tisch direkt neben dem großen All-you-can-eat-Buffet, das wir uns buchten.

Der Kellner brachte uns grüne Cocktails auf Kosten des Hauses. Ich nippte dran, es schmeckte wie verdünnter Sirup. Ich kippte es runter, Nathan rührte seins nicht an. Wir standen auf und machten uns daran, uns am Buffet zu bedienen.

»Was ist hier gut?«, fragte ich Nathan.

»Alles eigentlich. Der Reis beim Sushi ist aber in der Regel etwas übersüßt.«

Ich lud mir einen Stapel Sake Nigiris auf meinen Teller, dann entdeckte ich neben der Sushiplatte frittierte Makis. Tempura Sushi. Einen Moment lang dachte ich nach, ob das eine Perversion oder eine geniale Verbindung der zwei besten Geschmackswelten - frittiertes Zeug und Sushi – war, Sushi in eine Fritteuse zu werfen. Ich entschied mich, es einfach auszuprobieren. Ich lief auf die andere Seite des Buffets und klatschte meinen Teller noch mit Thaicurry und Frühlingsrollen voll. Mit dem gewaltigen in Soße schwimmenden Essensberg balancierte ich zurück zum Tisch, wo bereits Nathan saß und sich mit Essstäbchen Sushi einverleibte. Dabei wirkte er so geschickt und still, als wäre er ein japanischer Aristokrat.

»Woher kannst du mit Stäbchen essen?«, fragte ich, nachdem ich mich hingesetzt und mein Essen mit der Gabel in Angriff genommen hatte.

»Ich habe japanische Verwandte. Mein Vater und ich haben vor zwei Jahren eine Japanreise gemacht und da habe wir sie besucht. Sie haben es mir beigebracht.«

»Japanische Verwandte? Wie denn das?«

»Eine meiner Tanten ist Englischlehrerin in Fukuoka, so einem Zweimillionen-Menschen-Kaff, und da hat sie einen Japaner geheiratet. Sie hat einen Sohn, der ist

Halbjapaner-Halbeuropäer und sieht aus wie ein dicker Winnetou. Er ist in unserem Alter und total verrückt.«
»Noch verrückter als du?«, fragte ich und verschluckte mich vor Lachen fast an meinem Sushi, das ich mit der Gabel aß.
»Er hört den ganzen Tag Nationalhymnen, und zwar alle von allen Ländern, am liebsten die Nordkoreanische in Dauerschleife. Er wäscht sich einmal im Monat und als wir mal zusammen zu einem Englisch-Sommercamp nach Wales geflogen sind, hat er seine Grasvorräte mitgeschmuggelt. Meiner Meinung nach ist das verrückt, aber ich mag sowas.«
»Hat er auch Kräfte?«, rutschte es mir heraus.
»Wie?«, Nathan hielt mitten in der Bewegung inne und sah mich perplex an.
»Also … kann er auch die Physik hacken?«
»Nein.« Nathan sah auf seinen Teller hinab und ließ das letzte Stück Sushi mit einem Schwung in seinem Mund verschwinden. »Ich hol mir noch etwas.«
»Okay«, sagte ich und widmete mich meinem überfüllten Teller. Das frittierte Sushi war zu meiner Überraschung echt gut, aber gleichzeitig schmeckte es, wie frittiertes Zeug halt so schmeckt, recht fettig und man wird des Geschmacks bald überdrüssig. Meine Gedanken schweiften zu Nathans Familie ab. Wie war eine Familie beschaffen, die einen prophetisch und magisch begabten Teenager hervorbringen konnte? Waren sie vielleicht eine Art Sekte? Ich wägte ab, ob ich Nathan danach ausfragen sollte, aber ich entschied mich dagegen. Trotz meiner Neugier hielt mich mein Anstand davon ab, in fremden Familienangelegenheiten herumzubohren, und ich

wollte eigentlich auch nicht so genau wissen, worauf ich dabei stoßen könnte.

Nathan kam zurück, sein Teller gefüllt mit Frühlingsrollen, Erdnusssoße, Garnelen und Curry. Schweigend schaufelten wir uns eine Zeit lang das Essen rein.

Und was machst du nach deinem Abi?«, fragte ich irgendwann.

»Ich mach kein Abi.«

»Oh, willst du nicht studieren?«

»Ah was. In der Uni ist das fast wie an der Schule, man lernt nur Dreck und wird darauf vorbereitet, eine Ressource für die Wirtschaft zu werden. In der Schule habe ich nie etwas gelernt. Ich werde sie abbrechen, um mehr Zeit für meine Projekte zu haben und um ein Zeichen zu setzen, was ich von diesem kaputten System halte.«

»Aber warum bist du dann überhaupt in der Schule?«

»Letztes Jahr, also in der Zehnten, da musste ich noch zur Schule wegen der Berufsschulpflicht. Für jedes Mal, bei dem ich ohne Entschuldigung in der Schule gefehlt habe, hätte mich die Schule theoretisch anzeigen können, weil Schwänzen eine Ordnungswidrigkeit ist. Und wenn sich das öfters ereignet hätte, hätte die Polizei meine Eltern bestrafen und mich mit Gewalt zur Schule bringen dürfen. Mit dem Abschluss der Zehnten haben wir ja unsere mittlere Reife erhalten und damit sind wir von der Pflicht befreit. Q11 und 12 sind optional und wenn ich jetzt nicht aufkreuze, können die mir rechtlich nicht viel, außer mich höchstens von der Schule schmeißen, aber das juckt mich ja nicht.«

»Also wirst du nächstes Jahr nicht mehr zur Schule kommen?«

»Doch, doch. Aber nur zum Spaß und um Kontakt mit anderen Menschen aufrechtzuerhalten und meine Mutter nicht in die Krise zu treiben.«

Es klang merkwürdig, wenn Nathan über seine Mutter sprach. Es erschien mir unwirklich, dass ein Wesen wie er menschliche Eltern haben könnte.

»Und was willst du dann machen in der ganzen Zeit?«, fragte ich. »Arbeitest du an deinem Künstlerding dann weiter?«

»Ja, sowas in die Richtung. Vielleicht etwas politischer. Mal sehen. Ich arbeitete gerade an einem Projekt, welches sehr vielversprechend ist.«

»Du hast das in Berlin erwähnt, aber was ist das überhaupt für ein Projekt?«

»Wirst du früh genug erfahren«, sagte Nathan und sah mich an. Seine strahlendblauen Augen pulsierten und jegliches Verlangen, weiter nachzufragen, erfüllte mich mit Ekel und stieß mich ab, also wechselte ich das Thema: »Erklär nochmal das mit dem Recht. Also man muss in die Schule bis wann? Ich dachte, die Schulpflicht endet nach der Neunten.«

»Bullshit, die Schulpflicht endet zwar nach der Neunten, aber sie wird automatisch durch die Berufsschulpflicht ergänzt. Die hält so lange an, bis man mindestens einen mittleren Schulabschluss hat. So etwas wie die mittlere Reife oder eine Ausbildung. Schulpflicht ist aber ein Scheißeuphemismus. SS, Scheiß Schulzwang, beschreibt es akkurater. Er tötet die Individualität ab, stumpft durch einen engstirnigen Schulplan und viel Zeitverschwendung mit Bagatellen

ab und erschwert das Lernen. Zu allem Überfluss schädigt das frühe Aufstehen die Schüler extrem, da Menschen während der Pubertät hormonbedingt dazu neigen, nachtaktiv zu sein, und mehr Schlaf brauchen. Da ist Unterrichtsbeginn um acht einfach nur fatal für die Hirnentwicklung. Den Mist haben übrigens die Nazis eingeführt, damit das Gleichschalten und Abstumpfen besser klappt. Funktioniert bis heute.«
»Ich denke, du übertreibst und siehst das zu negativ. Es ist doch gut, dass alle Bildung bekommen. Gäbe es die Pflicht nicht, dann würden doch viele gar nichts lernen oder schlimmstenfalls von fundamentalistischen Eltern mit irgendeinem Müll verblödet werden.«
»Das ist falsch. In den meisten Ländern dieser Welt gibt es keine Schulpflicht. In der EU ist Deutschland sogar das Einzige.«
»Nein, das kann nicht sein«, protestierte ich.
»Doch! Weißt du warum? Weil sie keinen Schulzwang haben, sondern eine Bildungspflicht. Und die Bildungspflicht ist eins der wenigen sinnvollen Gesetze, denn sie fördert die Aufklärung. Bildungspflicht bedeutet, dass die Kinder dazu gebracht werden, zu lernen, ob sie das in einer Schule machen oder woanders, liegt ganz bei ihnen. Viele intellektuelle und kreative Persönlichkeiten, ich eingeschlossen, sind autodidaktisch veranlagt. Sie verschwenden in der Schule nur ihre Zeit und können sich oft nicht konzentrieren, weil die Umgebung nicht geeignet ist. Sie leiden außerdem häufig unter Mobbing. Wenn man ihnen aber die entsprechenden Bücher zur Verfügung stellen würde, könnten sie innerhalb kürzester Zeit gewaltige Fortschritte machen.

Stattdessen werden sie in den Mühlen der Zwänge zermahlen. Hinzu kommt noch der desaströse Lehrplan. Insbesondere im Deutschen. Ist dir aufgefallen, dass Deutschunterricht übelst der Dreck ist, obwohl Sprache und Literatur eigentlich etwas Schönes sind? Statt zu lernen, Literatur wertzuschätzen und zu verstehen, analysiert man langweilige Stilmittel mit wissenschaftlichen Methoden und ackert sich mühselig durch verstaubte Theaterstücke, die eigentlich auf die Bühne und nicht aufs Papier gehören. Das Dionysische wird ignoriert, dabei macht es die halbe Literatur, die halbe Kunst und das halbe Leben aus! Der Deutschunterricht ist apollinisch, kalt und herzlos und vergrault den jungen Generationen die Freude an der Sprache.«

»Hmm ... kann sein. Weißt du, ich habe da um ehrlich zu sein nicht wirklich eine Ahnung«, musste ich eingestehen.

»Eben!«, rief Nathan aus, so laut, dass sich einige der anderen Gäste zu uns umdrehten. »Das Schulsystem sollte doch eigentlich ein Bildungssystem sein. Und zur Bildung gehört auch kritisches, differenzierendes und sogar deviantes Denken, Kreativität, Individualismus, sowie echtes Verständnis der Dinge. Das Schulsystem ist aber kein Bildungssystem, es ist ein Indoktrinierungs- und Ausbildungssystem. Mit Kant-Zitaten, Geo-Fakten, autoritären Strukturen, festen Stundenplänen und trockener Schilleranalyse wirst du zermürbt und unmündig gemacht, deine Individualität wird unterdrückt und deine Kreativität ermordet. Man kann doch nicht einmal eine eigene Idee präsentieren, wenn man sie nicht mit einem Zitat von einer Autorität

belegen kann. So wird der Mensch klein gehalten, einer, der immer in die Knie geht und den Kopf zu der Autorität über ihm reckt. Ist das nicht bitter? Ist das nicht tragisch? Ist das nicht widerlich?«
»Irgendwie müssen wir ja aufs Berufsleben vorbereitet und möglichst gut ausgebildet werden. Ich glaube, die Kultusministerien wissen schon, was sie da machen. Schließlich sind da sehr viele erfahrene Leute involviert, die das organisieren.«
»Und viele, wahrscheinlich ebenso erfahrene Leute haben Hitler gewählt, viele Leute haben Stalin an die Macht gebracht, viele Leute trinken Alkohol, viele Leute glauben an Gott, viele Leute sind eindimensionale Idioten. Als ob die Quantität irgendeine Rolle spielen würde. Woher willst du wissen, dass es nicht anders funktionieren könnte, wenn du es nicht versucht hast? Wenn du immer nur in diesem System gelebt hast und die Ideen dieses System gepredigt bekommen hast?«
»Ich denke, ähm …« Ich versuchte verzweifelt, eine Antwort zu finden.
»Du denkst. Aha. Oh Mann. Weißt du, du bist kein so hartes Systemopfer wie die meisten, aber du bist eins. Sind wohl leider fast alle, die in irgendein autoritäres System hineingeboren werden. Aber ich kann das verstehen. Kein Opfer zu sein, ist echt schwer, vor allem in diesem Netz aus Manipulationen um einen herum. Am schlimmsten sind nach der Schule die Steuern, staatlichen Versicherungen, die Meldepflicht, inklusive der Grenzen und sämtlichen sonstigen kafkaesken Kontrollmechanismen. Ein Mensch kann in dieser Welt gar nicht frei und außerhalb des Staates

leben, höchstens als Obdachloser auf einem Schlauchboot inmitten des Atlantiks, und was ist das für ein Leben? So ein Dreck. Die westliche Welt wird von einem weichen Totalitarismus umklammert.«

»Aber Steuern müssen wir zahlen, wer soll uns sonst vor Verbrechern schützen und die Infrastruktur machen?«

»Steuern sind Raub, nicht mehr als das. Damit wirtschaften sich Politiker, Beamte und Banker nur selbst in die Taschen. Weißt du, wie viele überflüssige Ministerien und Organisationen es gibt, ganz zu schweigen von den öffentlich-rechtlichen Fernsehsendern? Ich meine, wer braucht für jedes einzelne Bundesland ein separates Kultusministerium? Das sind künstliche Arbeitsplätze und Geldvernichtungsanlagen für Beamte, für den Staat. Und die staatlichen Versicherungen, insbesondere die Rentenversicherung, sind Erpressung.«

»Also jetzt übertreib mal nicht«, protestierte ich, »die staatliche Rente ist notwendig, ohne sie würden doch die ganzen alten Menschen verarmen.«

»Bullshit. Sie wären nicht arm, wenn sie statt Rente zu zahlen, einfach sparen würden. Aber klar, man lässt sich lieber vom Staat bevormunden. Ich sage es dir, alle wären besser dran als jetzt, wenn die Altersvorsorge freiwillig wäre und die Leute ein bisschen mehr mündig und selbstbestimmt wären. Es würde die jungen Menschen entlasten, alle Bürger freier und die meisten Alten reicher machen. Man könnte sich auch einfach eine private Rentenversicherung zulegen, wenn man unbedingt Wert auf sowas legt.«

»Wie sollen sich die Menschen das leisten? Private Versicherungen sind arschteuer«, wandte ich ein.
Nathan lachte.
»Weißt du, warum sie arschteuer sind? Weil sie vom Staat arschteuer gemacht werden. Die Zinsen werden von den Zentralbanken niedriggehalten und Geld wird immer nachgedruckt, sodass es zur Inflation kommt, und die Menschen gezwungen werden, Geld auszugeben, dadurch haben sie weniger Geld und alles, inklusive der Versicherungen, wird teurer. Gleichzeitig unterdrückt der Staat den Wettbewerb, zieht Geld bei den privaten Versicherungen ab und subventioniert die eigenen und schafft damit fast ein Monopol, sodass kein freier Versicherungsmarkt und damit keine Preisoptimierung entstehen kann. Gäbe es das nicht, wären Versicherungen viel billiger.«
»Kannst du das belegen?«, fragte ich.
»Was nicht ist, kann man schlecht praktisch belegen, ich weiß. Aber in der Theorie kann ich es mithilfe von Statistiken, Zahlen und anderen Theorien über die Wirtschaft belegen.«
»Aber warum wird das dann nicht gemacht, wenn es besser für uns alle wäre?«, fragte ich.
»Weil es nicht um unser aller Wohl geht, es geht darum, die Menschen unmündig und abhängig vom Staat zu halten. Es geht denen da oben darum, sich selbst in die Taschen zu wirtschaften. Aber damit wir das nicht erkennen, gibt es ein geschicktes Netz aus Propaganda. Angefangen beim Etatismus, der uns bereits in der Kindheit diktiert wird, über Werbung, Lobbyismus, Konsumgüter, die uns ablenken und zerstreuen, bis hin zu Schulen, die uns unmündig

machen und indoktrinieren, durch manipulierte Berichterstattungen und kranken Nationalismus. Ein dichtes, aber doch unsichtbares, weil für alle sichtbares, Netz, aus dem es für die meisten kein Entkommen gibt. Es ist echt schwer, kein Systemopfer zu sein. Ich kann das voll verstehen.
Ich habe mal gegen meinen, naja, man kann es Onkel nennen, rebelliert, weil der Typ ein egozentrischer, autoritärer und homophober Sack war. Der hat mich daraufhin in den Keller gesperrt und mich als Sündenbock für jeden Scheiß verwendet. Ich bin paar Mal ausgebrochen und habe sein Lieblingsspielzeug verdorben, was ihn wirklich aggro gemacht hat. Erst als sein Sohn einen auf Hippie gemacht und den Märtyrertod gestorben ist, hat er sich etwas beruhigt.«
»Du hattest einen Cousin, der gestorben ist?«, fragte ich erstaunt. »Das tut mir leid. Wie ist das passiert?«
»Jaja, vergiss es. Der Typ war ein hoffnungsloser Fall von unrealistischem Gutmensch.«
»Und was ist aus deinem Onkel geworden?«
»Ah, ich habe mich irgendwann befreit und ihn in die Schranken gewiesen.«
»In die Schranken gewiesen? Was soll das bedeuten? Hast du die Polizei gerufen?«
»Ah, was. Nein, warum sollte ich. Ich habe stattdessen Selbstjustiz ausgeübt und mehr oder weniger seinen Job eingenommen. Komplizierte Geschichte. Du wirst zur rechten Zeit alles erfahren und verstehen, versprochen, aber jetzt solltest du sie am besten einfach vergessen. Ihm und mir, allen Beteiligten, geht es gut.«

Ich runzelte die Stirn. Das alles klang verwirrend und ich wollte es nicht vergessen, ich wollte weiter fragen, aber dazu sollte ich nicht mehr kommen.
Plötzlich sagte Nathan: »Wir werden die nächsten sieben Tage keine Kratomabende mehr machen. Zwischen den einzelnen Konsumeinheiten sollte man optimalerweise sechs Wochen Pause einlegen. Wenn wir jetzt in den Sommerferien es etwas öfters machen, ist das nicht tragisch, aber diese Woche waren es schon drei Mal und das ist eindeutig etwas zu viel.«
»Okay«, sagte ich und nickte. »Warum? Abhängigkeit?«
»Das und Sucht und natürlich ist es in unserem Alter alles andere als optimal, Drogen zu nehmen. Das Gehirn wächst und entwickelt neue Gehirnregionen bis zum Alter von Fünfundzwanzig. Zu viel Drogenkonsum unterdrückt das Hirnwachstum. Das ist vor allem bei THC sehr stark ausgeprägt, mit Kratom ist das weniger ein Problem, aber jeder Rausch bleibt trotzdem eine Belastung für das gerade wachsende Neuronennetz. Also, wenn du nicht braindead enden willst, mäßige dich.«
»Klingt einleuchtend«, sagte ich.
»Isst du noch etwas?«, fragte mich Nathan. Ich schüttelte den Kopf.
»Du?«
»Bin auch satt«, sagte Nathan.
Ich hob die Hand und ein Kellner kam zu uns.
»Wie kann ich behilflich sein?«, fragte er.
»Wir würden gern bezahlen«, sagte ich. Er sah mich verdutzt an.

»Aber nicht doch!«, sagte er. »Herr Nathan zahlt niemals. Und seine Freunde auch nicht, geht alles aufs Haus. Kann ich Ihnen noch irgendetwas bringen?«
»Oh, nein, danke.«
»Nein, ich danke Ihnen für Ihren Besuch«, sagte der Kellner.
»Bitte«, sagte Nathan. »Wir gehen jetzt.«
Wir standen auf. Der Kellner begleitete uns bis zur Tür. Er winkte uns auch noch hinterher, bis wir außer Sichtweite waren. Ich wagte es gar nicht erst, Nathan danach zu fragen. Wir fuhren zu ihm, dann verabschiedete ich mich und ging zur S-Bahn-Station.
Zuhause fragte mich mein Vater beim Abendessen, was ich denn bei Nathan so gemacht hätte. Ich antwortete: »Nichts.«

Kapitel XX:
Stachus

Ich stand am Stachus, in der unteren Ebene, dort, wo die Geschäfte sind und Treppen hinab zu den S-Bahn-Gleisen führen. Ich hatte keine Erinnerungen daran, wie ich hergekommen war. Die Menschenmassen zogen an mir vorbei: verdrießliche Gesichter, eilige Beine. Hände umklammerten Pappbecher, die mit einer starken, süchtigmachenden Stimulanz gefüllt waren. Alles wirkte abstoßend und klebrig. An den Rändern meiner Wahrnehmung war ein Krabbeln und Knacken, versteckt in dunklen Schatten. Mir lief es kalt den Rücken hinab. Was machte ich hier?
»Meister«, hauchte eine Stimme hinter mir. Ich drehte mich um. Ein in Lumpen gehüllter Mann stand da.
»Wir sind soweit. Das Projekt kommt gut voran. Bisher lief alles nach Plan. Team B2 steht bereit. Sollen wir zuschlagen?«
»Ja«, hörte ich mich sagen. Ich hatte keine Ahnung, wovon der Mann faselte. Er nickte.
»Wunderbar. Ich danke Euch, Meister.« Dann rannte er davon. Ich schüttelte den Kopf und betrat mein Zimmer. Verwirrt starrte ich aus dem Fenster. Was war gerade passiert? Ich wollte aufs Klo, aber plötzlich gab es keinen Boden mehr. Ich fiel und landete rabiat einige Meter tiefer. Trockener Staub wirbelte auf und drang in meine Atemwege ein, blieb überall kleben. Hustend richtete ich mich auf und versuchte schnäuzend den Dreck aus den Schleimhäuten zu kriegen. Es war stockdunkel, abgesehen von den Sternen und der Erde, die wie ein Halbmond über mir hing.

Ich sah eine amerikanische Flagge starr im windlosen Raum schweben. Im Staub waren uralte Fußabdrücke. Daneben saß eine zusammengekauerte dunkle Gestalt. Sie schien unendlich viele Gliedmaßen und Augen zu haben, und gleichzeitig keine. Sie war ein amorpher, stets schmelzender, niemals zerfallender Haufen. Sie sah mich an.
»Meister? Was macht Ihr hier?«, schmatzte es.
»Ich weiß es nicht. Seid ihr bereit?«, hörte ich mich sagen, meine Stimme schallte unendlich weit im Äther.
»Er ist wach«, bestätigte das Wesen, und damit war alles gesagt. Ich nickte.
Die Welt kollabierte. Ich stand auf einem Balkon vor einer gewaltigen Zusammenkunft, wie der Papst im Vatikan, wenn er sein *Urbi et orbi* spricht. Das war aber nicht der Vatikan, das Gebäude bestand aus schwarzem Jett, bröselndem Beton und schmelzendem Eisen, umgeben von Becken flüssigen Schwefels. Es gab keinen strahlendblauen Italienhimmel über meinem Kopf, nur dunklen Stein. Vor mir waren auch keine Menschen versammelt, sondern die hinterhältigen, unheiligen Volksstämme von Gog und Magog.
Ich hob die Faust und sprach, und bei jeder Silbe atmete ich ein oranges Funkenmeer aus: »Erwachet, ihr, die ihr ewig gewartet habt, um die Tyrannei des Einen zu beenden, und die Freiheit und den Frieden aller zu begründen.«
Die Horden brachen in düsteren Jubel aus. Ich musste lächeln. Ich wusste nicht, warum, ich wusste nicht einmal, wer ich war. Die Unterwelt riss entzwei.
Ich betrat eine Höhle, in die niemals Licht fällt.

Ein dunkler Fluss plätscherte leise durch die unendliche Düsternis. Schwarzer Mohn rekelte sich an den Ufern, einst war er blau gewesen. Ich überquerte eine Brücke aus verfaultem Elfenbein und erreichte einen Hain. Ein alter Mann, gehüllt in einen schwarzen Grabenmantel, erwartete mich. Er rauchte Chandu in einer orientalischen Pfeife, geschnitzt aus einem Knochen. Der süßliche Duft des Vergessens hing im Dunst. Des Mannes Blick war leer, sein ganzer Körper erstarrt, nur sein Mund bewegte sich und entließ Stoß für Stoß weiße Rauchschwaden des Giftes.
Ich hörte mich sagen: »Es ist so weit. Dein und das Reich deiner Söhne wird kommen, Hypnos, und mit ihnen die ewige Nacht des segensreichen Vergessens.«
Der alte Mann hob langsam den Kopf, wie eine Schildkröte, als hätte er sich noch nie zuvor bewegt. Ich hörte die Knochen knarzen.
»Es ist nicht tot, was ewig lügen kann, und in fremden Zeitaltern wird selbst der Tod sterben. Und damit wohl auch seine Söhne und Brüder. Aye, das ist gewiss, Meister.« Er sah tieftraurig aus, wie ein Wolkenbruch.
Ich lächelte und sah in dem angelaufenen Spiegel mein unaussprechliches Antlitz unter der gelben Kapuze hervorlugen. Sechs pulsierend leuchtende Edelsteine waren in einen Ring um meinen Hals geschmiedet. Ich stand gebeugt über ein Becken aus zerfallenem Gagat, umkreist von schwarzen Löchern, an den Fugen zwischen allen Universen. Hali, der See der Tränen aller gestorbenen Götter, erstreckte sich purpurleuchtend unter meiner Festung bis in die Unendlichkeit.

Meine Tentakel schlangen sich um die Wände, während ich mit zitternden Fingern die liquiden Erinnerungen an eine tote Welt in das Becken goss. Ich musste mit grimmiger Freude daran denken, dass bald nicht nur die Elirium-Welt zu meiner Sammlung gehören würde, sondern alle Welten des Multiversums, inklusive meiner, denn sie würden auf mir kollabieren, zerfallen wie uraltes Porzellan in den Händen eines Tölpels.

Plötzlich war ich wieder in meinem Zimmer. Ich war Daniel. Ich schwankte, dann fiel ich auf die Knie und erbrach mich. Was war hier los? Ich stand auf, taumelte zum Bad, erbrach mich erneut über der Kloschüssel, vor meinen Augen tanzten Sterne. Mein Magen beruhigte sich. Ich schleppte mich durchs Haus, um das Erbrochene aufzuwischen. Meine Gedanken waren in einem wilden Karussell gefangen. Verwirrt sah ich mich um. Ich verstand nicht, was geschehen war, ich konnte die Erinnerungen nicht integrieren – als wären sie nicht meine, sondern die eines anderen. Sie begannen sich aufzulösen, ich wollte sie greifen, in mein Gedächtnis brennen, aber sie wurden immer dünner und entglitten mir. Je mehr Zeit verging, desto schwammiger wurden die Erinnerungen, als würden sie sich von meinem Geist abschälen, bis nur ein dumpfes Gefühl übrigblieb, dass etwas geschehen sein musste, aber ich konnte mich nicht mehr daran erinnern. Als ich fertig aufgeräumt hatte, wusste ich schon nicht mehr, weshalb ich mich übergeben hatte.

Kapitel XXI:
Sektentreffen mit Hühnern

An diesem Abend waren wir wieder versammelt. Die sieben Tage waren vergangen und ich freute mich auf ein weiteres kratominduziertes Abenteuer.

Wir waren zu acht, namentlich Nathan, Tim, Luis, Sophie, Ludwig, Danny, Jakob und ich.

Die Gläser knallten nacheinander auf die Hocker, die bei den sich gegenüberliegenden Sofas standen. Ich saß neben Nathan. Sophie und Tim, die uns gegenübersaßen, waren zum ersten Mal da. Ich behielt Tim genau im Auge, aber nichts verriet, dass er möglicherweise schon einmal dabei gewesen wäre. In einer Ecke saß schweigend Jakob in einem Sitzsack, Danny neben ihm auf dem Boden. Sophie sah immer wieder verstört zu dem pinken Einhorn hinüber, während Tim einfach so tat, als gäbe es Danny nicht.

»Wäh, ist das Zeug abscheulich«, sagte Sophie und wischte sich den Mund ab.

»Ja Mann. Wie könnt ihr das trinken?«, fügte Tim hinzu, hob sein Glas wieder an, und leerte mit vor Ekel verzerrtem Gesicht den Rest.

»Die Wirkung wird euch überzeugen«, sagte Nathan knapp. Sein Blick schweifte über die Runde. In seinen hellblauen Augen schien ein endloses Nebelmeer zu treiben. Es war, als blickte er durch alles hindurch, als würde er mehr sehen können als nur den dreidimensionalen Raum. Er sah jeden einzelnen von uns mehrere Sekunden lang an und als sein Blick mich traf, hatte ich das Gefühl, seelisch seziert zu werden.

Als würde Nathan in meinen Kopf hineinsehen, jede einzelne verrückte Synapse analysieren und zynisch feststellen, dass wir alle nicht mehr zu retten waren.

»Entspannt euch«, sagte er und nickte Jakob zu. Das Licht erlosch. Ich konnte gerade noch so die Schemen der anderen durch das wenige Mondlicht ausmachen, das durch das kleine Fenster hereinfiel.

»Warum ist das Licht aus?«, fragte Tim. Es klang nervös. Das war ich beim ersten Mal auch gewesen.

»Entspann dich, lehn dich zurück, mein Freund, und lass es wirken«, drang Nathans sanfter Tenor durch den Raum, wie eine göttliche Stimme aus dem Off. Er entzündete mit seinem Feuerzeug ein Räucherstäbchen in unserer Mitte. Das sanfte Glühen tauchte unsere Gesichter in oranges Licht und ein weicher, tiefvioletter Moschusduft breitete sich aus.

Musik bahnte sich ihren Weg durch den Raum. *Pink Floyd. High Hopes.* Es begann mit dem Glockenspiel, dem Surren der Bienen, dem Zwitschern der Vögel und dann setzte das Keyboard ein. Wohlbekannte Klänge, die mich mit einem vorfreudigen Seufzer im Sofa dahinschmelzen ließen.

»Was ist das für ein Gayshit?«, fragte Tim. »Ich dachte, wir werden high und hören geile Musik, Techno oder Pop, Hip-Hop oder Rap, aber doch nicht so eine Scheiße. Was ist das überhaupt für ein Genre?«

»Halt dein Maul«, zischte Luis. Tim verstummte.

»*[Aus urheberrechtlichen Gründen kann ich den Songtext noch immer nicht zitieren; googelt mal* High Hopes, *oder hört es euch bei Spotify oder YouTube an, verdammt. Ich bin zu faul, um die Plattenfirmen anzuschreiben und für eine Lizenz zu zahlen. Die Lyrics ist aber echt deep und*

interessant, das kann ich versichern] ...«, setzte Gilmours Stimme ein.
Die Wogen der Töne schlugen über mir zusammen, das Meer der Farben und Klänge verschluckte mich. Wieder war ich dankbar, Kratom zu kennen. Und das alles nur durch Nathan, Nathan den Verrückten. Nathan den Weisen, unseren grünen Gandalf, unseren Leary, unseren Burroughs, unseren Verführer, unseren Vernichter, König von Hali.
Wieder setzte das altbekannte Gefühl von Wärme und Geborgenheit ein, breitete sich durch meine Adern aus und bald saß ich nicht mehr auf einem Sofa, sondern schwebte auf einer Wolke, während mein Hirn aus den Lyrics die Landschaft Cambridgeshires vor mein inneres Auge projizierte. Das Lied kam zu seinem Ende und begann von vorn, diesmal leiser.
»Versteht ihr überhaupt, worum es in diesem Lied geht?«, fragte Nathan. Ich lächelte.
»Juckt mich nicht«, sagte Tim.
»Mich auch nicht«, stimmte Sophie zu. »Ich spüre es kommen, Leute. Ist schon geil, aber ey, einfach nur high sein ist doch lame.« Sie lag wie ein Kartoffelsack quer über dem halben Sofa und lächelte entrückt.
»Lame?«, brauste Nathan auf. »Okay, ihr wollt, dass es nicht mehr lame ist? Ihr wollt fucking Action?« Er sprang auf und ab, wie damals in der Rigaer. »Fresst das!«
Das Licht sprang an, ich kniff die Augen zusammen. Die Musik brach ab. Ich hörte ein Gackern. Verwundert sah ich auf.

Auf dem Tisch zwischen uns standen zwei Hühner, jedes davon hatte eine Glaspfeife im Schnabel stecken.
»Hä?«, sagte Sophie.
»Hör auf dumm zu glotzen! Gib mir Feuer«, schrie das eine Huhn.
»Was für nen Stoff habt ihr mir gegeben?«, fragte Tim und fuchtelte dabei verzweifelt mit den Armen, als könnte er damit den Anblick der Hühner wegwischen.
»Wo-wo-wohl mehr als mir! Sch-scheiß egozentrische Wichser«, schrie das zweite Huhn.
Nathan zog sein Feuerzeug hervor und hielt die Flamme vor die Hühner.
»Cooler Typ, Nugget«, sagte das eine Huhn und watschelte zu Nathan.
»Sowas von cri-cri-crispy«, sagte das andere und hielt seine Glaspfeife über das Feuer. Es knisterte und knackte, weißer Dampf stieg aus seinem Schnabel auf. Das Huhn gackerte wild drauf los und sprang auf und ab, die Glaspfeife fiel auf den Tisch. Das zweite Federvieh gönnte sich seinen Hit und gackerte: »Ge-ge-ga-ga-geiler Shiiiiiit!«
Seine Glaspfeife fiel ebenfalls auf den Tisch und die beiden Hühner begannen um die Wette zu gackern:
»Was für ein geiler Laden hier, Nugget!«
»Darauf kannst du ne Fi-Frö-Fritteuse geben, Nugget!«
»Ihr seid alle keinen echten Nuggets!«, und so weiter und so weiter. Sie drehten komplett durch und sprangen hin und her und auf den verdutzten Tim rauf. Er schrie und sie pickten auf ihn ein. Nathan lachte und Luis und ich stimmten mit ein.

»Hilfe!«, schrie Tim und schlug um sich, während die Hühner auf und ab hüpften und auf seiner Brust herumpickten.

»Jo, Nuggets«, sagte ich, »lasst den Armen in Ruhe.«

»Aber nur weil ihr es seid«, schrie das erste Huhn und sprang auf den Tisch, das zweite landete darunter und watschelte zwischen unseren Beinen umher. Tim kauerte sich auf dem Sofa zusammen, die Arme um die Beine geschlungen. Seine Augen traten wie bei einem Lemuren aus seinem Gesicht, das sämtliche Farbe verloren hatte. Er schien um Jahre gealtert, als würde er direkt vor meinen Augen zusammenschrumpeln. Sophie lag in Embryonalhaltung daneben.

»Wollt ihr meine Geschichte hören, wie ich damals für den Vietcong gekämpft habe?«, gackerte das eine Huhn. »Damals, ich sags euch, Nuggets, wurde meine ganze Kompanie im Napalmregen geröstet. Meine Federn schmolzen vor Hitze, während um mich herum überall die Genossen crispy wurden. Danach verbrachte ich Jahre in Laos auf Shore, um meine gerupften Stellen zu picken, aber wie ihr seht, bin ich wieder fresh und fly! Gok!«

Das Vietcong-Huhn stelzte den Tisch auf und ab, das andere sprang auf das Sofa zwischen Sophie und Tim. Sophie kreischte auf und rutschte abrupt weg. Tim schloss die Augen.

»Was ist falsch mit den Leuten hier?«, fragte das Huhn.

»Ihr seid Hühner«, flüsterte Sophie. »Das ist unmöglich.«

»Was!«, kreischte das Vietcong-Huhn. »Scheiß Rassisten. Faschisten! Gegen genau solche habe ich damals gekämpft, dafür bin ich 68 auf die Straße gewatschelt. Undankbares Pack!«

»Undankbar! Un-un-da-da-da-dann-kbar, das sind keine Nuggets. Die sind ja nicht mal ein Happy Meal«, stotterte das zweite Huhn.

»Komm, wir gehen, Kentucky«, rief das erste Huhn. »Nur Freaks hier.«

»Aber hallo! Fe-fe-fe-freaks!«

Die beiden Hühner sprangen auf den Boden und liefen die Treppe hoch. Dann schrie eins von beiden: »Nuggets aller Gehege, vereinigt euch! Nieder mit den rassistischen Massentierhaltungsbetrieben!« Dann knallte die Tür oben zu. Sie hatten ihre Pfeifen vergessen.

Tim und Sophie starrten beide die Treppe hoch, sahen sich gegenseitig und dann uns an. »War das real?«, fragte Sophie.

»Jo«, sagte Jakob.

»Das geht nicht«, sagte Tim und schüttelte den Kopf. »Das geht einfach nicht.«

Nathan seufzte und klatschte in die Hände. Aus dem Bad kam plötzlich ein Schrei. Die Tür flog auf. Ludwig stand im Türrahmen. Seine Hose hing ihm auf den Knöcheln, er stolperte und fiel der Länge nach hin. »Wo bin ich?«, rief er. Nathan klatschte und Ludwig versank schreiend im Boden, als wäre dieser aus Wasser.

»Tim«, sagte Nathan. Tim starrte auf den Fleck, wo Ludwig gerade gewesen war.

»Ja?«, kam die abwesende Antwort.

»Ruf Ludwig an.«

»Aber …«

»Machs einfach!«
»Okay, okay.« Tim zog sein Handy heraus. »Hier unten gibt es keinen Empfang.«
»Geh hoch, ruf ihn an, frag ihn, was er gerade macht. Komm wieder runter.«
Tim bewegte sich nicht.
»Los, Mann«, rief ich und Tim stand auf. Er schlich die Treppe hoch und wir hörten, wie die Tür aufging. Kurz darauf drangen dumpfe Gesprächsfetzen zu uns durch, die Tür knallte wieder zu und Tim kam herunter.
»Wisst ihr was?«, sagte er. »Ich habe Ludwig angerufen. Er hat mich sofort gefragt, was wir mit ihm gemacht haben. Zuerst war er kacken. Plötzlich war er hier. Und dann ist er durch den Boden zurück in sein Klo gefallen. Er kommt darauf gar nicht klar.«
»Siehst du. Das ist alles real«, sagte ich.
»Nein, das muss eine Halluzination sein!«
»Morgen wirst du auf deinem Handy sehen können, dass du telefoniert hast und Ludwig wird sich hieran auch erinnern, was nur möglich ist, wenn das alles keine Halluzination war«, sagte Jakob.
»Außer ich halluziniere morgen noch immer«, sagte Tim.
»Sag bloß sowas nicht«, säuselte Sophie. Bei ihr hatte das Kratom mittlerweile seine Wirkung vollkommen entfaltet und sie lag mit entrücktem Gesichtsausdruck auf dem Sofa, die Gedanken wahrscheinlich bereits weit weg schwebend. Auch ich spürte, wie die Wirkung nun endgültig überhandnahm. Wärme flutete meinen Körper und ich gähnte.
»Ich denke, wir sollten jetzt einfach chillen«, sagte Luis.
»Das war schon genug Aufregung für diesen Abend.

Mach mal *Pink Floyd* wieder an.« Diesmal gab es keinen Widerspruch und wir entglitten ein weiteres Mal, getragen von der Musik, der Härte der verwirrenden Realität.

Als wir am nächsten Tag erwachten, tauchte Ludwig bereits eine Stunde später auf. Die Hühner waren auch wieder da, der stotternde Kentucky und der Colonel Pullo. Ludwig war aufgeregt und drehte fast durch, als Colonel Pullo ihn um eine Kippe anschnorrte. Bald waren aber auch er, Tim und Sophie von Nathan überzeugt. Die Sekte wuchs.

Kapitel XXII:
Bombenbauen

»In der Kommode ist ein Kühlschrank. Kannst du mir bitte etwas herausholen«, sagte Nathan. Er warf mir nur einen kurzen Blick zu, aber das reichte aus, um mich zu einem willenlosen Sklaven zu machen. Ich ging in die Hocke und öffnete die Kommode, dann die Minibar darin. Surrend schlug mir die Kühle entgegen. Die Minibar war im Gegensatz zu der im Keller nicht mit Getränken gefüllt, sondern mit braunen Apothekerfläschchen, zugekorkten Reagenzgläsern und mehreren silbernen Dosen mit gelben Etiketten.
»Ja?«, sagte ich.
»Das Döschen, auf dem HMTD steht.«
Ich ließ meine Hand über die Dosen gleiten, bis ich die richtige fand. Ich reichte sie Nathan, der sie neben sich auf seinem Schreibtisch abstellte, während er sich weiter daran machte, eine 500-ml-Energydrinkdose mit einer Handsäge zu durchtrennen.
»Was machen wir eigentlich?«
»Eine Bombe. Ein richtig geiles IED, Improvised Explosive Device, so eins, wie die Mudschahedin in Afghanistan es verwendet haben, um die Sowjets damals zu ficken und jetzt verwenden, um die Amis zu ficken. Wobei, nicht ganz, die verwenden meist APEX, aber ich bevorzuge HMTD, das ist stärker.«
»Eine Bombe? Bist du irre?«
»Stell keine rhetorischen Fragen, komm zur Sache.«
»Ist das nicht scheißegefährlich?«
»Jo. Ich denke, es gehen fast genauso viele Leute beim Basteln solcher Bomben drauf, wie durch ihren Einsatz

getötet werden, wenn nicht sogar mehr. Es ist nicht nur scheißegefährlich, es ist extremscheißegefährlich.«
»Aber warum machst du das? Und warum lagerst du die Zutaten in deinem Zimmer?«
»Wo soll ich sie sonst lagern? Und ich lagere nicht alles hier. Ein paar Liter Aceton und ein ganzer Zentner Thermit lagern zum Beispiel im Gartenschuppen.«
»Und was, wenn ein Brand in deinem Zimmer ausbricht?«
»Dann fliege ich mit der halben Nachbarschaft zum Mond. Ist dann doch egal. Wir müssen sowieso alle sterben, also warum nicht mit einem Knall abgehen? Aber das wird sowieso nie geschehen.«
»Das ist irre.«
»Das ist megalustig. Glaub mir. Um einen guten Film zu zitieren: ›Ich liebe den Geruch von Napalm am Morgen.‹ Apropos Napalm, in der dritten Schublade rechts findest du auch eine Flasche davon. Kannst du sie mir bringen?«
Ich rührte mich nicht und ließ meinen Blick durchs Zimmer schweifen: Überall, im Kleiderschrank, auf einem der zwei Schreibtische, in der Kommode, hinter den tausenden Büchern der vielen Regale, unter dem Bett, überall konnte Sprengstoff sein. Ich leckte mir über die Lippen und zog die Luft scharf ein.
»Wie empfindlich ist dieser Sprengstoff?«, fragte ich.
»Oh, das hängt ganz davon ab.« Er griff nach der HMTD-Dose und drehte sich zu mir um. Er hielt sie mir vors Gesicht. Ich rückte ein Stück zurück.
»Das Zeug hier ist HMTD, Hexa-methyl-en-tri-peroxid-dia-min. Es ist fünfmal so stark wie Schwarzpulver, und damit stärker als Dynamit, dafür aber eine

ziemliche Mimose. Wenn ich die Dose jetzt hier aus Schulterhöhe fallen lassen würde, wären wir beide unsere Beine los. Naja, durch die Schockwelle würden wahrscheinlich auch die anderen Sachen hier hochgehen. Wir wären also eher die gesamte Nachbarschaft los. Von uns ganz zu schweigen.«
»Könntest du sie bitte, bitte auf den Tisch zurückstellen. Weit weg von der Kante«, sagte ich.
»Jo, klar.« Er stellte sie ganz lässig neben sich. »Aber jetzt hol das Napalm, und im Kleiderschrank rechts sollte unten eine Kiste sein, bring sie mir bitte.«
»Ich weiß nicht, ob ich hier dabei sein will.«
»Ich weiß auch nicht, was du willst, aber glaub mir, mit mir bist du sicher. Und wir machen damit etwas Lustiges.«
»Was soll lustig an Sprengstoff sein?«
»Das wirst du sehen.«
»Woher hast du eigentlich die Zutaten, Mann?«
»Das Internet löst heutzutage alle existenziellen Fragen, schon einmal von eBay oder Amazon gehört? Wobei, fast alles hier habe ich aus dem Baumarkt oder der Drogerie.«
»Aber das bekommt man doch nicht einfach so.«
»Doch, eigentlich schon. Zum Beispiel für die HMTD-Synthese, da braucht man nur etwas Ethanol, Hexamin, Zitronensäure und Wasserstoffperoxid. Ethanol und Zitronensäure gibts im Supermarkt, Wasserstoffperoxid, sogar in der richtigen Konzentration, in der Drogerie. Und kennst du diese weißen Grillanzünderblöcke? Die bestehen aus Hexamin. Der Rest ist so einfach wie Muffins backen. Klar, seit der Flüchtlingskrise überwachen die

Behörden die Zutaten etwas strenger und man kriegt jetzt nicht mehr unbedingt einfach so fünf Kilo Salpeter bei eBay wie 2014, aber es ist noch immer relativ einfach.«
»Das ist krank.«
»Willkommen in der Realität, zumindest einer davon. Und jetzt sei bitte so freundlich und hilf mir.«
Ich schnaufte, rieb mir mit der Hand das Gesicht und sagte: »Okay.«
Ich öffnete die Schublade und fand eine 1l-Colaflasche, die mit einem grauen Gel gefüllt war. Ich musterte sie, nahm sie heraus und zeigte sie Nathan.
»Ist das die Richtige?«
»Ja, genau. Kannst du das Napalm durchschütteln? Es ist wahrscheinlich etwas abgestanden.«
»Explodiert das dann nicht?«, fragte ich.
»Napalm doch nicht. Das ist ein Brennmittel, kein Sprengstoff.«
»Woher soll ich das wissen?«
»Allgemeinbildung.«
Darauf antwortete ich nicht, sondern begann die Flasche zaghaft zu schütteln. Mein Herz raste.
»Schüttel es ordentlich, als würdest du wichsen und nicht eine Gehirn-OP durchführen.«
Ich wandte mein Gesicht ab und schüttelte die Flasche richtig durch, das Napalm gluckste. Ich stellte sie auf Nathans Tisch ab und ging mit eiligen Schritten zum Schrank. Unter Hoodies und Anzügen stand die Kiste. Ich nahm sie heraus und brachte sie Nathan. Dann stellte ich mich mit einigem Abstand hinter ihn und sah zu.

Nathan trug schwarze Latexhandschuhe, der Tisch war übersät mit Schraubenziehern, Kabeln und mehreren Boxen, aus denen Werkzeuge herausquollen.

Er nahm aus einer der Werkzeugboxen eine Dose heraus, schraubte sie auf und schüttete das schwarze Pulver darin in die aufgeschnittene Energydrinkdose. Als Nächstes öffnete er die HMTD-Dose und nahm mehrere verschnürte Tütchen heraus, die mit einem kristallinen weißen Pulver gefüllt waren. Er füllte die Dose fast bis zum Rand mit ihnen, dann holte er eine Box aus dem Kleiderschrank und nahm eine Platine, Kabel und eine Batterie heraus. Auf der Platine war ein kleiner grauer Kasten verlötet, in dem eine SIM-Karte steckte. Er steckte die Batterie in eine Halterung der Platine, griff nach einem Lötkolben, der in einer Halterung neben ihm stand, und lötete die beiden Kabel an die Platine fest. Mithilfe eines Sekundenklebers befestigte er die Konstruktion an der Außenwand der Dose. Aus einer Werkzeugbox fummelte er etwas Stahlwolle heraus und stopfte sie oben in die Dose hinein. Die beiden Kabelenden steckte er in einigem Abstand voneinander in die Stahlwolle und fixierte sie mit Sekundenkleber. Er nahm aus einem Werkzeugkasten eine Rolle Panzertape und deckte damit das offene Ende der Dose ab, wickelte es mehrmals horizontal um die Konstruktion, riss das Tape durch und dichtete mit mehreren kleineren Stücken alle Lücken ab, sodass nur noch die Kabel ins Innere führten, während alles andere dicht war.

»Voilà! Es ist vollbracht«, sagte Nathan und hielt die Bombe in die Höhe.

»Und was machen wir jetzt damit?«

»Sachen in die Luft sprengen.«
»Aber welche? Und wo?«
»Na wo wohl? Auf der Landebahn, da ist gerade kaum jemand.«
Es war 11 Uhr in der Früh. Bevor ich widersprechen konnte, hatte Nathan die Bombe und die Napalmflasche in einen Rucksack gestopft und war die Treppe hinuntergelaufen.
Ich folgte ihm, was hatte ich schon für eine Wahl? Ich konnte nicht anders, und ich wollte auch nicht. Ich hatte Angst, und gleichzeitig war ich fasziniert und verzaubert von Nathan.

Kapitel XXIII:
I set fire to the shit

Die Landebahn lag im Landschaftspark, der sich in dem Dreieck zwischen den Gemeinden Unterhaching, Ottobrunn und Neubiberg erstreckte. An ihn grenzte westlich das dreizehn Quadratkilometer große Gelände der Bundeswehruniversität München.

Der Landschaftspark selbst war einst ein Militärflughafen gewesen und wurde durch die vier Kilometer lange Asphaltlandebahn in seiner Mitte definiert, die von weiten Grünflächen, verlassenen Bunkeranlagen, kleinen Wäldern und Hügeln gesäumt wurde.

Von Nathan aus waren es nur ein paar Minuten mit den Fahrrädern dorthin. Gleich am Anfang des Parks gab es zwei Hügel, die links und rechts der Bahn aufragten. Wir radelten den linken hoch.

Als wir die Spitze erreichten, vergaß ich für einen Moment all meine Bedenken.

Der strahlendblaue Mittagshimmel war verziert mit zimperlichen Wolkenfetzen und erstreckte sich bis zum Horizont, wo man schemenhaft München ausmachen konnte. Dazwischen war nur saftiges Grün, das in der Mitte durchtrennt war durch einen breiten in der Sonne schwarz glänzenden Asphaltstreifen, über den Jogger liefen und Radfahrer an Inlineskatern vorbeirasten. Bunte Segel von Windskatern glitten über die graue Ebene. In der Ferne hörte ich das stete beruhigende Rauschen der Autobahn und das Zirpen der Bodenbrüter.

Es war ein majestätischer und schöner Anblick, aus dem mich erst der Schulterklatscher des Pseudoterroristen weckte.

»Es geht los!«, rief Nathan und trat in die Pedale. Vor uns fiel der Hügel abrupt senkrecht in die Tiefe bis zur harten Landebahn ab. Nathan raste einfach hinunter, dass es einem Wunder glich, als er sich nicht überschlug. Er glitt über die Landebahn und driftete mit quietschenden Reifen, bis er wenige Meter vor dem Hügel stehen blieb.

Seine Stimme klang dünn und leise, wurde fast vom Wind verweht, als er rief:

»Kommst du?« Er winkte mir zu. Ich sah hinunter. Ein kleiner Trampelpfad führte die Steilwand hinab. Es bestand kein Zweifel daran, dass die geringste Abweichung vom Pfad oder ein ungeschicktes Lenken oder Eiern des Reifens mindestens zu gebrochenen Knochen führen würde. Ich schluckte.

»Los jetzt! Es ist weniger steil, als es aussieht!«, rief Nathan. Das war eine offensichtliche Lüge.

Ich trat trotzdem ins Pedal. Mein Fahrrad kippte nach vorn und ich raste den huckeligen Pfad hinunter und dem Asphalt mit über sechzig Stundenkilometern entgegen.

Alles zog sich in mir zusammen, mein Herz pumpte Adrenalin in meinen Kreislauf und ich riss den Mund auf, aber bevor ich schreien konnte, schlug der Vorderreifen auf, richtete sich zur Ebene aus, und ich raste an dem grinsenden Nathan vorbei. Ich bremste und lenkte herum.

»Na! War doch Spaß!«, rief Nathan.

Meine Arme zitterten noch vom Adrenalinkick und mein Herz raste, aber ich grinste nun ebenfalls. Erst jetzt fiel mir auf, dass es auf den Hügel hinaufzuradeln nicht nur ein Umweg, sondern auch lebensgefährlich gewesen war. Wäre Nathan mit seinem Rucksack gestürzt oder hätte sich gar überschlagen, wäre das instabile HMTD einfach mit ihm hochgegangen. Ich sprach ihn darauf an, und ob er denn keine Angst hätte, aber er entgegnete: »Klar habe ich Angst, aber das macht ja erst den Nervenkitzel aus. Anderseits: Ich werde sowieso nicht bei so etwas sterben.« Er sagte es mit so einer Bestimmtheit, dass ich nicht daran zweifelte, dass er das nicht nur glaubte, sondern auch wusste. Bei Nathan war alles möglich.
»Und was jetzt?«, fragte ich.
»Siehst du das da vorne? Das Weiße da? Das ist ein Mülleimer für Hundescheiße. Komm mit.«
Wir radelten zu dem weißen Gestell, welches oben Plastiktüten ausgab und unten einen Behälter trug, der randvoll mit rosa Hundekotbeuteln war.
»Siehst du irgendjemanden?«, fragte mich Nathan, während er seinen Rucksack von den Schultern zog. Ich sah mich um, aber ich konnte niemanden in unserer unmittelbaren Nähe ausmachen.
»Ich denke, die Luft ist rein«, meldete ich.
»Großartig.« Er zog sich schwarze Latexhandschuhe über, nahm die Bombe aus dem Rucksack heraus und wischte sie mit einem Stofftuch ab, das er aus seiner Hosentasche hervorzauberte. Dann griff er in die Hundescheißebeutel und hob einige an, um die Dosenbombe darunter zu schieben. Er betätigte einen Schalter an der Bombe. Es piepte und ich zuckte

zusammen, aber nichts geschah. Nathan nahm die Napalmflasche aus dem Rucksack und schraubte sie auf. Ein beißender Benzingestank breitete sich aus, während er das graue Gel über dem Eimer ausgoss. Die leere Flasche legte er oben auf den Kot drauf, dann sah er sich noch einmal um und nickte. »Okay, jetzt kommt die heiße Phase. Wir müssen etwas Sicherheitsabstand einnehmen. Los, wieder den Hügel hoch.«

Er radelte zum Hügel und ich ihm hinterher, kurz davor sprang er ab und begann die Schräge hochzugehen, während er das Fahrrad neben sich hinaufschob. Ich folgte ihm prustend und schwitzend. Selbst ohne Fahrrad wäre die Anhöhe kaum zu bewältigen gewesen – mit war es eine fürchterliche Plackerei. Die Angst vor der Bombe und das pochende Adrenalin in meinem Schädel sorgten dafür, dass ich trotzdem kurz darauf nach Luft schnappend neben Nathan oben stand.

»Also«, sagte Nathan. Im Gegensatz zu mir war er nicht außer Atem. Es war wie damals in Berlin, als wir vor den Potheads davongelaufen waren. Nichts erschöpfte ihn körperlich, nichts machte ihm ernsthaft Angst. Es verwunderte mich aber nicht mehr, schließlich war mir längst klar, dass Nathan kein Mensch sein konnte.

Nathan zog sein Smartphone heraus. »Siehst du jemanden?«

Ich schüttelte den Kopf. Im Umkreis mehrerer hundert Meter war niemand, nur am Horizont waren ein paar Gestalten und Segel. Es war, als wäre es Ebbe und die Welt hätte alle Menschen von dieser Seite des Parks

zurückgezogen, wohlwissend, dass nun Nathan hier am Schaffen war.
»Dann kann es ja losgehen. Drei … zwei …eins.« Er tippte grinsend auf sein Smartphone.
Ich krallte mich an meinem Lenker fest, die Sanduhr der Welt schien stehenzubleiben, verstopft, doch dann löste sich ein weiteres Sandkorn und fiel den Trichter hinab.
»Zero. Allahu akbar!«
Die Druckwelle schlug ohrenbetäubend auf mich ein. Der Hundekoteimer zersprang in einen orangeroten Feuerball und in tausende Teile, die in alle Richtungen geschleudert wurden. Metallplatten schlugen scheppernd auf dem Asphalt auf. Unzählige Hundekothaufen flogen durch die Luft. Sie zogen Schweife aus orangen Flammen und schwarzem Rauch hinter sich her und regneten überall im Umkreis von hunderten Metern um die Anschlagsstelle herum nieder. Es regnete brennende Hundescheiße! Überall auf dem schwarzen Asphalt bildeten sich orange Pfützen lodernden Feuers. Wo gerade noch der Mülleimer gestanden hatte, war nun nicht mehr als ein schwarzer Fleck mit ein paar emporragenden zerbrochenen und verbogenen Metallstangen.
Das Blut schoss mir in den Kopf und ich konnte spüren, wie jede einzelne meiner Hirnzellen, mit Adrenalin vollgedopt, durchdrehte. Es regnete brennende Hundescheiße! Ich konnte nicht mehr, ich brach in manisches Gelächter aus, zuckte unkontrolliert und sabbernd mit meinen Armen. Nathan lachte ebenfalls und klatschte mir auf den Rücken. »Los!«, rief er und trat plötzlich in die Pedale.

Er fuhr dem Abhang entgegen und ich ihm hinterher, ohne nachzudenken oder Angst zu haben. Erneut stürzte ich den Abhang hinunter, diesmal aber wild lachend. Ich schoss durch dichten Rauch, fliegende Funken, eine schwarze, brennende Landschaft. Ich kicherte, bis mir die Spucke das Kinn hinablief. Mein ganzer Körper kribbelte, war elektrisch geladen vor Erregung.

Irgendwo in der Ferne heulten Sirenen und Martinshörner auf, aber sie gaben mir nur noch einen stärkeren Kick. Ich streckte die Arme aus, lachte gestört und schrie: »Allahua akbar, Motherfucker!«.

Nathans orang-utan-artiges Lachen und mein verstörtes Kichern und Glucksen schallten über die Landebahn, während wir die schwarzen Rauchsäulen hinter uns ließen. Das Adrenalin war unglaublich, nie zuvor hatte ich mit solcher Leichtigkeit und Geschwindigkeit in die Pedalen getreten. Wir rasten durch eine Wohnsiedlung, schlugen Haken und flogen praktisch dahin, bis wir wieder vor Nathans Haus standen.

Am Horizont konnten wir die Rauchsäule sehen, dort heulten auch die Sirenen. Hubschrauber rasten über unsere Köpfe hinweg.

Ich triefte vor Schweiß und meine Brust hob und senkte sich in einer bedrohlichen Geschwindigkeit. Aber es war mir egal. Der Machtrausch ließen mich weiterhin breit grinsen.

»Es gibt doch nichts Besseres als etwas Chaos am Morgen. Fuck the System«, sagte Nathan. »Na, war das lustig, oder was?«

»Das war megageil!«, brüllte ich, dann spürte ich, wie meine Beine weich wurden, und plötzlich kippte die Welt um. Schwarze Flecken tanzten vor meinen Augen, alles verschwamm. Ich wollte schreien, strampeln, aber ich war wie gelähmt und sank in die Dunkelheit. Etwas zog mich an meinem Arm hoch und stemmte mich wieder auf die Beine. Ich versuchte zu sprechen, aber es kam nur ein verwaschenes »Wawa« heraus. Ich blinzelte, taumelte eine Treppe hinunter und fiel auf ein Sofa. Irgendwo sagte Nathan irgendetwas, es klang, als wäre ich in einer Blase gefangen. Etwas Hartes berührte meine Lippen, ich schluckte kaltes … Sockenwasser. Schlagartig war ich wach, die Blase zerplatze. Ich verzog angewidert das Gesicht. »Wääh. Kokoswasser.«

Nathan lachte. »Du hast fast die ganze Flasche geleert, also kann es gar nicht so wääh sein. Wie geht es dir?«

»Großartig«, stieß ich hervor. Kaum verzog sich der Nebel der Bewusstlosigkeit, war ich wieder ekstatisch. Die Worte flossen mir aus dem Mund, ich erzählte, wie geil es gewesen war, wie alles explodiert war und so weiter. Nathan nickte einfach nur wissend, nahm aus einer Holzschachtel eine Zigarre heraus, schnitt sie ab und nickte erneut zu meinen Erzählungen. Er steckte sich die Zigarre in den Mund und zündete sie mit einem Zippo an. Er zog und blies einen großen Rauchring, der langsam zur Decke aufstieg und dort zerfiel.

Ich unterbrach meine aufgeregten Erzählungen und fragte: »Seit wann rauchst du?«

»Gar nicht. Zigaretten sind auch scheiße, aber so eine Zigarre zu paffen, das ist ein Genuss, mit dem man super von so einem Abenteuer herunterkommen kann. Damit fühlt man sich gleich wie ein reicher Topterrorist oder ein Gentleman aus dem vergangenen Jahrhundert. Hat einfach Style. Ein seltenes Laster, welches ich mir manchmal gönne. Willst du auch eine?«

»Ja, warum nicht.«

Er nahm eine weitere Zigarre aus der Schachtel, schnitt das Ende ab und reichte sie mir. Ich stecke sie mir in den Mund, während er die Spitze mit seinem Zippo entzündete.

Zu meiner Überraschung schmeckte mir der schwere, würzige Tabakrauch und bald pafften wir gemeinsam um die Wette den Bunker voll, während wir über Literatur und Philosophie quatschten. Das war einer dieser Momente, in dem ich froh war, Nathan damals in Berlin angesprochen zu haben. Alles schien perfekt, alles schien sorgenlos und in Ordnung und gleichzeitig aufregend und besonders. Als wäre ich der Protagonist eines Filmes oder Buches.

»Woher kennst du eigentlich die Hühner?«, fragte ich irgendwann.

»Oh, Pullo und Kentucky? Kann ich gar nicht so genau sagen. Ich denke, unsere Bekanntschaft hat sich einfach ergeben, durch ein paar Überlappungen in den Biographien.«

»Ja, ist klar«, sagte ich, und als ich lachte, stieß ich ein Schwall Grau aus. »Ich meinte, woher kennst du sie genau?«

Nathan zog an seiner Zigarre und runzelte die Stirn, dann sagte er: »Kennst du das, wenn man etwas ganz genau betrachtet? Ich meine richtig genau. Je genauer man etwas zu betrachten versucht, desto weniger weiß man am Ende darüber, desto weniger scheint sicher.«

»Wie wenn man immer wieder ein Wort wiederholt? Also, wenn man tausendmal hintereinander ›nein‹ sagt und am Ende das Gefühl hat, nicht mehr zu wissen, was ›nein‹ überhaupt sein soll?«

»Exakt. So ist das auch, wenn ich versuche, über die beiden crackrauchenden Hühner nachzudenken. Eigentlich ist es bei allen Dingen so, wenn man ehrlich ist, aber bei den Hühnern extrem. Ich kann nicht mehr sagen, wann ich sie zum ersten Mal getroffen habe. Es ist strange.«

»Was ist es nicht. Das ganze Leben ist irgendwie strange«, sagte ich. »Ich glaube, in dem Fall lohnt es sich nicht, weiter nachzudenken. Du kennst sie, ich kenn sie jetzt auch, sie sind cool, wenn auch harte Schnorrer. Alles okay. Lass uns chillen.«

»Das ist eine gute Idee«, meinte Nathan und ließ einen Rauchring aufsteigen. Das Gebilde zerfiel an der Decke. Ich ließ meine Gedanken treiben, beobachtete das Tanzen der Rauchfäden, dann stieg ein Gedanke aus den Tiefen meines Verstandes auf.

»Nathan. Was bringt es eigentlich, dass wir den Mülleimer gesprengt haben? Ich meine, es hat Spaß gemacht und es war ganz cool, aber irgendjemand wird nun den ganzen Dreck wegmachen müssen. Die Gesellschaft hast du damit auch nicht weitergebracht und ich sehe auch nicht wirklich, was das dir für einen Mehrwert gebracht haben soll. Die ganze Aktion war total kontraproduktiv.«

Nathan sah mich durch den blauen Dunst an und nickte langsam. »Du hast recht.«

»Also, wozu dann das Ganze?«
»Keine Ahnung. Um dieser kranken Welt den Mittelfinger zu zeigen, nehme ich mal an.«
»Die Welt wird aber nicht besser, wenn du ihr den Mittelfinger zeigst, nur wenn du mithilfst, sie zu verbessern.«
»Wir sind eh alle verdammt. Scheiß drauf. Die Welt geht sowieso unter, alle werden sterben«, sagte Nathan gereizt. »Alles ist so sinn- und haltlos.«
»Ja … das ist traurig«, sagte ich. »Weißt du … manchmal träume ich von einem Engel, der mich umarmt und aus dem ganzen Dreck herauszieht. Von einer göttlichen Gestalt, die mich … irgendwie heilt, obwohl ich gar nicht krank bin, verstehst du?« Mein Herz pochte. Ich hatte noch niemandem von diesen Träumen erzählt. Nathan nickte nur und murmelte: »Kenn ich.«
Wir verfielen in Schweigen und starrten aneinander vorbei. In Nathans Augen lag depressiver Glanz; das dunkelblaue Meer seiner Augen versank in einem stummen Hurrikan. Wie ein trauriger Hund schniefte er und begann dann eine Melodie zu summen und leise in einer mir fremden Sprache zu singen: »*Kanashimi no mukou e to tadoritsukeru nara. Boku wa mou iranai yo nukumori mo ashita mo …*«
Ich bekam eine Gänsehaut … und ein überwältigendes Verlangen nach Kratom erfüllte meinen Körper.

Kapitel XXIV:
Schreiben

Mehrere Tage lang nach dem Anschlag auf den Hundekotmülleimer hörte ich nichts von Nathan. Wenn ich ihn anrief, antwortete nur der Anrufbeantworter, und wenn ich ihm auf Threema oder Telegram schrieb (Nathan hasste WhatsApp, und was auch immer sonst von großen Konzernen kontrolliert und vom Staat überwacht wurde), konnte ich sehen, dass er die Nachrichten nicht einmal erhielt.

Unruhig lief ich im Wohnzimmer auf und ab, starrte aus dem Fenster, versuchte mich mit Büchern abzulenken, aber meine Konzentration zerlief sofort. Statt die Wörter zu lesen, glitten meine Augen nur über die Zeilen, ohne sie zu verstehen, und meine Gedanken drifteten ab. Ich stand auf, aß Nüsse, schlich mich zum Fenster, drückte mich gegen die Wand und spähte vorsichtig auf die Kreuzung unter meinem Wohnblock. Meine Hände waren feucht, ich hielt nach Polizeiautos und möglichen Zivilfahndern Ausschau. Vielleicht hatten sie Nathan verhaftet, wegen der brennenden Hundescheiße, und ich war der Nächste. Meine Fingerabdrücke waren noch auf der Napalmflasche. Nathan hatte sie zwar mit einem Stofftuch abgewischt und sie sollte eigentlich verbrannt sein, aber vielleicht, die Möglichkeit bestand, hatte er einen Abdruck übersehen und die Flasche hatte die Explosion überlebt. Ich ließ meine Fingerknöchel knacken. Jeder Passant, selbst die Rentnerin, die mit dem Gehstock über den Zebrastreifen kroch, war in meinen Augen ein verdeckter Cop und ließ mein Herz schneller schlagen.

In Afghanistan verkleiden sich US-Soldaten mit Burkas als Frauen und infiltrieren ganze Dörfer, bevor sie zuschlagen. Du siehst, da kommt nur ein Grüppchen Frauen auf dich zu, und denkst dir nichts, aber dann werfen sie die Verkleidung ab und du bist plötzlich umzingelt von bärtigen Navy SEALs mit Sturmgewehren, deren Laserpunkte auf deiner Stirn tanzen. Warum sollte die bayrische Polizei nicht anders vorgehen? Sie hatten unseren Wohnblock bereits umstellt, ich konnte es sehen. An der Ecke standen die Chefermittler, rauchten gemeinsam eine Kippe, taten so, als wären sie einfache Teenager, aber ich kannte 21Jumpstreet, mit so etwas konnte man mich nicht überlisten. Ich fühlte mich fiebrig, torkelte durch die Wohnung, ließ mich aufs Sofa fallen und schloss die Augen. Der kalte Angstschweiß rann über meinen heißen Körper, meine Kleidung klebte an mir. Jetzt war es aus. Jeden Augenblick würde ein Cop mit einem Haftbefehl an der Tür klopfen und man würde mich in eine Zelle werfen, in die gleiche wie Nathan. Was würden meine Eltern dazu sagen? Ich würde mein Abitur nicht machen können, ich würde Jahre im Gefängnis verrotten und danach wegen des fehlenden Schulabschlusses und der Vorstrafe keinen Job finden. Ich würde als Obdachloser in der Gosse erfrieren. Mein Leben war im Eimer, mein Blut gefror und meine Adern zogen sich zusammen, gelähmt saß ich auf dem Sofa, starrte auf die Wand, nicht in der Lage irgendetwas zu tun oder zu denken, erschlagen von der Wucht meines bevorstehenden Untergangs.
Es klingelte.
Es klingelte noch einmal.

Ich wollte mich nicht bewegen, aber meine Beine hoben mich vom Sofa und trugen mich zur Tür.
Es klingelte.
Meine zitternde Hand öffnete die Tür.
Nathan stand vor mir, grinsend.
»Guten Morgen! Was geht. Bist ein bisschen blass, Mann. Hab ich dich bei irgendwas gestört?« Er hatte eine Laptoptasche umgehängt und zwängte sich durch die Tür an mir vorbei.
»Na. Nein. Also … nein.« Ich biss mir auf die Lippen und schloss die Tür hinter Nathan.
»Wohin mit den Schuhen?«
»Du kannst sie da abstellen. Was machst du hier?« Langsam schüttelte ich den Schock ab und spürte, wie sich ein erleichtertes Grinsen über mein Gesicht ausbreitete.
»Ich habe dir doch geschrieben, dass ich jetzt vorbeikomme«, sagte Nathan, warf seine Schuhe auf die Abstellmatte und ging ins Wohnzimmer. »Nette Wohnung«, sagte er. Ich zog mein Handy hervor. Eine neue Telegramnachricht von Nathan, drei Stunden alt:
Jo, sorry Daniel. Ich war die letzten paar Tage ein bisschen mit Freunden aus Haching unterwegs und wollte auch etwas Zeit für mich haben, und du weißt, ich benutze mein Handy möglichst selten. Mach dir keine Sorgen wegen der Polizei, niemals. Die Bierproleten können dir nichts. Ich komme heute um 13 Uhr zu dir. Ich bring meinen Laptop mit, dann können wir mal zusammen etwas schreiben.
Ich lachte, und fast wäre mir das Handy auf den Boden gefallen, so sehr krümmte ich mich vor Lachen. Ich war so ein Trottel gewesen.
»Alles in Ordnung?«, fragte Nathan.

»Ja. Ich …«, Ich wischte mir die Lachtränen aus den Augenwinkeln und setzte von vorn an: »Ja, ja. Ich habe nur deine Nachricht nicht gelesen und habe mir Sorgen gemacht, dass dir irgendetwas passiert sein könnte. Oder dass die Polizei uns wegen des Sprengens der Hundescheiße verhaften wird … Ich war so paranoid und jetzt ist das einfach alles von mir abgefallen und ich musste lachen, weil ich mir wie der größte Trottel vorkomme.«

»Etwas Paranoia ist normal, aber ich sags dir, du musst dir keine Sorgen machen. Die Polizei wird uns niemals verhaften.«

»Hoffe ich. Du willst schreiben?«

»Jo. Ich habe auch meinen Laptop dabei«, sagte Nathan.

»Und was ist daran so toll, zusammen zu schreiben?«

»Hast du schonmal geschrieben? Ich meine so richtig aber, eine Kurzgeschichte oder einen Roman, nicht so einen Scheißaufsatz wie in der Schule?«

»Nein.«

»Eben. Ich wollte dir mal zeigen, wie es ist, richtig zu schreiben.«

»Okay.«

»Du wirkst nicht sehr begeistert.«

»Naja, du willst ja Schriftsteller und so werden, aber ich bin nicht so der große Schreib- und Bücherfan, um ehrlich zu sein.«

»Noch nicht«, sagte Nathan und lächelte. »Du kennst Schreiben noch nicht wirklich. Also, du hast auch einen Laptop, oder?« Ich nickte. »Super. Wo wollen wir schreiben?«

»Am Esstisch in der Küche, da ist Platz. Du kannst dich ja schon mal dort einrichten, ich hole nur noch schnell meinen Laptop.« Ich deutete auf die Tür zur Küche.
Nathan verschwand in der Küche. Ich lief in mein Zimmer. Mein Laptop lag zusammengeklappt auf dem Schreibtisch, ich steckte ihn aus, klemmte ihn unter den Arm, nahm das Ladegerät und die Maus in die andere Hand und lief damit in die Küche. Dort saß Nathan bereits am Tisch und hatte seinen Laptop hochgefahren. Ich setzte mich neben ihn, fuhr meinen Rechner hoch und öffnete Word.
»Und was jetzt?«, fragte ich und sah zu Nathan hinüber. Er hatte ein merkwürdiges Programm offen und erstellte darin gerade ein neues Projekt.
»Du schreibst einfach«, sagte er, ohne aufzusehen.
»Und was ist das für ein Programm? Brauche ich das auch?«
»Das?«, fragte er und zeigte auf seinen Bildschirm. »Das ist Papyrus Autor 8, ein spezielles Programm für Autoren mit etwas extra Schnickschnack und Tools, die aber einen Anfänger nur ablenken und verwirren. Für den Anfang reicht Word locker aus, du kannst sogar WordPad oder den Editor verwenden. Es geht nur ums Schreiben an sich fürs Erste.«
»Ok, und was soll ich schreiben, und wie?«
Nathan drehte sich zu mir um. »Was du willst und wie du willst, Schreiben ist Kunst, und Kunst ist absolut frei. Schreib, was immer dir als erstes durch den Kopf geht. Es kann eine Phantasiegeschichte sein, ein Gedicht, ein Dialog, ein Drehbuch, ein Romananfang, eine Kurzgeschichte oder eine Kurzprosa – oder ein Haiku, das aus maximal 17 Silben besteht.

Zum Beispiel so eins:
>*Der Sperling hüpft die Veranda entlang.*
Seine Füße sind nass.<
Lass das wirken. Das ist von Masaoka Shiki. So wenige Wörter, so schlicht, und trotzdem riechst du die frische Frühlingsluft, den Regen, der an dem Tag gefallen sein muss, und die nassen Tannennadeln. Siehst du die Wasserabdrücke auf dem morschen Holz der Veranda, die feuchten Federn und den hüpfenden Vogel? Das ist Kunst, aber soweit musst du noch nicht gehen. Versuch es vielleicht zuerst mit einer Erinnerung oder halt simpler Prosa. Schreib zum Beispiel über irgendwas, das du in den letzten Tagen erlebt hast. Wie klingt das?«
»Ich glaube, ich versuche das, also über etwas zu schreiben, was vor Kurzem geschehen ist. Über die Berlinfahrt.«
»Klasse. Das ist eine super Idee. Ich werde was Ähnliches machen. Ich schreibe über das Hundekotsprengen.«
»Okay.« Ich sah mein leeres Wordprojekt an. »Hast du irgendwelche Tipps, was ich beachten sollte?«
»Schreib aus dir frei heraus, hemm dich nicht selber. Versuch möglichst wenig Adjektive zu verwenden, keinen Passiv – den verwenden nur Feiglinge, die sich nicht trauen, die Dinge direkt zu schreiben. *Show, don't tell*, also zeig die Dinge, wie sie sind, statt zu erzählen. Wenn jemand Angst hat, schreib nicht ›X hat Angst‹, sondern ›X' Hände zittern‹, und so weiter. Verstanden? Schreiben ist einfach, man muss nur die falschen Wörter weglassen. Es ist ein Handwerk. Je mehr du schreibst, desto besser wirst du.«

»Okay.« Ich atmete tief durch und drehte mich zu meinem Laptop um. Ich ließ die Schultern kreisen, atmete tief durch. Neben mir klapperten bereits die Tasten. Ich sah das leere Worddokument vor mir, schloss die Augen und gab mir einen KickTritt. Ich legte die Hände auf die Tastatur und schrieb:

Es war bei der Berlinklassenfahrt, da wurde ich mit Nathan, Luis und Jakob in ein Zimmer gesteckt und

Ich hielt inne. Es klang scheiße. Ich löschte die Passage, atmete tief durch, startete von vorn.

Nathan war schon immer ein merkwürdiger Freak gewesen und ich hatte Angst vor ihm gehabt, bis ich ihn bei der Berlinklassenfahrt besser kennenlernte.

Ich las die Passage, schüttelte den Kopf und löschte sie. Wieder scheiße.

Ich warf einen Blick zu Nathan rüber. Er hatte bereits eine Seite voll und begann die zweite. Ich seufzte. Ich hatte im Gegensatz zu ihm einfach kein Talent zum Schreiben. Es machte auch keinen Spaß.

»Nathan. Ich kann es einfach nicht.«

Er hielt inne und sah mich an.

»Nein, du kannst es, du musst es nur wollen. Aller Anfang ist schwer, und das erste Mal in den Schreibflow zu kommen, ist am schwersten.«

»Kann ich mal sehen, was du geschrieben hast?«, fragte ich.

»Das wird dich nur ablenken.«

»Bitte.«

»Okay.« Er drehte seinen Laptop zu mir um. Ich las:

»*In der Kommode ist ein Kühlschrank. Da brauch ich was heraus*«, *befahl Nathan. Er warf mir nur einen kurzen Blick zu, aber das reichte aus, um mich zu einem willenlosen*

Sklaven zu machen. Ich ging in die Hocke und öffnete die Kommode, dann die Minibar darin. Surrend schlug mir die Kühle entgegen.
»Hey, das ist ja aus meiner Sicht geschrieben!«, rief ich verwundert aus.
»Jo. Ich dachte, das ist interessanter, wenn ich es aus deiner Sicht schreibe, dann können wir später auch deine Texte mit meinen zusammen zu einem Roman über deine Sommerferien verbinden.«
»Aber woher weißt du, wie ich denke?«
»Empathie. Deine Gestik und deine Sprache drücken deine Gefühle eigentlich immer ganz gut aus und ich konstruiere mir deine Gedankenwelt daraus.«
»Wow. Du musst echt gut sein, wenn du sogar aus der Sicht von jemand anderem schreiben kannst.«
»Naja.«
»Ich versuch es nochmal mit meinem Text. Danke. Das wäre echt cool, wenn wir dann einen Roman daraus machen könnten.«
»Jo. Man muss den Text am Ende sowieso noch x-mal überarbeiten und umformulieren, also bleib nicht zu lange am Anfang hängen. Schreib einfach los. Jetzt ist es nur wichtig, so viel wie möglich zu schreiben, um in die Materie hineinzukommen. Du kannst den Anfang ja später nochmal schreiben, wenn er scheiße ist.«
»Okay. Gut, danke.« Ich drehte mich wieder zu meinem Worddokument um und fing an zu schreiben:
Ich hatte anfangs Angst vor meinem Mitschüler Nathan, denn er war, wie man es so nennt, ein Freak. Erst, als wir zusammen in ein Zimmer in Berlin gesteckt wurden, lernte ich ihn aber wirklich kennen.

Ich hielt inne, betrachtete meinen Text und war unzufrieden damit. Die Sätze wirkten plump, gestelzt, unauthentisch und langweilig. Irgendetwas fehlte. Mein Blick schweifte zu Nathan, der bereits am Ende seiner zweiten Seite angekommen war. Ich sah wieder meinen Text an, dann löschte ich ihn.

»Nathan«, sagte ich, »ich komme einfach nicht rein.«

»Hmm. Dann können wir vielleicht ein Hilfsmittel anwenden. Eigentlich sollte man sich zuerst die Basics aneignen und ein paar Bücher nüchtern geschrieben haben, bevor man mit irgendwelchen Hilfsmitteln experimentiert. Aber scheiß drauf.« Nathan erhob sich von seinem Platz und ging zur Kaffeemaschine, die hinter uns stand. Es war ein klotziges Ding, das meine Eltern vor einiger Zeit angeschafft hatten.

»Wie bedient man diese Maschine?«

»Keine Ahnung. Ich benutze das selber nie. Ich trinke keinen Kaffee. Und ich glaube auch nicht, dass etwas Koffein mir helfen wird.«

Nathan drückte auf den Knöpfen der Bedienkonsole herum und nahm zwei Tassen aus dem Schrank. »Es wird auch nicht Koffein allein sein«, sagte er, während er die Tassen in das Gerät stellte und Kaffeekapseln einführte. Das Gerät sprang brummend an und ergoss das braune Gift in die Tassen.

»Habt ihr Milch und Zucker?«, fragte Nathan.

Ich brachte ihm die Dinge und er machte uns stark gesüßte Milchkaffees, dann zog er einen Tablettenblister hervor, poppte in jede Tasse eine Pille hinein und rührte um.

»Was ist das?«

»Lass mich etwas ausholen ... Die Schriftsteller der Beat-Generation, und auch Sartre und später die Gonzo-Journalisten, haben massenweiße Benzedrin, also Amphetamin, Speed, konsumiert, um mehr, schneller und besser zu schreiben. Heutzutage ist das nicht mehr so das Ding. Unsere Generation hat Ritalin, Methylphenidat. Eine andere Stimulanz, etwas sicherer. Stimulanzien sind neben Meskalin wahrscheinlich die einzigen Drogen, die tatsächlich, zumindest kurzzeitig, die Kreativität steigern können ... Aber natürlich hat das auch seinen Preis: Zu oft sollte man das nicht machen. Ich habe jetzt jeweils 10mg Methylphenidat hineingetan. Zusammen mit dem Koffein wird dir das für vier Stunden übermenschliche Leistungskraft geben und dir helfen, deinen inneren Kritiker zu überwinden.«

Er reichte mir eine Tasse und leerte seine eigene in einem Zug.

»Oka, und ist das auch sicher?«

»Naja. Eine der Nebenwirkungen, mit irgendwie einer Wahrscheinlichkeit von eins zu einer Million, ist spontaner Tod. Und wenn du es zu oft nimmst, wirst du ein bisschen psychotisch und, kannst nicht mehr richtig schlafen und drehst durch, aber wenn du es nur einmal nimmst, dann ist das kein Problem. Und solange du es dir nicht durch die Nase ziehst oder dir spritzt, wirst du auch nicht high davon. Das Zeug wirkt von der Pharmakinetik her fast identisch wie Kokain, und bei Kokain ist das genauso. Solange du es nur oral aufnimmst, wirst du kaum süchtig und auch nicht high, außer du frisst wirklich sehr, sehr große Mengen. Thomas Edison hat dauernd Kokawein

getrunken und hatte auch kein Problem mit Sucht oder so. Das trat erst auf, als die Leute anfingen, Kokain als Pulver zu vertreiben und sich durch die Nase zu ziehen. Lange Rede, kurzer Sinn: Es ist sicher.«
Ich starrte die bräunliche Brühe an. Ich hatte Angst, aber mittlerweile, nachdem ich bereits das Kratom probiert hatte, war meine Hemmung in Bezug auf Drogen ziemlich gesunken. Ich sagte: »Ich vertraue dir, Nathan«, obwohl mir die Sache mit dem plötzlichen Tod nicht ganz geheuer war, und dann nippte ich daran. Es schmeckte süßlich-bitter. Ich leerte es mit einem Zug. Dann nahm ich mir auch Nathans Tasse und wusch beide im Spülbecken aus.
Wir setzten uns wieder an unsere Laptops.
»Wie soll ich anfangen?«, fragte ich Nathan.
»Am besten in medias res oder mit etwas, das deine Leser sofort in den Text zieht. Ein Dialogfetzen, eine Aussage. Es muss einen Knall geben, damit der Leser sofort gefangen ist und weiterlesen will. Wenn das Buch langweilig anfängt, dann hilft es nichts, wenn es ab Kapitel zwei zum spannendsten Thriller aller Zeiten wird, weil kaum ein Leser jemals bei Kapitel zwei ankommen wird.«
»Okay. Danke.« Ich ließ mir Nathans Ratschläge durch den Kopf gehen. Ich spürte bereits, wie das Ritalin zu wirken begann. Meine Gedanken waren schnell, assoziativer, aber auch konzentrierter, als hätte jemand das übliche, treibende Meer aus Gedanken, das sonst einem so im Kopf vor sich hin gluckst und von einem Gedanken zum nächsten fließt, durch ein Scharfschützengewehr ausgetauscht. Jeder Gedanke war ein vernichtender Schuss und Treffer. Ich sah das

Worddokument an. Außer ihm existierte auf der Welt nichts mehr. Ich hörte nicht mehr das Klappern von Nathans Tasten, ich nahm mich selbst nicht mal mehr wirklich wahr, nicht einmal die Hände, die sich auf die Tasten legten. Es gab nur noch die Geschichte in meinem Kopf und das leere Dokument, auf das sie übertragen werden sollte. Und ich schrieb, ohne darüber nachzudenken. Wie ein Maschinengewehr haute ich die Wörter in die Tasten und eliminierte sie aus meinem Kopf, um sie auf dem Bildschirm auferstehen zu sehen. Ich schrieb:

Nathan war ein komischer Kauz.

Das fing bereits bei seinem Aussehen an. Die Haare standen widerspenstig in alle Richtungen ab, die Wangenknochen traten aus dem abgemagerten Gesicht hervor. An dem Grund seiner eingefallenen Augenhöhlen lagen blaue Opale, die einen stechenden, analytischen Blick ausstrahlten. Wenn Nathan einen ansah, konnte man das spüren. Es fühlte sich an, als würde eine kalte Geisterhand in einem herumtasten. Man zuckte unwillkürlich zusammen und rieb sich am Körper, um das klebrige Gefühl dieser sonderbaren Kälte zu vertreiben.

Daniel Vogt verschwand, nur die Worte existierten noch, und irgendwo machten die Tasten tack-tack-tacktacktack-tack, rattatat, wie die Hitlersäge im Schützengraben.

Vier Stunden später hatte ich bereits darüber geschrieben, wie mein erster Kratomtrip verlaufen war, wie wir den Penner Jonathan kennengelernt hatten und war gerade an der Stelle, bei der Nathan uns zur Rigaerstraße führte, als ich spürte, wie die Wirkung nachließ. Meine Konzentration zerlief wie Butter in einer heißen Pfanne. Meine Beine schmerzten, verkrampften. Ich schüttelte meine Hände, die Gelenke knackten, meine Augen taten weh und ich war schrecklich müde. Mein Magen knurrte und verknotete sich vor Hunger, meine Zunge lag trocken und ausgedörrt in der Wüste, die einst mein Mund gewesen war. Ich stand auf, alles schwankte, ich hatte das Gefühl, gleich zusammenzubrechen.

»Ach du Scheiße. Ich krepiere ja gleich!«, sagte ich.

Nathan richtete sich ebenfalls wackelig auf.

»Sorry. Ich Trottel hab vergessen, uns Snacks und Getränke bereitzulegen. Das ist dein Kreislauf. Ritalin unterdrückt das Hunger- und Durstgefühl und überlastet den Kreislauf, weil es deinen Körper in einen Hyperleistungsmodus schaltet. Wenn man sich auf Rita nicht zwingt zu essen und zu trinken und sich etwas zu bewegen, dann fühlt man sich so scheiße wie wir beide jetzt. Iss schnell was, trink einen Fruchtsaft und spring ein bisschen auf und ab, dann hat sich das gleich wieder.«

Ich torkelte zum Kühlschrank und nahm für mich und Nathan Orangensaft heraus, wir spülten ihn herunter, tranken Wasser hinterher, mampften jeder eine Handvoll Nüsse und ein paar Maiswaffeln, dann klatschte Nathan in die Hände: »Los, wir müssen uns bewegen, um den Kreislauf in Schwung zu kriegen.« Er sprang auf und ab, boxte in die Luft, tanzte hin und her und rief »Wubba lubba dub dub!« Dabei lachte er irre, ich tat es ihm nach. Ich kam mir vor wie ein Trottel in einem Cartoon, aber es half.

Nach wenigen Minuten konnte ich spüren, wie mein Blutzuckerspiegel stieg, sich die Wadenkrämpfe lösten und ich in einen etwas erschöpften Normalzustand zurückkehrte.

»Hast du einen Drucker?«, fragte mich Nathan.

»Jo, warum?«

»Ich drucke die Manuskripte aus, dann kann ich sie später korrekturlesen und zusammenfügen.«

»Okay.«

»Und? Hat das Schreiben Spaß gemacht?«

»Nicht wirklich, um ehrlich zu sein. Es ist schon echt cool, zu sehen, wie sich die Texte bilden und man dann die Erinnerungen irgendwie auf dem Papier konserviert hat, aber ich komm da wirklich ohne Rita nicht rein und es flasht mich auch nicht.«

»Dann werde ich den Roman über uns wohl allein schreiben müssen, abgesehen vom Anfang.«

»Jo, sorry.«

»Ne, passt schon.«

»Wirst du dir dann einen Verlag dafür suchen?«

»Nein, Verlage drucken so etwas nicht, und wenn, dann nur durch Lektoren auf 08/15-mainstreamkompatibel verstümmelt. Nein, ich bring das als Indieautor über eine Print-on-Demand-Plattform raus. Richtig underground, independent, fuck the establishment.«

Kapitel XXV:
Wissenschaften

Wir lagen auf einer Wiese, der Wind strich kühl über unsere Haut. Die Sonne schien auf uns herab, ihre Strahlen wärmten uns. Jakob und Nathan lagen neben mir. Colonel Pullo und Leutnant Kentucky waren irgendwo in der Nähe und zogen sich in einem Gebüsch ihre Crackhits rein.

Wir waren nüchtern, aber angenehm erschöpft von einer langen Fahrradtour durch den Perlacher Forst. Dreizehn Kilometer waren wir nach Süden gefahren, die Hühner abwechselnd auf unseren Schultern tragend, bis zum Deininger Weiher, einem kleinen See. Wir hatten ihn umrundet und ruhten uns nun auf einer Wiese aus. Meine Gedanken drifteten durch die Erinnerungen der vergangenen Wochen, aber so sehr ich versuchte, mir einen Reim auf all die gestörten und übernatürlichen Ereignisse zu machen, je länger ich nachdachte, desto bedrohlicher erschien mir alles. Die Realität schien zwischen meinen Fingern zu zerbröseln. Entweder war ich verrückt, alles eine Halluzination, oder die Realität, mit der ich aufgewachsen war, schon immer eine Lüge.

Trotz der warmen Sonne bekam ich eine Gänsehaut. Das alles konnte niemals wirklich sein, aber was war überhaupt Wirklichkeit? Meine Erinnerungen tanzten konfus in meinem Kopf, widersprachen sich. Vielleicht saß ich gerade in einer Klapse, hämmerte meine Birne sabbernd gegen eine Wand und halluzinierte von Nathan und diesem Sommer.

Ich wollte aufspringen, brüllen und die Trugbilder um mich herum zertrümmern. Aber womit, wie … und was, wenn es gar keine Trugbilder gab? Ich spürte ein Schwindelgefühl, es lief mir eiskalt die Wirbelsäule hinunter und die Welt schien zu kippen, ich krallte mich mit den Händen im Gras fest.

»Alles in Ordnung?«, fragte Jakob, der neben mir lag. Seine Stimme klang hohl, wie aus einem Loch.

»Ja«, wisperte ich.

»Du siehst ziemlich blass aus. Und du krallst dich am Boden fest. Hast du irgendwas genommen?«, fragte Jakob.

Irgendwas genommen, schoss es mir durch den Kopf. Ja, ich hatte Kratom in Berlin genommen und seitdem zerfiel die Realität, aber von Kratom wurde man nicht verrückt. Oder? *Oder?* Nein, bereits davor. Herr Maaysen. Nathan. Bereits vor dem Kratom hatte die Realität Risse gehabt, wenn es die Realität war, wenn es überhaupt so etwas wie eine Realität gab.

»Ich habe nichts genommen. Ich frage mich nur, woran ich glauben soll.« Mein Mund war trocken.

»Ah, glauben«, sagte Nathan, »die schwerste Frage vielleicht.«

»Wir haben doch darüber in Berlin geredet, am ersten Kratomabend«, sagte ich. »Du meintest, viele Menschen würden sich in Religionen, Ideologien und Co flüchten, um der Desillusionierung durch das Erwachsenwerden zu entgehen. Das heißt, um die Realität nicht zu akzeptieren, oder?«

»Im weitesten Sinne, ja.«

»Aber wie kann man die Realität und die Wahrheit bestimmen? Durch Wissenschaft, nur durch das, was rational erklärbar ist?«, fragte ich.

»Nein«, sagte Nathan, »das wäre wunderbar, aber dadurch wird die Wissenschaft selber zu einer Art Ersatzreligion, weil Menschen immer irgendeine Idee brauchen, mit der sie die Welt wahrnehmen können.«

»Ersatzreligion? Aber Wissenschaft ist doch nur an Fakten interessiert, während Religion nur mit Glauben möglich ist. Das sind doch zwei verschiedene Dinge«, sagte ich.

»Für einen Gläubigen ist seine Religion auch ein Fakt«, sagte Jakob.

»Ja, aber er irrt sich. Religion kann man nicht beweisen, Atome hingegen kann man berechnen und beobachten«, wandte ich ein.

»Kann man das wirklich?«, fragte Nathan.

»Natürlich. Das müsstest du doch wissen«, sagte ich.

»Nun, ich weiß es aus Büchern und von Hörensagen und Beobachtungen, aber woher weiß ich, dass das alles real ist? Woher weiß ich, dass meine Augen die Wahrheit sagen? Stell dir vor, alle deine Erinnerungen und die ganze Welt um dich herum sind erst vor fünf Minuten entstanden. Wie willst du beweisen, dass dem nicht so ist? Du hast schließlich nur deine Erinnerungen, aber die könnten ja fake sein.«

»Ich … ähm … Ich muss wohl meinen Erinnerungen und meiner Wahrnehmung vertrauen«, sagte ich. »Ich muss glauben.«

»Eben, man muss an Realität und Wissenschaft glauben, und prinzipiell können wir sagen, dass die Wissenschaft höchstwahrscheinlich uns sehr viel über

die Realität erzählen kann. Sie ist ein Werkzeug, mit dem wir uns durch den Morast der Lügen und Illusionen graben können, bis wir vielleicht eines Tages den Grund, die Realität, freilegen. Es gibt aber zwei große Einschränkungen: Erstens müssen wir dafür der Wissenschaft vertrauen, also an sie glauben. Letztendlich wird selbst die Wahrheit etwas sein, woran wir glauben werden müssen. Und zweitens müssen wir im Kopf behalten, dass die Wissenschaften nicht alles erklären können. Sie können nicht die gesamte menschliche Erfahrung vermessen und sie können uns auch nicht sagen, wie wir zu leben haben.«
»Das stimmt nicht ganz«, wandte Jakob ein. »Die Wissenschaften können nur noch nicht die gesamte menschliche Existenz vermessen. Nietzsche hat zu seiner Zeit auch die Wissenschaft kritisiert und als Beispiel für unberechenbare Dinge Musik und Liebe angeführt. Heute haben wir Synthesizer, durch Musikwissenschaften optimierte Popmusik und Liebe in Form von Oxytocin oder Entaktogenen wie 2C-B und MDMA im Reagenzglas sowie Pornhub. Künstliche Intelligenzen sind auch nur eine Frage der Zeit. Bald werden wir Bewusstsein rekonstruieren.«
Nathan seufzte. »Das ist wohl leider wahr und schmerzhaft. Wie ich sagte, die Realität tut weh und das Wissen zerstört die Magie. Wie Hölderlin schreibt: ›O ein Gott ist der Mensch, wenn er träumt, ein Bettler, wenn er nachdenkt.‹ Noch gestern war die Psyche ein Wunder, jetzt ist sie eine Maschine. Aber man sollte trotzdem den Fokus nicht zu sehr auf diese Dinge richten, letztendlich sind das auch nur Weltbilder. Und sie können uns nicht erklären, wie wir als Menschen zu

leben haben und können sich auch nicht selber beweisen. Die Theorie ist wunderbar, aber wenn sie der Praxis, dem Alltag, nichts bringt, dann ist sie halt nur das: wunderbar, aber nutzlos.«

»Aber was soll uns dann sagen, wie wir zu leben haben und was real ist?«, fragte ich.

»Niemand. Nichts. Höchstens wir selbst, denn unsere eigene Existenz ist das Einzige, dessen wir uns sicher sein können, sonst könnten wir gar nicht wahrnehmen und denken. Sum ergo cogito. Aber wir selber können die Dinge in allerhand Wegen verstehen und wahrnehmen, alles ist subjektiv. Kein Weltbild ist für alle passend, keine Wahrheit ultimativ wahr, keine Ethik richtig. Man kann sich jetzt verbiegen, versuchen die Welt zu erfassen, sich an Karriere, Gebet, Geld oder was auch immer aufhängen und das zum Sinn des Lebens erklären, aber das wird alles am Ende nur subjektiv wahr sein. Es gibt einfach keine objektive Realität, kein objektives Richtig, zumindest nicht in der Reichweite des Menschen.

Ich sage mir deshalb: scheiß auf alles. Lass die Dinge kommen, wie sie sind, sei opportunistisch, ohne ein Opportunist zu sein, stress dich nicht, außer du willst dich stressen, erwarte das Schlimmste und finde dich damit ab. Ich meine, am Ende des Tages gibt es eh nichts zu gewinnen. Das Leben ist ein Spiel, bei dem alle glauben, es gebe etwas zu gewinnen. Hat einer von euch jemals von einem Preis gehört? Ich nicht. Am Ende sind wir alle nur kluge Tiere und Futter für die Würmer, egal, wie viel Wissen, Glück, Prestige oder Geld wir davor anhäufen. Ich habe keinen Bock auf dieses Spiel, ich habe keinen Bock auf die Regeln der

Gesellschaft, ich habe keinen Bock auf nur eine Realität. Ich nehme sie alle.«
»Nihilismus«, attestierte Jakob.
»Was bleibt uns sonst?«, sagte Nathan. »Wir können einen Fick auf den Konsens geben wie alle, oder wir geben einfach keinen Fick auf alles, außer das was uns interessiert. Die Wahrheit hat doch, um ehrlich zu sein, noch nie jemals jemanden interessiert. Niemand will was von Klimaerwärmung hören, oder dass Alkohol giftig ist, oder dass der Mensch nur ein Staubkorn unter Staubkörnern ist. Ernest Becker wird nicht mehr gedruckt, während *Fifty Shades of Grey* ein Millionenseller ist. Alle lesen lieber Tolkien statt Foucault. Niemand will und kann in der Realität leben, denn sie ist zu schrecklich. Sie sagt selbst dem mächtigsten Mann, dass sein Leben sinnlos und er sterblich ist, er nicht viel mehr ist als ein Tier, das unaufhaltsam auf seine Auslöschung zurast. Daher leben die Menschen seit jeher in selbst geschaffenen Lügengebilden wie Religionen oder Ideologien wie Nationalismus. Diese Lügen sind auch praktisch. Ohne sie wären wir alle schon längst ausgestorben und hätten niemals Städte und Kulturen errichtet.
Warum aber sollte man als Individuum die Lügengebilde der Gesellschaft akzeptieren? Sucht euch eigene Lügen aus, die euch am besten gefallen, und lebt sie, oder bringt euch um, ist auch egal. Das echte Leben ist scheiße, deswegen kennt es niemand und deswegen muss man es auch nicht leben.«
»Das ist die höchste Erkenntnis, zu der du gekommen bist?«, fragte ich.
»Was hast du erwartet?«

»Du kannst die Physik manipulieren und hast mal was von anderen Dimensionen, Multiversen und Quantenmechanik erzählt. Ich habe angenommen, dass du deswegen viel weißt und verstehst, aber das alles klingt so profan.«

»Oh, das tue ich und ich könnte dir jetzt einen Vortrag über die Multiversen und die Satzungen der Dimensionsvariablen und Keppler-Felder halten, und dir damit erklären, wie ich das Cannabis vermehrt habe oder woher die beiden Nuggets kommen. Aber das macht die Dinge nicht besser, glaub mir, höchstens unnötig kompliziert. Die Welt bleibt ein profaner und sinnloser Ort, die absolute Wahrheit würde alle Menschen in den Wahnsinn treiben. Das Heilige und Metaphysische ist eine Erfindung der Menschen, um das Profane und Sinnlose und seine Sterblichkeit ignorieren zu können.

Das ist das größte aller Dramen der Menschheit. Dieser Dualismus. Wir sind Tiere, doch wir haben ein Bewusstsein, und daher streben wir nach mehr, als nur Tiere zu sein. Wir wollen unsterbliche Götter sein, und die Erkenntnis, dass das nicht möglich ist, treibt uns in die Arme der Okkultisten und in die Verzweiflung. Die Gesellschaft bietet daraus Erlösung, sie sagt dir, du wärst mehr als nur Wurmfutter, wenn du Karriere machst, betest, Steuern zahlst oder dich einer Nation zugehörig fühlst. Das ist aber genauso gelogen wie alles andere.

Ich sage deshalb: Fick auf diese falsche Heiligkeit, auf diese gesellschaftlichen Betäubungsmittel. Sie sind minderwertig und machen dich zu einem Sklaven der Ideen und Illusionen anderer. Wenn du frei sein willst, wenn du dein eigener Gott sein willst, dann erschaff deine eigenen Illusionen. Turn on, Drop out, Tune in your own song.«

»Also einfach keinen Fick auf alles geben«, konstatierte Jakob.

»Wenn du so willst, ja«, sagte Nathan. »Das Leben ist ein irres, sinnloses Karussell. Alles dreht sich zu schnell, als dass man irgendetwas wirklich erkennen könnte, selbst mithilfe der Wissenschaft. Da ist es einfach nur vernünftig, auszusteigen. Wenn schon nicht komplett, dann zumindest geistig. Und dann kannst du machen, was du willst. Leben wie Diogenes, leben wie Zarathustra, leben wie der American Psycho. Alles ist möglich, nichts ist notwendig. Du kannst dein Leben wie ein Kunstwerk kreieren, deinen eigenen Sinn erfinden, deine eigene Moral komponieren.«

»Klingt gut«, sagte ich. Es klang sehr gut. Das war eine Philosophie, mit der ich etwas anfangen konnte, eine Philosophie, mit der ich den ganzen nathanschen Wahnsinn überleben konnte – vorerst.

Nach einiger Zeit sagte Jakob plötzlich: »Leute, ich setze mich nach den Sommerferien nach Chang Mai ab, sobald ich im September achtzehn werde.«

»Ich bin sowas von dabei«, sagte Nathan.

»Wo liegt Chang Mai?«, fragte ich.

»Thailand. Ein Backpacker-Mekka. Dort kann man für vierhundert Euro im Monat leben wie ein König«, sagte Nathan.

»Und wie wollt ihr das Geld auftreiben?«, fragte ich. »Und was ist mit den Flügen?«

»Ich habe ein paar tausend Euro auf dem Sparkonto, fürs Studium«, sagte Jakob.

»Und ich vervielfach das Cash«, sagte Nathan, »Quantenduplikation. Oft kann ich es nicht machen, schon gar nicht bei Geld, da steigt mir die Multiversumspolizei aufs Dach. Aber wir kommen sicherlich damit ein, zwei Jahre durch.«
»Und was dann? Was macht ihr, wenn euch das Geld ausgeht? Geht ihr zurück zu euren Eltern?«, fragte ich.
»Niemals. Dann wären wir ja Parasiten, nein. Wir werden die zwei Jahre nicht untätig sein. Ich werde von Chang Mai aus zahlreiche Projekte kontrollieren und planen können. Ich werde Bücher schreiben, sie übers Internet als Selfpublisher veröffentlichen, einen Blog betreiben und so Geld über das Internet verdienen. In Chang Mai hat man eine bessere Internetverbindung als in München. Die haben dort nagelneue Kabel, während bei uns uraltes Kupfer im Boden verrottet.«
»Ich starte ein Onlineunternehmen«, sagte Jakob. »Ich flieg rüber nach Indonesien, wo das ganze Kratom angebaut wird, und lasse es nach Deutschland importieren. Wir machen damit nicht viel Geld, aber mehr als genug, um für ein paar Jahre in Thailand wie Könige zu leben. Und wenn uns Thailand langweilig wird, können wir nach Laos, Vietnam, Myanmar oder Indonesien, da kann man ähnlich billig leben.«
»Und ich werde richtig gute Bücher über unser Leben dort schreiben. Wir sollten das alle tun. Wir können eine neue literarische Strömung begründen, so etwas wie die Beatniks«, ergänzte Nathan.
»Da bin ich definitiv dabei. Ich werde aber eher Gedichte und Poetry-Slams schreiben«, sagte Jakob.
»Das klingt nach einem Plan. Bist du dabei, Daniel?«

»Also ich weiß nicht. Ich glaube, ich sollte studieren und mir einen richtigen Job suchen. Was habe ich für Perspektiven, wenn ich nicht einmal ein Abitur habe? Gar keine. Meine Eltern würden das jetzt auch nicht so toll finden, wenn ich die Schule abbreche und mich einfach nach Südostasien absetze.«

»Scheiß auf deine Eltern«, sagte Nathan. »Ich meine, sei ihnen dankbar dafür, dass sie dich aufgezogen und sich um dich gekümmert haben, aber lass dir nicht dein Leben deshalb vermiesen. Sie sind Sklaven der konsumistischen Leistungsgesellschaft. Nur weil sie Gefangene sind, heißt das nicht, dass du nicht ausbrechen darfst. Lebe dein Leben. Du hast nur eins, und das gewinnt nicht an Wert, wenn du achtzig Prozent davon für Geldverdienen und blindes, sicheres Konsumieren verschwendest. Ein langes, sicheres Leben ist doch nicht mehr als ein langsames Sterben.«

»Okay«, sagte ich und blähte meine Backen auf. Ich war noch immer nicht überzeugt, ich hielt das für irrational, sagte aber trotzdem: »Bin dabei.«

»Krass. Das wird geil. Herbst ist die beste Zeit für Südostasien. Ich buch unsere Tickets, sobald alles klar ist und ich ebenfalls achtzehn werde. Wann wirst du achtzehn, Daniel?«

»Erst in neunzehn Monaten.«

»Ah, ja, scheiße, du bist noch nicht mal siebzehn. Egal, drauf geschissen, ich und Jakob übernehmen dann halt die Verantwortung. Chang Mai wird geil. Nicht nur das Klima und das billige Leben. Chang Mai ist ein Drehkreuz für die ganzen Backpacker, digitalen Nomaden und Work-and-Travel-Leute, da ist immer

Durchzug. Wir werden eine Menge interessanter Personen kennenlernen.«
»Auch Mädchen?«, fragte ich.
»Die heißesten Studentinnen vom ganzen Globus, versprochen. Und noch dazu werden das keine so langweiligen Prinzesschen oder nervigen Gören sein, wie die aus unserer Klasse, sondern richtig taffe Girls, Abenteurerinnen, die hungrig nach dem Leben und der Welt sind.«
»Nice.« Ich erfreute mich an dem Gedanken an Chang Mai, doch irgendetwas in meinem Kopf wusste bereits, dass wir wohl nie dorthin aufbrechen würden, und dass ich mich auch nicht wirklich darauf einlassen wollte. Mindestens Abi machen und etwas studieren wollte ich, bevor ich mein Leben radikal und unausweichlich auf eine Schiene, und sei es ein Ausstieg aus der Gesellschaft, lenkte. Es ist immer gut, einen Plan B in Form einiger Abschlüsse zu haben.
»Hey! Ihr verfickten Nuggets!«, kreischte Colonel Pullo. Ich hob den Kopf. Das alte Huhn kam im Gefolge des stotternden Kentuckys auf uns zu gestelzt.
»He-hey, Nug-Nuggets!«
»Was ist?«, fragte Nathan.
»Wir wollen ein verficktes Eis, Nuggets!«, kreischte der Colonel.
»A-Ai-Eis! Ge-ge-gegen die verdammte Fa-Faschistenhitze«, bestätigte der Leutnant.
»Wollt ihr auch alle eins?«, fragte Nathan.
»Jo«, sagte ich. Jakob nickte.
»Beim See gibt es welches zu kaufen. Los gehts.« Nathan sprang auf.

Kapitel XXVI:
Pavillon

Nacht. Es regnet in Strömen. Ein Pavillon im Landschaftspark, einige hundert Meter von der stockfinsteren Landebahn entfernt, die immer wieder von Blitzen erhellt wird. Nathan und Daniel sitzen auf den Bänken unter dem Pavillon, Nathan starrt in die Finsternis und pafft einen Blunt (Cannabis, gerollt in ein Tabakblatt oder eine Zigarrenhülse). Ihre Fahrräder stehen neben ihnen.

Daniel: Nathan. Sag mir bitte, was machen wir hier eigentlich? Warum mussten wir bei dem Sauwetter hierher radeln? Mir ist kalt und es ist ziemlich feucht und dreckig hier.

Nathan: Wenn es nicht regnet, feiern die Jugendlichen aus der Gegend hier den ganzen Sommer durch. Manchmal kommen sie sogar bis aus Neuperlach hier runter oder aus Sauerlach hier hoch. Nicht nur unter diesem Pavillon sitzen sie dann, sondern verstreut über die ganze Bahn, in kleinen saufenden, rauchenden und kiffenden Grüppchen. Manchmal verschwinden auch Pärchen da hinten in den Gebüschen, und die älteren Jugendlichen verkaufen den vielen Zwölfjährigen, die hier auftauchen, Bier, Kippen und Gras. Viele schnorren hier auch. Sinnlos verdruffte Zeiten der hoffnungslosen Hedonisten.

Daniel: Interessant. Aber warum erzählst du mir das? Es beantwortet nicht meine Fragen. Und wenn du mir das erzählen willst, warum eigentlich hier und bei dem

Wetter? Wir sind keine zweihundert Meter von den Absperrbändern zu unserem Tatort von letzter Woche entfernt. Hier werden bestimmt Cops sein und nach den Brandstiftern Ausschau halten, und dann kiffst du auch noch.

Nathan: Ich kiff nicht, ich paff nur für den Geschmack. Mach dir mal nicht ins Hemd. Du wolltest doch mein Schüler sein, oder? Wenn du das willst, dann solltest du mir zuhören wollen, auch wenn ich ausschweife.

Jedenfalls, die ganze Bahn verwandelt sich dann in eine große unbeleuchtete Partymeile. Wenn die Sonne dann nach so einer Sommernacht aufgeht, glitzert der Asphalt oft von den Splittern hunderter zertrümmerter Bierflaschen und der Müll raschelt in den grünen Weiden. Das ist natürlich den Spießern in der Gesellschaft ein Dorn im Auge, was ich auch nachvollziehen kann.

Ich war selten Teil dieser Partys hier. Wie du weißt, mag ich sowas eigentlich nicht, aber die paar Male habe ich nette Connections und Erfahrungen gemacht. Die Polizei fährt hier regelmäßig durch im Sommer. Ab 23 Uhr rasen oft Streifenwagen die Bahn rauf und runter und jagen die wilden und lachenden Teenie-Meuten die Hügel hoch und in die seitlichen Gebüsche hinein. Manchmal kommen die Polizisten auch mit Drogenspürhunden oder schicken viele Zivis, die dann die Ausweise prüfen und die ganzen zwölfjährigen Abstürzler mitnehmen. Wirklich regelmäßig kommt nur eine Fahrradpatrouille, die sogar jede Nacht, aber die macht nichts. Weißt du, warum?

Daniel: Weil sie überfordert ist?

Nathan: Das sicherlich auch, manche von den Patrouillen sind wirklich inkompetent, da fällt mir vor allem eine übergewichtige Polente ein, aber die machen selten Dienst. Nein, viele der Cops, die die Fahrradpatrouille machen müssen, hassen es und sind korrupt. Die Cops nehmen sich einfach die Kippen und das Weed von den Kiddies und dröhnen sich zusammen mit ihnen zu, statt irgendjemanden zu verhaften.

Daniel: Das glaube ich nicht.

Nathan: Ich konnte es anfangs auch nicht glauben, dass einer dieser Bierproleten etwas Menschlichkeit besitzen oder sogar Gras rauchen würde, aber wie es aussieht, sind nicht alle Cops Bastarde. Ey, da vorne, siehst du das? Die roten Lichter und die Scheinwerfer.

Daniel: Das ist ein Fahrrad. Aber wer fährt bei strömendem Regen über diese Bahn?

Nathan: Und hat noch dazu ein komplett vorschriftsgemäß ausgestattetes Fahrrad mit Scheinwerfer, Rücklicht und Reflektoren? Nur ein Cop auf Fahrradpatrouille.

Daniel: Er kommt auf uns zu. Er biegt auf den Weg ab. Schnell, wir müssen weg.

Nathan: Chill.

Daniel: Wirf zumindest den Blunt weg. Er kommt näher, wirf das scheiß Teil doch einfach weg. Oh, fuck, sein Licht. Es blendet mich.

Nathan: Chill.

Polizist: Sorry. Ich wollte euch nicht blenden. Guten Abend, Nathan.

Der dicke Polizist macht das Licht aus und stellt sein Fahrrad neben das von Nathan und Daniel, dann schlüpft er unter den Pavillon und setzt sich.

Nathan: Guten Abend.

Polizist: Weh. Ich bin nass wie ein Hund. Ist ein Dreckswetter heute. Ich hasse diese Patrouillen. Wer ist das?

Nathan: Daniel. Er ist vertrauenswürdig.

Polizist: Wenn du es sagst. Hast du einen Blunt für mich?

Nathan: Du kannst meinen haben, er ist erst zu einem Viertel weggepafft.

Polizist: Es wird taugen müssen. Danke … aaah. Gutes Dope. Blue Dream?

Nathan: Blue Berry. Eine Kreuzung aus Blue Dream und Blackberry.

Polizist: Taugt. Ich schmecke es jetzt auch raus. Eine etwas andere Note, etwas fruchtiger als Blue Dream. Gefällt mir. Daniel war dein Name, oder? Willst du auch mal?

Daniel: Ja, gerne.

Polizist: Bitte. Sag mal, Nathan, der Anschlag da hinten. Das warst sicher du, oder?

Nathan: Wer denn sonst?

Polizist: War ja klar. Schade, sonst hätte ich vielleicht daran etwas forschen können. Ich brauche dringend irgendeinen guten Fall oder so, damit ich endlich aus dieser Strafversetzung hier rauskomme und nicht mehr radeln muss. Die Kacke macht mich zu sehr fertig. Hast du vielleicht irgendwelche Infos für mich? Irgendwas? Daniel, gib mir mal den Blunt wieder, ich brauch das … Danke.

Nathan: Vielleicht habe ich was für dich, vielleicht auch nicht. Es wäre eigentlich schade für mich, wenn du versetzt würdest. Der Kontakt wäre dann nicht mehr so locker.

Polizist: Ah, laber nicht. Raus damit. Wie wäre es mit dem Apothekeneinbruch vor zwei Wochen? Die haben den BtM-Tresor geknackt, dreihundert Meter von unserer Polizeiwache entfernt. Eine Blamage. Der Chef würde mich für jede Info darüber befördern. Waren das deine Leute?

Nathan: Du hast Glück, es waren nicht meine Leute, und das ist mir auch ein Dorn im Auge, also kommen wir ins Geschäft. Vor allem, weil die Typen all den gestohlenen Shit an die Türken in Taufkirchen verkauft haben. Das kann der Markt gerade nicht verkraften, der Handel soll gefälligst in den Händen meiner Jungs bleiben.

Polizist: Seit der Graph weg ist, habt ihr es nicht leicht, oder? Aber … aah … Die Schocki ist noch immer gut, das muss ich euch lassen.

Nathan: Der Tag, an dem in Haching schlechtes Weed im Umlauf ist, wird der Tag des Jüngsten Gerichts sein. Aber wir haben es nicht mehr leicht. Der ganze Markt hat sich dezentralisiert. Solange kein so genialer Pusher wie Felix, der Graph, die Herrschaft an sich nimmt, werden die Aasgeier kreisen. Die scheiß Afrikaner aus Perlach wollen unbedingt über die Autobahn expandieren, die Crackheadtürken kommen aus Taufkirchen und versuchen den Markt mit schlechtem Dope und H zu fluten. Und rate mal, wen ich vor kurzem auf dem Parkplatz vorm Edeka mit Frank palavern sah? Biker. Hier wird es bald ungemütlich und dreckig, wenn nicht jemand saubermacht.
Ich würde es selber machen, aber ich habe nicht das Format und die Zeit dazu, ist echt dreckig.

Polizist: Biker? Die *Hells Angels*, kann das sein? Davon habe ich was gehört. Hast du ihre Nummernschilder?

Nathan: Hier, ich habe sie auf diesen Zettel geschrieben. Ich schicke dir später via PGP Fotos von ihren Fressen. Und was deine Apotheke angeht: Das waren Ukrainer. Keine Ahnung, woher die aufgetaucht sind, aber die sind hier durch, haben den Bruch begangen, den Shit an die Kanaken verkauft und sind wieder abgehauen. Wie die Geister.

Polizist: Danke. Hast du irgendein Nummernschild oder so von denen?

Nathan: Nein, aber sie haben den Shit zum Großteil an Joachims Bande vertickt. Lass Joachim unter Wind stellen, dann findet ihr den Shit und mit etwas Glück eine Spur zu den Ukrainern. Es wird zumindest ausreichen, Joachim wieder eine Zeit lang in die Defensive zu drängen, und wenn ihr Glück habt, auch, um ihn endgültig zu busten. Das würde Hachings Pushern endlich etwas Zeit geben, wieder aufzuatmen.

Polizist: Klingt nach einem guten Deal. Ich werde einen Weg finden, es dem Chef zu stecken.

Nathan: Ich habe nur das Wohl der Gegend im Sinn. Ich will nicht, dass hier alles von Kakerlaken überrannt wird, die gestreckten Müll für Cents verkaufen und damit den ganzen Premiummarkt hier zerstören und die Konsumenten vergiften.

Polizist: Klar, kann ich verstehen. Hast du was dagegen, wenn ich den Blunt behalte?

Nathan: Ist deiner, mein Freund. Gehst du schon?

Polizist: Ich muss, trotz des Regens. Ich hasse es, aber mit diesem kleinen Freund hier wird das alles etwas erträglicher. Also, danke, man sieht sich. Sag Bescheid, wenn ich etwas für dich tun kann.

Nathan: Eines Tages, heute nichts für mich, aber ich habe gehört, ihr hättet Beweise gegen Moritz in der Hand. Es würde mich freuen, wenn sie verschwinden würden, bevor die Staatsanwaltschaft sich einschaltet.

Polizist: Ich werde sehen, was ich tun kann. Ich mach mich dann mal auf die Socken. Und Daniel: Nicht zwitschern, klar? Nathan mag keine Snitches. Die letze lebt zwar noch, aber sie wünscht sich, es wäre nicht so. Bye!

Der Polizist schwingt sich auf sein Fahrrad und radelt in die regnerische Nacht davon.

Daniel: Nathan?

Nathan: Sprich.

Daniel: Was hast du mit der letzten Snitch gemacht?

Nathan: Persönlich eigentlich nichts. Ich habe ihn nur denunziert, und plötzlich haben sich alle auf ihn gestürzt, ihn gemobbt und verprügelt, Türken mit Tilidin vollgepumpt und auf ihn gehetzt. Ein richtig primitiver Lynchmob. Sein Haus wurde mit Eiern beworfen und irgendjemand hat ihm sogar einen Pferdekopf ins Bett gelegt. Ich bin mit zu vielen Spinnern befreundet. Jedenfalls hat er die Schule gewechselt, vom LMGU, welches ja der Brennpunkt dieser Gegend ist, zum Heinrich-Heine-Gymnasium. Aber das hat nicht ausgereicht und die Staatsanwaltschaft wollten ihn nicht in ein Schutzprogramm aufnehmen, wahrscheinlich wurde da geschmiert oder sie haben uns Kiddies aus Haching einfach nicht ernst genommen. Schließlich hat die Snitch den Verstand verloren, sich die Pulsadern aufgeschnitten und sitzt seitdem in der Psychiatrie in Haar. Er will gar nicht raus. Dort fühlt er sich sicher vor uns, vor der Welt, vor den gefährlichen Drogen, die er bekämpfen wollte.

Daniel: Übel ... Ich wusste nicht, dass du in den Drogenhandel involviert bist.

Nathan: Bin ich nicht. Zumindest nicht mehr richtig. Ich habe früher Ritalin und Weed gepusht, aber weißt du, das ist zu viel Stress, selbst wenn man das Zeug duplizieren kann. Aber wenn man einmal drin ist, kommt man nie wieder richtig raus. Man kennt ja die Leute, man kennt das Geschäft und man schnappt immer wieder neue Infos auf, und irgendwie will ich auch, dass die Region hier gesund bleibt, du weißt schon: dass nur gutes Dope hier gehandelt wird und vernünftige, kluge Pusher alles regeln, nicht irgendwelche Junkies, denen man nicht trauen kann.

Daniel: Würdest du mich auch denunzieren und deine Freunde auf mich hetzen, wenn ich snitchen würde?

Nathan: Snitch einfach nicht, okay? Ich würde es wahrscheinlich nicht übers Herz bringen, meinen Lieblingsschüler zu vernichten.

Daniel: Ich bin dein einziger Schüler.

Nathan: Und selbst wenn ich tausend Schüler hätte, du würdest mein Lieblingsschüler bleiben.

Daniel: Oh. Danke … Sag mal, sind nicht eigentlich alle Dealer Junkies?

Nathan: Nein. Nur die schlechten, und die schlimmsten sind Potheads, und die seltenen guten sind entweder clean oder konsumieren nur wenig.

Daniel: Warum sind Potheads die Schlimmsten?

Nathan: Weil dauernd kiffen und bekifft sein nicht viel besser ist als dauernd saufen und besoffen sein. Man wird zu einer unzuverlässigen, faulen Matschbirne. Wer von Opioiden abhängig ist, der ist zwar sediert, aber kann klar denken und tut alles, um seinen Job als Pusher zu behalten. Wer nach Aufputschmitteln süchtig ist, ist immer auf Achse, hochmotiviert und meist gerade noch nicht paranoid genug, dass es schaden könnte. Nur die faulen Potheads, ich sags dir, auf die kann man sich kaum verlassen. Deswegen kiffe ich selber nur einmal alle paar Wochen, manchmal auch nur alle paar Monate und bevorzuge die THC-freien Js. In denen ist Cannabidiol, CBD, drin. Das hat nur eine ausgleichende Wirkung auf deinen Verstand, die du nicht einmal spürst, und stärkt das Immunsystem.

Die besten Dealer sind die sauberen. Die Workaholics, die nur handeln, ohne zu konsumieren, die Typen, die eigentlich CEOs hätten werden sollen, aber zu antiautoritär für ein BWL-Studium sind. Die machen viel Geld, liefern Premiumware und irgendwann setzen sie sich mit Millionen an Schwarzgeld ab. Das einzig Gefährliche an ihnen ist, dass einige von ihnen irgendwann ein zu großes Ego entwickeln, unvorsichtig und gebustet werden.

Daniel: Interessant.

Nathan: Sieh mal: der Weihnachtsmann!

Daniel: Hä? Was laberst du?

Nathan: Wusstest du, dass der Weihnachtsmann und Karl Marx ein und dieselbe Person sind?

Daniel: Wie viel von dem Zeug hast du gerade geraucht?

Nathan: Gar nichts. Ich habe nur für den Geschmack gepufft, nix eingeatmet. Ich meine das im Ernst. Siehst du ihn nicht?

Eine Gestalt wankt durch den Regen auf den Pavillon zu. Sie trägt einen abgewetzten Mantel, der wohl einst rot gewesen ist, mit ausgefransten weißen Rändern. Der schlammige Boden schmatzt unter den Stiefeln.

Weihnachtsmann: Nathan! Was für eine Freude dich zu sehen. Ho ho ho!

Nathan: Guten Abend, Marx, setz dich doch.

Weihnachtsmann: Setzen werde ich mich sehr wohl, aber Marx nennen niemals. Wie oft muss ich dir noch sagen, dass ich nicht er bin. Du bist ein unverschämter und böser Junge, Nathan, im Gegensatz zu Daniel, der dieses Jahr brav war.

Daniel: Danke.

Der Weihnachtsmann setzt sich.

Weihnachtsmann: Hat einer von euch Kekse oder Milch oder irgendwas zu essen? Ein Bier wäre auch fein. Ich habe einen Riesenhunger.

Nathan: Nope. Sorry.

Daniel: Weihnachtsmann … Was machst du hier?

Weihnachtsmann: Oh, das ist eine traurige Geschichte. Seitdem ich meinen Job an Amazon verloren habe und die neue russische Regierung von Putin meinen Pachtvertrag für den Nordpol eingestampft hat, muss ich in diesem scheiß Bunker da hinten leben. Es gibt nicht einmal Strom, geschweige denn eine Heizung. Alles nur wegen diesen Scheißkapitalisten. Ich sags euch, damals, als die Sowjets noch da waren, da …

Nathan: Ha, hör dir doch mal zu. Da spricht der Marx! Hör auf es zu leugnen, du bist Karl Marx. Du hast den gleichen Bart und verteilst Güter um!

Weihnachtsmann: Dieser Bart war in meiner Jugend in Mode, was kann ich dafür, dass Marx den gleichen hatte?

Nathan: Und was ist damit, dass ich irgendwie noch nie dich und Marx gleichzeitig irgendwo gesehen habe?

Weihnachtsmann: Karl Marx ist tot.

Nathan: Das haben sie von Elvis und Tupac auch gesagt. Warte, ich rufe mal Marx an.

Weihnachtsmann: Warum solltest du das machen?

Nathan: Einfach so, um zu sehen, ob du rangehst, Marx.

Nathan zieht sein Smartphone hervor. Der Weihnachtsmann springt auf, reißt Nathan das Smartphone aus der Hand und wirft es davon.

Weihnachtsmann: Revolution!

Der Weihnachtsmann läuft davon und verschwindet in der Nacht. Nathan hebt sein Smartphone auf und steckt es ein.

Nathan: Ich sags dir, der Typ ist sowas von Marx. Immer wenn er mit der Situation überfordert ist, schreit er »Revolution!« und versucht alles umzustürzen, ohne Rücksicht auf die Konsequenzen. Bei Monopoly hat er mal den ganzen Tisch samt Spielbrett durchs Fenster geworfen.

Daniel: Ich weiß nicht wirklich, was ich davon halten soll. Hatte er eigentlich gerade eine Fahne?

Nathan: Marx trinkt dauernd.

Daniel: Der Weihnachtsmann ist ein Alkoholiker. Meine Kindheit wurde gerade vernichtet.

Nathan: Der Weihnachtsmann sollte Kindern beibringen, Güter gerecht zu verteilen, aber die Kapitalisten sind auf den Zug aufgesprungen und haben die Idee für den Konsumismus kompromittiert. Marx ist niemals drüber hinweggekommen.

Daniel: Ich weiß nicht, ob ich hierüber jemals hinwegkommen werde.

Nathan: Du brauchst einfach etwas *Pink Floyd* und Schlaf. Es ist spät. Es hat aufgehört zu regnen. Los, lass uns zu mir fahren und uns aufs Ohr hauen.

Daniel: Klingt gut ... Hörst du eigentlich auch etwas anderes als *Pink Floyd*?

Nathan: Jo. *Hollywood Undead, Red, Linkin Park, Papa Roach, Nirvana, Poets of the Fall* und so weiter. Aber das geht alles zu tief, das kann man nicht so gut zusammen hören. *Pink Floyd* höre ich eigentlich nur in Gruppen und nur auf Kratom, zum Entspannen.

Daniel: Verstehe.

Nathan: Wir müssen mal auf Kratom in die Philharmonie gehen. So ein Drei-Stunden-Konzert Klassik auf Kratom, das muss fantastisch sein.

Daniel: Bestimmt. Irgendwann, okay? Nicht mehr heute.

Nathan und Daniel stehen auf und gehen zu ihren Fahrrädern.

Nathan: Weißt du, ich freue mich schon darauf, wenn das Proletariat abgeschafft wird.

Daniel: Wie willst du das machen?

Nathan: Sie alle durch Algorithmen und Roboter ersetzen. Eine Gesellschaft erschaffen, die

ausschließlich aus dekadenten Bourgeois besteht, die alle an ihren Erste-Welt-Problemen verzweifeln.
Ich kann jetzt schon Marx' neue Parolen hören: »Roboter und Algorithmen aller Länder, vereinigt euch zu SkyNet!«, »Nieder mit den menschlichen Unterdrückern!«, »Ihr habt nichts zu verlieren, außer eure Tasks!«

Daniel: Ich bin zu müde für den Kack jetzt. Echt, Mann. Und viel zu stoned vom Gras. Das war abartig starkes Zeug. Ich muss mich hinlegen.

Nathan: Das kenne ich ... Müde, einfach nur hinlegen und am besten nie wieder aufstehen. Weißt du was? Manchmal habe ich das Gefühl, Liebe könnte die Antwort auf all unsere Probleme sein. Liebe ist das stärkste natürliche Schmerzmittel. Sie lässt das Leben göttlich wirken, sie spendet Sinn und Trost in dieser kalten und sinnlosen Welt. Da ist aber nur ein Problem.

Daniel: Welches?

Nathan: Es ist auch nur eine weitere Illusion. Liebe ist nur eine biochemische Reaktion, die Säugetiere dazu bringen soll, sich miteinander zu paaren und sich beim Überleben gegenseitig zu schützen.

Daniel: Das bezweifle ich. Liebe ist etwas Magisches.

Nathan: Ich wünschte, ich könnte noch so denken.

Daniel: Ich auch, aber drauf geschissen.

Kapitel XXVII: Fight Club

»Du hast doch *Fight Club* konsumiert, oder?«, fragte mich Nathan, während wir die Straße hinabliefen. Es war stockdunkel. Eine Streife fuhr an uns vorbei und verschwand hinter einer Kurve.

»Jo, als Film und mittlerweile auch als Buch.«

»Hat dir gefallen, oder? Du hast es als krass bezeichnet.«

»Jo, ist es ja auch.«

»Hast du auch verstanden, worum es dabei geht?«, fragte Nathan und warf dabei einen Blick hinter sich. Ich drehte mich ebenfalls um, aber die Straße war hinter uns genauso leer wie vor uns, spärlich beleuchtet von Straßenlaternen und den Fenstern kleiner Wohnungen. »Ist was hinter uns?«, fragte ich.

»Nein. Hast du es verstanden?«

»Naja, es ging um Anarchismus, oder? Scheiß Konsumgesellschaft. Nichts macht Sinn und fuck die Banken?«

»Ja und nein. Anarchismus bedeutet eigentlich einvernehmliche Ordnung ohne Herrschaft, was mehr mit Hippies als mit *Fight Club* zu tun hat. Aber das ist jetzt egal. *Fight Club* war eigentlich mehr oder weniger Nietzsche für Dummies.«

»Nietzsche?«

»Jep, Friedrich Nietzsche. Du musst ihn mal lesen, ein Genie von einem Philosophen. Jedenfalls hat er die Idee des Übermenschen eingeführt, und der aktiven Überwindung des Nihilismus. Gott ist tot, alle Symbole sind sinnlos und leer. Der Übermensch formt die Welt nach seinen Vorstellungen, befreit sich von allen Zwängen und entfaltet sein vollständiges Potential. Das ist Tyler Durden: ein verfickter Übermensch, naja fast. Er entfaltet nicht sein vollständiges Potential im Sinne der Erschaffung etwas Größeren, wie es Nietzsche im Sinn hatte. Keine großen literarischen Werke wie Goethe oder ein philosophisches Werk wie Nietzsche oder …«

»Und was ist mit Projekt Mayhem, die Zerstörung des Bankensystems? Ist das kein großes Werk?«

»Oh doch. Du hast recht. Das habe ich übersehen, ich war zu sehr auf Kunst und Literatur konzentriert, auf das Schöpferische. Große Werke müssen nicht nur kultureller oder geistiger Natur sein, sie können auch die Zerstörung anderer großer Werke sein, die Zerstörung der Gesellschaft zum Beispiel. Destruktion kann genauso Kunst sein wie Konstruktion. Guter Punkt. Projekt Mayhem ist großartig, und es gibt da eine Schlüsselszene, auf die ich hinauswill. Die mit Raymond.«

»Raymond? Wer war das?«

Nathan zog einen Revolver aus seiner Hosentasche und spannte ihn.

»Was zur Hölle? Die Szene? Woher hast du den Revolver, Mann? Das ist nicht lustig.«

»Soll es ja auch nicht sein. Sieh mal, da vorne, der Typ.«

Einige Meter vor uns saß an einer Bushaltestelle eine in sich zusammengesunkene Gestalt.

»Nathan! Das ist ein Film. Das kannst du doch nicht wirklich durchziehen.«

»Ich kann alles«, sagte Nathan kalt und mit schnellen Schritten war er plötzlich bei der Gestalt und hielt ihr

den Revolver an die Stirn. Es war ein Obdachloser, er schlief und stank nach Pisse.
»Nathan, bitte!«, bettelte ich.
Nathan ignorierte mich und trat den Obdachlosen mehrmals, bis dieser stöhnend und fluchend die Augen aufschlug und zu uns aufsah.
»Was wollt ihr Wichser? Ich hab kein Geld, verpisst euch.«
»Wir wollen kein Geld«, sagte Nathan. »Du wirst sterben. Wir wollen dich töten, du Penner.«
»Als ob, dann hättet ihr es schon längst getan, und zwar mit einem Hammer. Wer bringt schon Penner mit einer Knarre um. Ist doch Munitionsverschwendung und viel zu laut und auffällig. Nervt irgendwen anders mit euren Spielen. Und wenn ihr mich wirklich umbringen wollt, dann macht es doch einfach, ich kann mich eh nicht wehren und werde deswegen jetzt sicher keine Show vor euch aufführen. Ich will jetzt pennen, denn ich bin, wie euch vielleicht aufgefallen ist, kein verzogener Teenager mit einer Knarre, sondern ein Scheißpenner. Gute Nacht, Wichser.«
Er drehte sich um, schloss die Augen und murmelte: »Zu viel *Fight Club* geschaut, oder was? Idioten.«
»Und was jetzt?«, fragte ich. Nathans Hand zitterte, sein Mund öffnete und schloss sich.
»Wir …« Nathan schüttelte den Kopf, drehte sich um und steckte den Revolver wieder ein. »Wir haben einen echten Stoiker getroffen, Seneca wäre neidisch.« Er warf die Hände in die Höhe und ging wieder die Straße hoch, ich ihm hinterher.
»Was solls. Wir gehen nach Hause. *Fight Club* war doch nur ein Konsumprodukt, das Konsumkritik übt, ein

echtes Paradoxon. Es ist ein Meisterwerk, aber leider kann man es nicht zu Hundertprozent ernst nehmen, befürchte ich, wie alle Bücher und Filme dieser Art. Alle Kunst und die ganze Schreiberei sind doch letztendlich nur Fiktion, eine Ablenkung von der Realität, eine Abstraktion ... Fuck, das ist ja wie hier.«
»Wie meinst du damit, ›wie hier‹?«
»Das alles hier ist ein Roman.«
Ich lachte. »Dieses Gefühl habe ich auch manchmal.«
»Vielleicht sollten wir es trotzdem noch einmal an einer Tankstelle versuchen«, sagte Nathan nachdenklich.
»Nein. Lass es einfach. Wo hast du überhaupt die Knarre her?«
»Die habe ich mal Colonel Pullo abgekauft.«
»Die ist aber nicht echt, oder?«
»Naja.« Nathan zog den Revolver und ließ die Trommel herausschnappen. Die Patronen glänzten im Licht der Straßenlaternen messingfarben.
»Die ist ja sogar geladen! Im Film war sie ungeladen, Nathan, spinnst du?«
»Tun wir doch alle«, sagte er, drehte den Revolver um und ließ die Patronen auf den Boden fallen, dann warf er die Waffe zielsicher in einen Mülleimer. »Jetzt habe ich sie nicht mehr, hat sich erledigt ... Ich muss mich selber korrigieren: *Fight Club* ist nicht Nietzsche für Dummies. Es ist eine Abstraktion der amerikanischen Nietzsche-Fehlinterpretation für Dummies.«
»Gibt es einen Unterschied?«
»Das ist subjektiv.«

Kapitel XXVIII: Chainsawchickencurry

Zwischendurch gab es immer wieder Kratomabende, bei denen die Sekte wuchs. Bald trafen wir uns täglich. Der Bunker wurde immer enger. Nathan begann Kratom zu verkaufen und machte damit ordentlichen Gewinn. An manchen Abenden steckte er dicke Geldbündel ein, aber ihm ging es nicht primär ums Geld. Ihm ging es um viel mehr. Das sollten wir alle bald merken.

Als ich eines Abends nach Sonnenuntergang bei Nathan zu einer Verabredung eintraf, hatte sich bereits eine große Menschenmenge im Schein der Straßenlampen vor seiner Haustür versammelt. Ich erkannte die Sekte, aber auch einige neue, mir unbekannte Gesichter, und mit dabei waren die crackrauchenden Hühner. Sie hatten Sonnenbrillen auf und saßen auf den Schultern zweier Sektenmitglieder. Sie unterhielten sich angeregt mit ihnen über den Vietnamkrieg. Als sie mich sahen, begrüßten sie mich:

»Na, du Nugget? Auch schon da?«

»Na-Nug-Nugget! Dock! Crack! Guten Abend, Da-Daniel!«

Ich grüßte mit einem kurzen »Hi« zurück und erntete spöttisches Gegacker.

Ich bahnte mir einen Weg durch die Menge. Nathan stand auf einem Getränkekasten vor seiner Haustür und ragte über der Menge auf wie ein Prediger im Hydepark. Er trug statt seiner üblichen Gammelkluft einen weiten schwarzen Mantel, der ihm ein ehrwürdiges Aussehen verlieh. Unwillkürlich hatte ich das Gefühl, einer Autorität gegenüberzustehen, die schwer in der Luft hing und mich vor sich in die Knie zwingen wollte.

»Daniel«, rief er, als er mich sah, und winkte mir zu. Die Menge teilte sich und Nathan sprang von seinem improvisierten Podest herab. »Okay, Leute! Wir sind vollständig! Los gehts!« Mit langen Schritten lief Nathan an mir vorbei.

Ich folgte ihm, hatte aber Schwierigkeiten Schritt zu halten, sodass ich in einen schnellen Laufmarsch verfiel, wie die meisten anderen. So marschierte bald die ganze Gruppe im Gleichschritt hinter unserem Propheten im wallenden, schwarzen Gewand her. Das Klackern der Schuhe hallte von den Mauern der Wohnsiedlungen wider, zusammen mit dem Gegacker der verrückten Hühner.

»Was soll der Aufzug?«, fragte ich und hechelte nach Luft, als ich Nathan eingeholt hatte, der mühelos an der Spitze seines Gefolges schlenderte .

»Ah, ich habe mir einen neuen Mantel geholt. Du kennst doch den *Wanderer über dem Nebelmeer* von Casper Jakob Friedrich. Ich wollte schon immer so einen Mantel haben, nur in schwarz und in cooler. Jetzt habe ich ihn. Steht mir, oder?«

»Ja. Und wohin gehen wir?«

»Zum Friedhof«, sagte Nathan.

»Liegt dein Cousin dort?« Nathan sah mich verwirrt an. »Der Cousin, du weißt, der vom Onkel, der dich weggesperrt hat«, half ich nach.

»Ah, der. Nein, der liegt nicht dort, wenn überhaupt, dann liegt der in Jerusalem.«

»Aber was machen wir dann beim Friedhof? Es ist schon dunkel.«

»Das ist ja genau, was wir brauchen. Dunkelheit, wolkenlosen Himmel und« – er deutete nach oben – »Vollmond.« Ich reckte meinen Kopf, tatsächlich hing der Mond voll und grell am Himmel. Weit und breit gab es nicht einen Wolkenfetzen.

»Das beantwortet nicht meine Frage, was wir dort wollen«, sagte ich.

»Oh, man könnte sagen, wir besuchen eine alte Freundin von mir«, sagte Nathan, sein verschwörerisches Schmunzeln hatte im blassen Mondlicht etwas verführerisch Tödliches an sich. Es verursachte ein erregtes Kribbeln in meinem Hinterkopf, und ich fragte nicht weiter nach. Ich wollte mich von Nathan und seinen Handlungen mitreißen lassen, im Strudel des Absurden versinken, den er unweigerlich heraufbeschwören würde. Hinterfragen, so schien es mir, hätte alles nur kaputt gemacht.

Wir wanderten durch den halben Ort, den Hachinger Bach entlang, vorbei an einer Polizeistation und einer Kirche, bis zum Rand des Ortes, wo auf der anderen Seite eines Kreisverkehres die Friedhofsmauern aufragten. Schweigend überquerte die dunkle Masse unseres Zuges die Straße, doch statt auf den Haupteingang zu, gingen wir Nathan folgend daran vorbei und die Mauer entlang bis zu ihrem Knick. Dort begann ein kilometerweites Ackerfeld und wir bogen ab, liefen die Friedhofsmauer vertikal entlang und von der Straße weg, bis Nathan plötzlich stehenblieb.

»Hier können wir rüber«, sagt er und streckte die Arme in die Höhe zu einem Ast, der von einem der Bäume

innerhalb des Friedhofs über die Mauer hinweg nach außen ragte. Er zog sich hoch und schwang sich auf die andere Seite. Ich folgte ihm und plumpste als Zweiter in das feuchte Unterholz.
Ich ging ein paar Schritte, um nicht den Folgenden im Weg zu stehen, und ließ atemlos meinen Blick über den düsteren Friedhof schweifen.
Wie die losen Zähne eines Dämons ragten die weißen Marmorblöcke aus dem Erdreich auf. Rote und orange Lichter flackerten in Kerzen überall dazwischen, wie die lodernden Augen von Kobolden, die uns dabei beobachteten, wie wir ihren heiligen Boden entweihten.
Plötzlich fiel etwas Schweres auf meine Schulter. Ich schrie panisch auf, stolperte mehrere Schritte, bis ich gegen einen Grabstein prallte, dabei mehrere Grablichter umstieß, zurücktaumelte und mich wieder fing.
»Du Nugget!«, krächzte das Huhn auf meiner Schulter. »Siehst du nicht, wohin du gehst? Trottel!«
»Hey, ich konnte ja nicht wissen, dass du auf mich draufspringst«, entgegnete ich wütend.
»Ah ja?«, krächzte das Huhn und seine Krallen bohrten sich in meine Schultern.
»Aua! Lass das!«, rief ich und schlug nach dem Huhn, das aber nur gackerte und nach meiner Hand pickte.
»Verschwinde!«
»Na, na, na, du Nugget. Ich bleib jetzt hier!«
»Arschloch«, knurrte ich.
»Chill, Mann«, sagte Danny das Einhorn, »Colonel Pullo tut dir nichts, lass ihn doch einfach.«
»Genau, das ist mein Nugget!«, krächzte das Huhn. Der Griff der Krallen wurde schwächer.

»Aber nur solange wir hier sind, auf dem Rückweg trägt dich jemand anders«, sagte ich.
»Ah, was hast du hier zu bestimmen? Ich sitze, wo ich will!«, rief das Huhn.
»Das ist antisozial«, sagte ich.
»Antisozial?«, empörte sich Pullo. »Ich und antisozial? Ich habe für den Sozialismus gekämpft, gock, ich sags dir, Nugget: Ich war in Vietnam, Burma, sogar bei der RAF habe ich mitgemischt. Sozial sein stand bei mir immer an höchster Stelle. Ich habe sogar mit Honecker Crack geraucht, ich sags dir, Nugget. Ich habs mit ihm brüderlich geteilt, so wie ich mit dir alles brüderlich teile!«
»Ah was. Du teilst gar nichts mit mir, außer die Atemluft, du bigottes Mistvieh. Du bist nicht besser als ein kapitalistischer Fabrikbesitzer«, entgegnete ich. »Du nutzt mich aus und zwingst mich zu entfremdeter Arbeit, nämlich dem Tragen deines faulen Arsches. Du bist ein Parasit und ein Junkie. Und in Vietnam hast du nur zur Unterdrückung und zum Mord beigesteuert.«
Das Huhn kreischte und sprang von mir hinab. »Du wagst es, Nugget! Also wirklich! Auf so einer Schulter will ich gar nicht sitzen! Pah. Bourgeoiser Verräter!«
Es zischte davon in die Finsternis und verschwand gackernd zwischen den Grabsteinen. Ein weißer Fleck, das zweite Huhn, zischte hinterher.
»Dem hast du es gezeigt«, sagte Danny.
Ich zuckte mit den Schultern und war einfach nur froh, das Huhn los zu sein. Neben mir hörte ich ein altbekanntes Lachen.
»Keine falsche Bescheidenheit«, sagte Nathan. »Dem Pullo hast du es wirklich gezeigt.«

»Wie geht es weiter?«, fragte Jakob, der mittlerweile zu uns aufgeschlossen hatte. Hinter uns plumpsten die letzten Kultisten über den Zaun und drängten sich hinter uns zusammen. Schweigend warteten sie auf den nächsten Befehl. Zum ersten Mal wurde mir bewusst, dass Jakob, Luis, Danny und ich so etwas wie den Kern der Sekte, die Aposteln Nathans, darstellten.
»Wir besuchen das Grab einer Freundin von mir und dann machen wir ein paar Experimente«, sagte Nathan und ging los, wir Aposteln neben ihm her, und die Sekte folgte mit ehrfürchtigem Abstand.
»Hat das etwas mit …«, fing Luis an, dann hielt er inne.
»Mit was?«, fragte Nathan.
»Irgendein Buch oder so. Irgendwo war da mal etwas, aber ich kann mich nicht mehr an den Namen erinnern, oder was es genau damit auf sich hatte«, sagte Luis, und plötzlich klingelte es auch in meinem Kopf. Irgendein Buch über Totenbeschwörung, ja, das kam mir bekannt vor, und aus irgendeinem Grund musste ich an einen Obdachlosen denken, aber ich konnte mir nicht erklären, warum.
»Ein Buch? Wahrscheinlich nur eine zufällige Assoziation. Hast in letzter Zeit vielleicht mal einen Horrorroman gelesen?«, sagte Nathan.
»Kann sein«, sagte Luis, aber ich konnte trotz des schwachen Lichtes erkennen, dass er nicht überzeugt wirkte. Ich selbst war es nicht, aber ich vergaß es wieder. Das Hier und Jetzt war viel interessanter.
Wir hielten vor einem Grab. Es war klein und mit vielen Kerzen gesäumt, sogar ein frischer Blumenstrauß lag darauf. Nathan verbeugte sich.

»Lazara *Sonuva* (*15.08.1997 - †08.12.2015)«, las Luis die Grabinschrift vor.

»Eine Freundin von mir«, sagte Nathan; zum ersten Mal hörte ich in seiner Stimme so etwas wie Trauer, und mir fuhr ein Stich durchs Herz. Ich wollte zu Nathan gehen und ihm den Arm um die Schulter legen, ihn trösten, aber stattdessen stand ich einfach nur da.

»Woran ist sie gestorben?«, fragte Jakob.

»Hepatitis, Leberversagen, Drogen. Eine Mischung aus allem, aber die Ursache für alles war ihre Heroinabhängigkeit«, sagte Nathan. »Manche Leute verlieren einfach die Kontrolle. Es begann, während ich im Internat war. Wir hatten den Kontakt zueinander verloren. Als ich von ihren Problemen erfuhr, war es schon zu spät.«

»Das tut mir leid«, sagte ein Mädchen hinter uns und auch einige andere Sektenmitglieder verkündeten ihr Mitleid.

»Es muss euch nicht leidtun«, sagte Nathan. »Es ist nicht eure Schuld.«

»Warum sind wir hergekommen?«, fragte Luis.

»Um sie zu erwecken. Um zu hören, was die Toten uns zu sagen haben«, sagte Nathan. Er drehte sich zu uns um. Seine Haare waren zerzaust, sein schwarzer Mantel verschmolz mit der Nacht und seine Augen leuchteten, als würden hinter ihnen kleine Monde liegen. Er wirkte wie ein Nekromant; nein, er war ein Nekromant. Unwillkürlich wich ich zurück.

»Totenbeschwörung?«, fragte Luis. »Das ist doch nicht dein Ernst, oder?«

»Luis«, flüsterte ich, »crackrauchende Hühner, das Heilen von Wahn, Cannabisvermehrung? Es gibt glaube ich nichts, was nicht in Nathans Macht steht.«
Ein nervöses Murmeln ging durch die Sektenmitglieder. Sie hatten Angst, ich konnte es spüren, das Gefühl klebte wie ein kalter, zäher Schleim an uns und rann meinen Rücken hinab. Nathan lächelte und hob die Hände zum Himmel:
»Muitixe tenger oro snelis sutarolpmoc aigidorp«, hallte Nathans Tenor über den ganzen Friedhof. Er schien alles zu durchdringen, erklang nicht nur außen, sondern auch in meinem Kopf. Die Worte krochen durch meinen Verstand, umschlossen und ertränkten jeden Gedanken. Mein Blut gefror zu Eis, als ich gelähmt zusehen musste, wie schwarzer Dunst aus Nathans Armen spross und das Grab zu verschlingen begann. »Iem icima, eracover mativ da aem amina rutairom. Arhclupes muroe siutrom a eregruser te. Murarbenet munger te.« Der Wind heulte, die schwarzen Schatten verschlangen das Grab, drangen in die Erde ein. »Srom ba eretrever! Tigrus Lazara Sonuva, Lazara Sonuva filia de Rafeal!«
Nathan klatschte in die Hände. Ein Blitz erhellte die Nacht. Es donnerte in der Ferne. Die schwarzen Schattengeschwüre, die von ihm ausgegangen waren, zerfielen spurlos und der dunkle Griff ließ meinen Verstand los.
Nichts geschah. Ich wagte es nicht, zu atmen, sondern lauschte nur, während ich verstört dabei zusah, wie Nathans Grinsen immer breiter wurde. Ich hörte ein Schaben und Kratzen, erst nur vage, am Rande der Hörschwelle, dann immer deutlicher, bis ich es nicht

mehr leugnen konnte. Alles zog sich in mir zusammen. Mein Blick wanderte langsam zu den anderen, die genauso versteinert und blass auf das Grab und Nathan starrten.

Da war es wieder: ein Klopfen, ein Kratzen, das Bröseln von Erde. Es gab ein Knarren und Brechen, wie von zersplitterndem Holz. Die Erde über dem Grab beulte sich aus und bekam Risse. Eine madenweiße, dreckverschmierte Hand durchstieß die Erde und krallte sich im Boden fest. Ich hörte ein Röcheln, aber es kam nicht aus dem Grab, sondern von einem Mädchen neben mir, welches wohl schreien wollte, aber zu viel Angst hatte. Ich schnappte nach Luft, mir schwindelte.

Ein Kopf mit langem glänzendschwarzen Haar stieß ins Mondlicht. Bleiche Haut, ein zerrissenes weißes Grabkleid. Das untote Mädchen hievte sich aus der Erde, taumelte und richtete sich stöhnend auf. Ihre Bewegungen hatten etwas Unbeholfenes an sich, wie die einer Puppe.

Als sie ihren Kopf hob und uns ansah, machte mein Herz einen Sprung. Sie sah wunderschön aus, hatte eine zierliche Gestalt, obwohl ihr Fleisch bereits verrottet war und sich die Haut abzulösen begann. Ihre Augen waren trüb, durchdrungen von einem smaragdgrünen Schimmer.

»Naathaaan? Bist duuuu eeees wirklich?«, stöhnte sie langgezogen und schlurfte auf ihn zu.

»Lazara. Ich bin es.« Er lächelte und streckte die Arme nach ihr aus, aber sie ächzte: »Warum hast du mich zurückgeholt?«

»Wie meinst du das?«, fragte er verwundert.

»Der Tod waaaar sooo schönn … Waaarum tust du mir das hier an? Warum zerrst du mich zurück in die unerträgliche Existenz?«

»Wie kann der Tod schön sein? Was gibt es nach dem Tod?«, rief Luis dazwischen. Sie drehte sich zu uns um. Sie schwankte und legte den Kopf schief.

»Nichts. Komplette Annihilation. Ewiger Schlaf ohne Erwachen. Keine Temperatur, keine Gefühle, keine Träume, keinen Raum, keine Zeit. Kein Ego, kein Bewusstsein. Nichtexistenz«, sagte die Untote.

»Aber das ist doch schrecklich«, rief Luis.

»Nein. Es ist wunderbar. Im Tod fand ich das, was ich im Morphin gesucht hatte: Frieden. Leben heißt nämlich Leiden; geboren zu sein, ist die schlimmste aller Strafen.« Sie schluchzte, packte Nathan an seinem Mantel und fiel auf die Knie. »Bitte! Lass mich. Schick mich wieder zurück.«

Nathan sah auf sie hinab und schüttelte den Kopf: »Du hast zu viel Schopenhauer gelesen.«

»Glaaaubst du mir nicht? Dann frag die anderen Toten, aber lass mich nur sterben! Bitte!«

. Nathan seufzte und legte ihr die Hand an die Wange.

»In Ordnung«, flüsterte er. »Ich habe dich vermisst, aber ich kann das verstehen.«

Er strich ihr die Haare aus dem Gesicht, dann drückte er ihr den Daumen auf die Stirn und murmelte etwas. Eine Stichflamme zischte aus seiner Hand. Mit einem lauten Knall zersprang der Schädel. Der Leichnam fiel mit einer dampfenden Wolke aus seinem Halsstumpf aufsteigend zu Boden.

Das Mädchen neben mir kreischte, hinter mir schrien mehrere Sektenmitglieder wild durcheinander, aber als

sich Nathan umdrehte und sein gebieterischer Blick über uns schweifte, verstummten alle. Sein Gesichtsausdruck war todernst, und in dem Moment fühlte ich mich klein wie eine Ameise, auf die der gewaltige Stiefel von Dwayne Johnson zuraste.
Dann lachte Nathan, es war das Lachen eines wahnsinnigen Wissenschaftlers.
»Ihr habt sie gehört! Die Toten sind wohl alle suizidal. Lasst uns das mal auschecken.«
Er hob die Arme, seine Zähne leuchteten wie weiße Sicheln in der Dunkelheit. Erneut erhellte ein Blitz die Nacht und es donnerte. Überall um uns herum knirschte die Erde, beulte sich aus und brach auf. Ein tausendkehliges Stöhnen ertönte im Schein des Vollmondes, verrottete Gestalten erhoben sich aus ihren Gräbern.
Eine dunkle Masse unzähliger stöhnender Zombies kam aus allen Richtungen, die Sektenmitglieder drängten sich zusammen.
»Wir sind gefickt«, konstatierte Jakob.
»Ihr müsst keine Angst haben«, rief Nathan, vor uns umherstolzierend. Der erste Zombie erreichte ihn.
»Guten Abend, der Herr, was ist Ihr Anliegen?«, fragte Nathan. Der Zombie starrte ihn aus leeren Augenhöhlen an, in denen sich Maden tummelten.
»Steeerrrbeeeen.«
»Da habt ihr es gehört, Leute!«, drehte sich Nathan zu uns um, während der Zombie weiter »Steeerbeen« jammerte und unbeholfen gegen einen Grabstein lief, darüber stolperte und der Länge nach hinfiel.
»Diese Untoten sind absolut harmlos. Die sind alle lebensmüde und haben keinen Hunger auf

Menschenfleisch. Aber sie sind Zombies, und im Ernst, wer von euch hat noch nicht davon geträumt, in einer Zombieapokalypse zu sein? Es wird Zeit, es mal unter sicheren Bedingungen im Real Life auszuprobieren.« Er wirbelte herum und ließ seinen Stiefel auf den Kopf des Untoten niedersausen. Es gab ein unappetitliches Knacken. Nathan sprang auf und verpasste einem weiteren Zombie einen Tritt gegen den Schädel. Der Untote ging zu Boden und blieb dort jammernd liegen.
»Seht ihr? Man kann sie einfach killen, indem man die Reste des Gehirn zerstört«, rief Nathan. Seine Augen glänzten fiebrig.
»Hey«, sagte jemand hinter mir. »Das ist gar keine so schlechte Idee.« Mehrere Sektenmitglieder lösten sich aus unserem zusammengedrängten Haufen und gingen auf die Zombies mit Fäusten, Tritten und Taschenmessern los.
»Friss das!«, schrie jemand, während anderswo jemand anderes vor Freude jauchzte. Sogar das Mädchen neben mir ging plötzlich auf einen der Zombies zu und schlug ihm ins Gesicht. Das Wesen stöhnte »Steeerrrbeeen« und taumelte. Das Mädchen kicherte und begann den Zombie zu verprügeln. Mir wurde übel.
»Los gehts, Leute! Ballert!«, schrie Nathan und trat einem weiteren Zombie ins Gesicht. Die Knochen splitterten und es spritzte unter seinen Schuhen in alle Richtungen. Nur wenige Jünger standen noch unentschlossen da. Die Gruppe löste sich auf, immer mehr Leute liefen an mir vorbei und stürzten sich in die Schlacht gegen die Wehrlosen.
Über den ganzen Friedhof tönte das Stöhnen der Toten und das Lachen der Lebendenden.

Mir war kotzübel von der ganzen Geschichte. Ich hatte das Gefühl, der einzige Normale auf der Welt zu sein, und es war ein schreckliches Gefühl. Ich wusste nicht, was ich tun sollte, und blieb einfach stehen. Ich war noch immer paralysiert von der Abstrusität der Situation, als ein Zombie auch auf mich zukam.
Es war ein schlurfender Mann, seine Kleidung war zerrissen und er zuckte unkontrolliert mit der Schulter. »Tööööötee miiiiich«, stöhnte er, »böööötee.« Ich sah mich verunsichert um.
»Du solltest ihn töten«, sagte Danny, der neben mir stand und mit einem Stock in den Augenhöhlen eines am Boden liegenden Untoten herumstocherte.
»Ich will nicht«, sagte ich.
Der Zombie machte einen Schritt auf mich zu, ich wich zurück und stieß mit einem Mädchen zusammen, das genauso schockiert und ratlos war wie ich.
»Sorry«, sagte ich zu ihr. Sie nickte verwirrt.
Ein weißer Fleck schoss an uns vorbei und brachte den Zombie zu Boden. Es war Colonel Pullo, der auf das Gesicht des Untoten, der »Daaankeee«, stöhnte, einpickte, bis dieses nur noch Matsch war. »Ihr müsst sie töten, ihr einfältigen Nuggets!«, krächzte der Colonel und stürzte sich auf den nächsten Untoten.
»Das ist fast wie bei der Zombieinvasion auf Haiti 1958, auch wenn die damals keine lebensmüden Hippies waren, sondern echte, hungrige Zombies«, krächzte Colonel Pullo, wirbelte herum, hackte mit einem Flügelkantenschlag einem Untoten den Kopf ab und sprang einem anderen mit den Krallen ins Gesicht. Der Zombie schlug um sich, wie in Ekstase, und ging zu Boden. Plötzlich hörte ich das Aufheulen eines Motors.

Leutnant Kentucky schoss an mir vorbei, eine überdimensionale Motorkettensäge schwingend und eine Spur aus zerhackten Untoten, Blut und schwarzen Dieseldämpfen hinterlassend. Wild gackernd schnetzelte er sich durch die defätistischen Horden. In alle Richtungen spritzte verweste Blut.
Das war zu viel für meinen Magen.
Ich beugte mich vor und übergab mich auf den Friedhofsweg. Das Mädchen neben mir klopfte mir auf die Schulter.
»Alles klar?«, fragte sie mich.
»Danke«, stöhnte ich und erbrach mich erneut, diesmal schaffte ich es aber, einen Blick auf sie zu werfen. Sie war klein, hatte rotes Haar und blaue, vor Sorge und Furcht im Mondlicht glänzende Augen.
»Jo, Leute!«, rief Nathan neben mir, der gerade einen Zombie verprügelte. »Warum macht ihr nicht mit? Das ist fast so geil wie Paintball. Sie sind komplett harmlos, euch kann nichts passieren.«
»Das ist Leichenschändung«, sagte das Mädchen.
»Ah, und? Leichen sind tot, leb- und wertlose Objekte. Und wenn nicht, dann sind sie noch immer lebensmüde Untote, die sterben wollen. Ihr tut ihnen damit nur einen Gefallen«, sagte Nathan und zertrümmerte mit einem Schwinger den Schädel seines Kontrahenten, der stöhnend zu Boden ging. Mein Magen bäumte sich auf und ich erbrach einen weiteren Kotzstrahl. Ich schüttelte den Kopf.
»Ich kann nicht, Mann, das ist zu ekelhaft«, sagte ich.
»Ich auch nicht«, stimmte das Mädchen zu. Nathan sah zuerst mich, dann sie, dann wieder mich an. Ich schämte mich. Ich wollte eigentlich dableiben, bei

Nathan, alles mit ihm erleben, aber das war zu viel. Mein Ekel war zu groß.

»Okay. Sorry, es tut mir echt leid, Leute, dass ihr keinen Spaß daran habt.« Nathan klang traurig.

Das Mädchen und ich gingen zum Tor, dabei wichen wir kleinen Scharmützeln zwischen Jüngern und suizidalen Zombies aus. Ludwig saß an einen Baum gelehnt und rauchte mit einem wohl nicht ganz so suizidalen Zombie Zigaretten.

»Hey, Leute!«, rief er und winkte uns zu. »Das ist Markus.«

Der Zombie sah zu uns auf. »Haaaalllööö«, stöhnte er.

»Was machst du mit ihm?«, fragte das Mädchen und runzelte die Stirn.

»Ich will eine leeetzte Kipppeee«, sagte der Zombie und stieß eine Rauchwolke durch sein verfaultes Gebiss aus.

»Ist das nicht lustig?«, sagte Ludwig und zog aufgeregt an seinem Sargnagel. »Er ist so nikotinsüchtig, dass die Sucht sogar seinen Todeswunsch verdrängt. Vielleicht sollte man Tabak als Antidepressivum vermarkten. Es ist auch super, um das demographische Problem und das mit den Rentenkassen zu lösen. Killt einfach alle, bevor sie ins Rentenalter kommen.« Er hielt mir seine Schachtel hin. »Willst du auch eine?«

»Nein danke«, sagte ich.

»Du?« Das Mädchen schüttelte den Kopf. Wir setzten unseren Weg fort.

»Ciiiaaaaoooo, Leeeute«, rief uns der Zombie Markus hinterher. Das Mädchen und ich kletterten über den Zaun und liefen bis zur Straße.

»Du wohnst auch in der Stadt, oder?«, fragte das Mädchen.

»Ja, warum?«

»Wollen wir ... wollen wir zusammen zur Bahn gehen? Ich habe irgendwie Angst, um ehrlich zu sein, obwohl die Zombies harmlos sind.«

»Klar«, sagte ich und fügte nach kurzem Zögern hinzu: »Wie heißt du eigentlich?«

»Natalie«, sagte sie und strich sich die roten Haare aus dem Gesicht. »Du bist Daniel, oder?« Ich blinzelte perplex.

»Woher weißt du das?«

»Du bist bekannt, du gehörst doch zum inneren Zirkel um Nathan.« Sie sah mich mit einer Mischung aus Verwunderung und Respekt an.

»Oh«, sagte ich und plötzlich fiel mir der beißende Kotzgeschmack in meinem Mund negativ auf.

»Darf ich dich etwas zu Nathan fragen?«, sagte Natalie.

»Ja, klar.«

»Hast du Angst vor ihm?«

Ich zögerte und horchte in mich hinein. »Ich hatte früher Angst vor ihm, bevor ich ihn richtig kannte. Aber ich glaube, bei Nathan muss man keine Angst haben, egal, was los ist, oder was er macht. Die Dinge, die er tut, sind oft verstörend und beängstigend, aber er würde es niemals zulassen, dass jemandem von uns etwas zustößt.«

»Ist ... Das klingt vielleicht merkwürdig, aber ist Nathan ein Mensch?«

»Das ist gar nicht merkwürdig. Nathan ist glaube ich tatsächlich kein Mensch, aber ich kann dir auch nicht sagen, was er wirklich ist.«

»Ist das ein Geheimnis?«
»Nein, ich weiß es einfach nicht.«
»Und wie kannst du ihm dann trauen?«
»Ich glaube, wir können ihm gerade deshalb trauen, weil er wahrscheinlich kein Mensch ist.«
»Wie meinst du das?«
Ich zuckte mit den Schultern.
»Intuition. Er kommt mir vertraut vor. Vielleicht ist er ein Engel oder so, keine Ahnung.«
Natalie nickte wissend. »Ich fühle ähnlich. Für mich ist er wie ein Heiliger. Es ist merkwürdig.«
»Merkwürdig ist in diesem Fall ein Euphemismus.«
Wir verfielen in Schweigen und gingen zusammen zur S-Bahn und fuhren ebenso schweigend in die Stadt. Ich überlegte, ob ich sie ansprechen und nach ihrer Nummer fragen sollte. Sie gefiel mir und war nett, aber ich war erschöpft und schämte mich wegen dem Kotzgeruch, den ich verströmte, dass ich nicht die Kraft aufbrachte meine Hemmungen zu überwinden. Wir trennten uns mit wenigen Abschiedsworten am Kolumbusplatz, als sie auf die U2 umsteigen musste.
Das alles war verrückt, und trotzdem nicht verrückt genug, um uns davon abzuhalten, weiter Nathan zu folgen.
Kurz bevor ich zu Bett gehen wollte, klingelte mein Handy. Ich hob ab und mein Herz machte einen Sprung, als ich Nathans Stimme hörte:
»Jo, Daniel? Ich bin's, Nathan. Alles klar bei dir?«
»Ja, danke«, sagte ich und nickte eifrig am Telefon, »und bei euch?«
»Jo, auch alles klar. Keine Verletzten, alle hatten ihren Spaß. Alle Zombies sind tot, naja, alle bis auf diesen

Markus da, den Ludwig aufgetrieben hat. Der ist irgendwohin geschlurft, um einen Tabakladen auszuräumen und bei Starbucks Kaffee zu bechern oder so. Die erste Sucht, die den Tod besiegt. Auch egal. Ich wollte mich noch einmal dafür entschuldigen, dass dir der Abend heute so unangenehm war.«
»Kein Problem. Hey, mir muss ja auch nicht alles gefallen, was du machst.«
»Müssen nicht, nein, aber es würde mich freuen, wenn dem so wäre. Jedenfalls, morgen mach ich wieder einen Kratomabend, er wird etwas anders sein. Etwas speziell, aber ich glaube, er wird dir gefallen. Na, wirst du dabei sein?«
»Immer doch«, sagte ich. »Solange keine Zombies auftauchen.« Wir lachten.
»Okay, geht klar. Was hast du so mit Natalie gemacht? Also danach?«, fragte Nathan.
»Ah, gar nichts. Wir sind zur S-Bahn gelaufen und dann ist jeder seinen Weg nach Hause gefahren.«
»Okay. Dann ist alles klar. Also wir sehen uns morgen. Gute Nacht«, sagte Nathan.
»Gute Nacht«, sagte ich. Er legte auf. Breit lächelnd schaltete ich mein Smartphone aus und legte mich voller Vorfreude auf den speziellen Kratomabend in mein Bett, wie ein Kind am Vorweihnachtsabend.
Ich Naivling.

Kapitel XXIX:
Anale Penetration

Wir kamen wieder im Bunker zusammen, um wie so oft Kratom zu bechern. Trotz oder vielleicht insbesondere wegen der verstörenden Ereignisse auf dem Friedhof zog es die ganze Sekte wieder zu Nathan. Wir hatten mittlerweile alle den Bezug zur Realität verloren – Nathans Zauber hatte uns in den Bann gezogen. Es verwundert also nicht, dass der Bunker an diesem Abend brechend voll war.

Luis war da, Jakob, Sophie, Natalie, das pinke Einhorn Danny, Tim, Ludwig und viele, viele mehr, und die üblichen neuen Randerscheinungen, die den großen Nathan bewunderten und von seinen Taten gehört hatten.

Jakob und irgendein anderer Jünger verteilten von silbernen Tabletts aus große Pappbecher Kratomshake – mit Extrasahne und viel Schokoeis. Wir schlürften alle unsere Shakes, manche spülten sie mit irgendetwas aus der Minibar hinunter, während im Hintergrund leise gemäßigte Technoklänge die Stimmung anheizten. Es war nicht die typische Musik, die es im Bunker sonst zu hören gab. Sie war energiegeladener und erotischer, aber irgendwie passte das auch.

Nathan lag auf der Couch, kippte sein Kratom pur in einem Zug hinunter und machte laut »Aaah«, und als er das Glas abgesetzt hatte, sagte er: »Die Dosierung ist heute halbiert und ich habe etwas Damiana und Blauen Lotus reingemischt, sodass eine aphrodisierende Wirkung in den Vordergrund tritt. Wer darauf keine Lust hat, der soll einfach ein oder zwei Shakes mehr bechern oder von mir aus einen Joint dazu rauchen, dann kommt man ins Sedative.«

Luis und Danny rollten zusammen auf dem Tisch Joints um die Wette, aber außer ihnen rauchte keiner. Einige der Randerscheinungen becherten mehr Kratom, aber die meisten blieben bei der Dosis.

Ich spürte die Wirkung aufsteigen, doch sie war anders. Statt von den Engelsscharen umarmt zu werden, hatte ich das Gefühl, selbst ein Engel zu sein, dem ein göttlicher Funke innewohnte, den er weitergeben wollte. Ich war erfüllt von unendlicher Liebe. Ich wollte umarmen, irgendjemanden, die Welt, und diese Liebe teilen, alles in mich einverleiben.

Mein Körper war warm und er sehnte sich danach, diese Wärme zu teilen. Ich sah, dass ich nicht der Einzige war, dem es so erging. Sophie und Tim lagen sich in den Armen, einige der Randerscheinungen starrten sich gegenseitig verträumt in die Augen oder streichelten einander an den Armen und Beinen.

Jemand flüsterte: »Das ist aber ein schönes Bein, so weich.« Und jemand anderes antwortete: »Dein Bein ist aber auch ausgezeichnet.«

»Nathan?«, fragte ich verunsichert.

»Jo?«

»Warum die aphrodisierende Wirkung?«

»Damit hier mal auch sexuell etwas los ist. Ab und zu müssen die Triebe ausgelebt werden: Katharsis. Und was ist da besser als ein bisschen gesellschaftliches Ficken? Na, wie wäre es mit uns beiden?«

Er lehnte sich zu mir herüber, sein Gesicht ganz nah an meinem, sodass ich die Wärme seines Atems spüren konnte, und fuhr mit der Hand durch mein Haar.

Mein Herz raste. Das Blut schoss mir ins Gesicht. Mein ganzer Körper verkrampfte sich, ich war zu keiner Bewegung mehr in der Lage. Und trotzdem klingelte irgendwo etwas in mir und wollte die Arme ausstrecken, meinen Propheten fest umarmen und nie wieder loslassen. Ich war verwirrt.
»Bis-bist du irgendwie schwul?«, fragte ich. Das war nichts, was ich mir von einem speziellen Kratomabend erhofft hatte – ganz und gar nicht.
»Es gibt so etwas wie homosexuelle Menschen nicht«, sagte Nathan und fiel von mir ab. Ich spürte einen kleinen Stich in meinem Herzen, der mich noch verwirrter zurückließ.
»Ist das irgendwie eine scheiß homophobe-homo Sache, oder was?«, fragte eine der Randerscheinungen und bekam dafür von Jakob eine Schelle und von Luis einen Joint angesteckt. Danach hielt sie die Klappe.
»Nein, nein. Ich bin nur rein wissenschaftlich und ehrlich«, sagte Nathan. Er überschlug die Beine und begann zu gestikulieren, wobei er wieder wie ein Lehrer wirkte: »Monosexuelle Orientierungen, die ganze Hetero- und Homo-Kacke da, das ist Bullshit! Das alles gibt es nur wegen der Domestizierung und sozialen Konditionierung des modernen Menschen, vor allem mit abrahamischen und patriarchischen Ideologien.
Alle Menschen sind von Geburt an und genetisch bedingt bi- wenn nicht sogar pansexuell, erst dadurch, dass sie in einer monogamen, monosexuellen und heteronormativen Gesellschaft aufwachsen, wie der modernen, unterdrücken sie eine der beiden Tendenzen in den ersten Kindheitsjahren, sodass diese

verkümmert. Das ist eine krankhafte Triebunterdrückung, die alles andere als natürlich ist und nur unnötige Divergenzen verursacht.

Die antiken Griechen und Römer, die mittelalterlichen Japaner und islamischen Imperien waren alle binormativ geprägt. Es gibt sogar arabische Spottgedichte aus dem elften Jahrhundert, in denen sich über Menschen lustig gemacht wird, die nur mit einem Geschlecht verkehren und nicht mit beiden.

Und wenn man sich andere Primaten ansieht, wie Schimpansen oder Bonobos, dann kann man beobachten, dass sie ebenfalls polyamore und bisexuelle Tendenzen besitzen. Bonoborudel sind matriarchalisch und werden von lesbischen Paaren dominiert, die die Männer unterdrücken, also das genaue Gegenteil von den patriarchischen Schimpansen und Menschen.

Yeah, all der Hass, die Unterdrückung, die ganzen Debatten – sie alle sind künstlich erschaffene Komödien. Also lasst mich in Ruhe mit dieser Kacke, macht Liebe mit wem auch immer ihr wollt. Am Ende ist es doch eh nur eine weitere biochemische Reaktion, die Säugetiere dazu bringen soll, sozial zu interagieren und das Überleben zu sichern. Die vermeintliche Art oder das Geschlecht des Zielobjekts ist doch irrelevant. Solange alle Parteien einverstanden sind, ist doch jegliche weitere ethische Beurteilung absurd und heuchlerisch. Folgt eurem Willen, formt euch selbst nach eurem Willen, alles ist möglich, alles ist erlaubt, nichts ist notwendig.«

»Das glaube ich nicht«, sagte irgendjemand, aber niemand hörte ihm zu.

»Free Love! Ich habe es gewusst!«, rief jemand, aber niemand hörte ihm zu.
»Die Gesellschaft ist krank und degeneriert,
im Fachjargon nennt man das zivilisiert.
Darauf wird jetzt onaniert,
werft davon das T-Shirt!«,
poetierte jemand, aber niemand hörte ihm zu.
»Ich will mit einem Delfin Liebe machen. Sie sind dauernd feucht und so sexy klug«, rief jemand. Nathan schnippte mit den Fingern und ich hörte plötzlich ein Planschen und Schnattern aus dem Bad kommen. Ein Junge lief jauchzend hinein und verriegelte die Tür hinter sich.
Etwas Abartiges, Magisches geschah, verzerrte Raum, Zeit und Gemüter. Überall küssten Lippen aufeinander, glitten Hände an warme, feuchte Stellen. Rosa Nippel glänzte auf, Kleider flogen achtlos zu Boden.
Schweiß trat aus allen meinen Poren, mir war, als würde sich alles auseinanderziehen und zu einer Doppelhelix verdrehen. Das war so unwirklich, das konnte nicht sein. Um mich herum begann eine Orgie. Natalie kam nackt auf mich zu.
Ihr Blick sagte alles, sie streichelte verführerisch über ihre üppigen Brüste, aber ich war zu starr vor Schreck, um zu reagieren. Ich spürte, wie ich erregt wurde, ich wollte aufstehen, aber meine Beine und Arme waren wie aus Beton gegossen.
Bevor sie mich erreichte, sprach sie ein anderer Junge an. Sie warf einen Blick zu mir, aber ich war noch immer zu gelähmt, um etwas zu tun. Sie küsste den Jungen und zog ihn zu Boden, wo sie ihn zu reiten

begann. Colonel Pullo und Leutnant Kentucky sprangen durch die Gegend und verschleuderten mit ihren Schnäbeln Kondome aus einer Pappschachtel.

»Ve-Verhütung zuerst! Ha-Ha-HIV ist eine von den Rothschilds eingeführte Seuche! Verteidigt euch, Nuggets, Bollwerke aus Gummi gegen den Zionismus!«, kreischte Leutnant Kentucky, und der Colonel gackerte ähnlichen Irrsinn.

Ich ertappte mich dabei, wie ich langsam den Kopf schüttelte, aber nicht über die beiden Hühner, sondern über die ganze prekäre Situation. Ich wollte springen und in diesem Gewühl der Liebe und Intimität versinken, mich von dem warmen Meer verschlingen lassen, aber gleichzeitig fühlte ich mich abgestoßen und betrogen und wie erschlagen von den ganzen Stimuli, sodass ich einfach nur atemlos liegen und beobachten konnte. Ich wünschte, ich wäre nicht da, ich wünschte, ich würde zuhause liegen und schlafen. Das alles war mir einfach zu viel.

Das konnte nicht sein. Bei allem Irrsinn, den ich erlebt hatte – das war zu unwirklich. Es fühlte sich noch unwirklicher an als die Zombies. Niemals würden so viele Menschen auf einmal einem sexuellen Wahn verfallen, selbst wenn jemand wie Nathan sie unter Drogen setzte und verkündete, sie seien alle pansexuell. Hier war mehr im Spiel als eine Droge und paar pseudointellektuelle Worte. Seitdem ich Nathan kannte, war mehr im Spiel als Drogen und kluge Sprüche. Jemand hackte die Realität, schrieb sie um.

Ich wandte mich zu Nathan um, der noch immer neben mir saß. Er sah mit einem selbstzufriedenen Lächeln dabei zu, wie sich Sophie und ein anderes Mädchen die

Kleider von den Leibern rissen und begannen, auf dem Sofa zu twerken, während daneben Danny und Luis Arm in Arm Joints rauchten. Mein Blick wanderte immer wieder zu der unwirklichen Szene vor mir, blieb an den rosa Nippeln, der vielen glatten jugendlichen Haut und den roten Wangen hängen. Etwas zog an mir, wollte mich in das Gewühl reißen, aber ich biss die Zähne zusammen und kämpfte dagegen an:

»Nathan«, sagte ich. Er wandte mir langsam das Gesicht zu und legte es schief. Er hob die Augenbrauen und spitzte die Lippen, sofort schlug in mir ein Verlangen hoch, mich auf ihn zu stürzen. Aber das wäre falsch. Wir waren beide Jungs und hier war irgendein krummer Zauber am Werk.

Ich biss mir auf die Zunge, spürte aber nichts als das Sprudeln von Blut und dessen eisernen Geschmack. Kratom stillt Schmerzen, und so konnte ich mich damit nicht von meinen Gedanken ablenken.

Voller Erregung verschlangen meine Augen Nathan, die Windungen seines Gesichts, das gierige Strahlen seiner Augen, während warmes Blut mein Kinn hinablief.

»Ja, Daniel?«, wisperte er, wie vom Ende eines Tunnels, dessen einziges Ziel er war. Hinter ihm schrie Sophie auf, als ein Junge in sie eindrang, aber ich nahm das nur am Rande wahr, wie verschwommen. Mein ganzer Fokus hing auf Nathan, an seinen grimmigen Lippen, an seiner knochigen Gestalt und an meinen Fantasien, was ich mit ihr anstellen konnte. Wie konnte das sein? Woher kamen diese Gedanken? Liebte ich ihn? War das die wahre Natur meiner Obsession? Oder hatte er mich gehackt, so wie er die Physik und Realität zu hacken pflegte?

»Denk nicht so viel nach, Daniel, nicht jetzt.« Nathan streckte die Arme nach mir aus. Unwillkürlich tat ich es ihm gleich, und plötzlich umarmten wir uns. Mein Gesicht vergrub sich in seiner Schulter, und ein Wonnegefühl, intensiver als jeder Kratomrausch, durchdrang mich. Kratom war die Umarmung eines Engels, aber Nathan war ein Gott, und ich versank in ihm, als wäre er warmer Pudding. Die ganze Welt schmolz dahin, bis nur noch wir beide existierten.

Sein harziger Duft drang in meine Nase, ich schmeckte seinen ambrosischen Schweiß, als meine Lippen seinen Nacken küssten. Meine Hände wanderten unkontrolliert über diesen göttlichen Körper, fuhren durch sein Haar und umschlangen seine Hüfte. Ich wollte es nicht, aber ich hatte keine Kontrolle mehr. Sein warmer Atem streichelte meine Ohren, wanderte mein Gesicht hinab und unsere Blicke trafen sich. Seine Augen flackerten, sie strahlten in Rot und Gold, in Blau und Grün, pulsierten, zeugten von unendlicher Weisheit und Macht.

Unsere Lippen berührten sich, unser Atem verschmolz. Ich ging vollständig in ihm verloren, als seine Zunge in mich eindrang und die meine umspielte, das Blut aus mir heraussaugte. Pulsierende Erregung durchdrang mich, unsere Zungen lösten sich und mir entfuhr ein sehnsüchtiges Seufzen. Ich wollte mehr und spürte, wie ich hart wurde, als meine Lippen sich nach seinen ausstreckten und ich auf ihn rutschte. Unsere Becken rieben aneinander, die Beine umspielten sich und ich spürte, wie Nathan ebenfalls hart und heiß wurde.

Unsere Penisse rieben aneinander, durch die Hosen getrennt, während seine Beine und Arme mich umschlossen und er mir einen weiteren feuchten Kuss gab.

Aus seinem Mund floss ein Blutrinnsal, und ich bemerkte, wie Blut aus meinem Mund heraus- und meine Brust hinablief und uns beide besudelte, aber das erregte mich nur noch mehr. Meine Hände wanderten unter sein T-Shirt und bevor ich wusste, was ich tat, zog ich es ihm vom Leib. Sein flacher, drahtiger Oberkörper bäumte sich auf, die Hitze zwischen uns nahm zu, meine Hose schien zu platzen. Seine kleinen rosa Nippel waren hart. Sie wirkten verführerisch wie Süßigkeiten. Mein Kopf sank hinab und ich begann an einem von ihnen zu saugen, während ich den anderen zwischen meinen Fingern drehte. Ich konnte an nichts denken, alle meine Sinne waren betört von diesem Körper, meine Nerven durchflutet von einer gierigen Ekstase. Nathan lachte leise, und riss mir ebenfalls das T-Shirt vom Leib. Wir waren ineinander verschlungen. Seine Hände wanderten meine Hüften hinab und bis zu meinem Hosenknopf. Ich schlüpfte wie eine Raupe aus ihren Kokon aus der Hose und den Boxershorts. Mein hartes und vom Vorsaft feuchtes Glied rieb an seinen Oberschenkel, meine Hände wanderten zu seinem Bauch und öffnete den Gürtel. Plötzlich packten mich seine Hände, hoben mich mit übermenschlicher Kraft in die Höhe und setzten mich auf sein Becken. Nathan lächelte mich raubtierhaft an. Ich packte meinen Penis und begann mir einen runterzuholen, während Nathan hinter mich griff. Ich hörte das Ploppen einer Tube.

Mir schwante bereits Übles, als ich plötzlich etwas an meinem Anus spürte. »Entspann dich«, sagte Nathan.
»Ich weiß nicht, ob …«, wollte ich widersprechen, aber dann zog er mich zu sich herunter, küsste mich und schob einen warmen, vor kaltem Gleitgel triefenden Finger in mein Arschloch. Ich stöhnte auf, als mich ein ungewöhnliches, angenehmes Gefühl durchdrang. Ich presste den After zusammen, um den Finger und damit das angenehme Gefühl gefangen zu halten.
»Entspann dich. Du wirst es nicht bereuen«, säuselte Nathan. Widerwillig ließ ich nach und der Finger stieß noch tiefer, und eine noch stärkere Welle durchdrang mich. Ich kniff die Augen zusammen und stöhnte, riss den Mund vor Ekstase weit auf und spürte, wie heiße Freudentränen meine Wangen hinunterliefen. Weitere Finger drangen in meinen After ein und streckten sich aus. Ich hechelte. Während Nathan meinen After immer mehr weitete, küsste ich seine Brust und seinen Hals. Einmal ließ ich kurz meinen Blick durch den Bunker schweifen. Niemand hatte mehr seine Kleidung an – außer Danny, dem Einhorn, der mit dem Joint in der Hand auf dem Tisch tanzte. Er hatte sein Kostüm noch immer an und war offensichtlich der Einzige, der nicht an dem wilden Treiben teilnahm. Sogar die Hühner ließen sich von Menschen ficken.
Die Finger verschwanden aus meinem Arschloch und ich seufzte auf, als mich Nathans Hände erneut packten. Er drehte mich um und drückte mich ins Sofa, sodass er nun oben war und ich unten. Er schob meine Beine auseinander und bevor ich etwas sagen konnte, drang etwas Heißes und Hartes in mich ein. Ich schrie vor Schmerz und Freude auf, krallte mich zitternd an

den Sofalehnen fest und umklammerte seinen Torso mit den Beinen, als die heftige Salve an Stößen mich penetrierte.

Nathan lachte, ich stöhnte. Sein Schwanz drang immer wieder und immer tiefer ein, all meine inneren Organe schienen zu glühen, immer schneller und fester, als plötzlich Nathan stöhnte.

Seine Stöße verloren an Intensität und glitten sanft hin und her, während ich spürte, wie er seinen heißen Samen in mich entlud. Ich ertrank in einem Meer aus Glück, während der sanfte, durchs Kratom gedämpfte Schmerz der Lust meinen Schädel immer höher kroch, kribbelnd wie ein Spinnenheer, und sich in einem Orgasmus entlud. Ich stieß hohe Schreie aus. Mein Samen spritzte auf Nathans Brust und tropfte auf meinen blutverschmierten Bauch. Ich sackte erschöpft und glücklich zusammen. Nathan glitt aus mir heraus, gab mir einen nach Blut und Ambrosia schmeckenden Kuss und sank auf meine Brust. Er begann meinen Samen aus dem Bauchnabel aufzuschlecken wie eine Katze ihre Milch. Ich musste unwillkürlich kichern und zuckte zusammen.

»Lass das«, sagte ich und hörte mich dabei wie ein kleines Mädchen an. Plötzlich brach alles zusammen. Die letzten Glücksgefühle versickerten und Übelkeit stieg auf. Was hatte ich getan?

Ich klang nicht nur wie ein Mädchen, ich verhielt mich wie ein Mädchen.

Ein Würgreiz schnürte mir den Hals zu. Ich hatte Sex mit einem Jungen gehabt. Das war widerlich, das war krank. Wie konnte ich nur? Ich hatte doch mein ganzes Leben auf Titten und Vaginas masturbiert, ich hatte

sogar Sex mit einem Mädchen gehabt, also warum das? Dieses Geschwafel von vorhin, dass alle Menschen pansexuell wären, konnte doch nicht wahr sein? Oder doch? Nein, niemals.
Ich starrte Nathan entgeistert und paralysiert vor Ekel und Angst an. Er hielt inne, schlürfte meine Wichse auf, schluckte und sah zu mir auf. Ein Frostschauer durchfuhr mich. Nathans Oberkörper war verschmiert mit dunklem Blut und Wichse, die Adern traten wie schwarze Flüsse hervor. Seine Augen waren pures, glänzendes Schwarz, durchzogen von roten Rissen. Eine dunkle Aura ging von ihm aus. Es waren nicht die Augen eines Gottes, auch nicht die eines Menschen – es waren die Augen eines Dämons, des Antichristen.
Ich wollte mich davonwinden, aufspringen, weglaufen, aber Nathan nahm mich mit seinen Beinen in die Zange und packte meine Arme. Ich wollte mich aufbäumen, aber er drückte mich wie ein Schraubstock mit seinen übermenschlichen Kräften ins Sofa.
»Wo willst du hin, mein Kleiner?«, wisperte er. Seine Stimme war eisig und ich bekam eine Gänsehaut, mein gerade noch so hartes und großes Glied schrumpfte zusammen und zog sich vor Angst in meinen Körper zurück.
»Bitte lass mich gehen.« Tränen rannen mein Gesicht hinab.
»Aber warum?«, fragte Nathan.
»Ich wollte das nicht, ich will das nicht!«
»Dein Körper hat aber gerade eben eine andere Geschichte erzählt.«
»Du bist kein Mensch, du bist ein Monster«, sagte ich.
Nathans schwarzrote Augen schienen zu lächeln.

»Sei kein Heuchler, du wusstest von Anfang an, dass ich kein Mensch bin.«
»Was bist du?«
»Einer von Vielen und Alle. Unter anderem Du.« Bevor ich die Antwort verstehen konnte, küsste er mich und seine Zunge drang in meinen Mund ein. Sie wurde dabei immer länger, kroch meine Speiseröhre hinab und in das Innere meines Körpers. Ich wollte schreien und mich loswinden, aber die Zunge durchdrang von innen mein komplettes Wesen. Plötzlich donnerte es, die Welt riss auseinander, aber Nathan und ich verschmolzen. Wir fusionierten zu einem Wesen und ich sah etwas Verschwommenes, Dunkles, das mir unendliche Angst machte. Bevor ich endgültig in Nathan versank, schrie ich und biss zu. Es donnerte erneut, als mich ein glühender Schmerz durchfuhr. Ich riss mich los und sprang vom Sofa, packte meine Kleidung, stieß ein nacktes Mädchen aus dem Weg und rannte die Treppe hoch.
»Daniel! Warte!«, schrie mir Nathan hinterher, aber ich dachte nicht daran. Ich schlug die Tür des Bunkers hinter mir zu, schlüpfte in meine Sachen und lief hinaus in die Nacht. Ich rannte so schnell ich konnte, bis ich den Bahnhof erreichte und zum Glück gerade noch eine S-Bahn erwischte.
Keuchend brach ich auf einem Sitz zusammen.
»Alles klar?«, fragte mich eine Frau, die mir gegenübersaß. Ich nickte.
»Ja, danke. Warum fragen Sie?« Sie sah mich an, als hätte ich einen Dachschaden, dann erst fiel mir auf, dass ich barfuß und mein T-Shirt mit Blut, Schweiß und Sperma getränkt war.

»Einfach nur so«, sagte sie. Ich vergrub mein vor Scham rotes Gesicht in den Händen. Zum Glück fragte sie nicht mehr weiter nach. Meine Gedanken kreisten ohnehin um Nathan. Ich war verwirrt. Was war er? Wer war er? Er sagte, er wäre ich. War das wie in *Fight Club*? War er Tyler? War ich verrückt? Das würde die Visionen erklären, die ich gehabt hatte – das würde vieles erklären, aber nicht alles.
Nein, er musste das anders gemeint haben. Liebte er mich? War er ein Gott? Liebte ich ihn? War ich schwul, oder was war geschehen? Nein.
Ich spürte, wie die warme Wichse aus meinem Arschloch lief und meine Unterhose durchnässte. Ich begann zu zittern und mir wurde übel, meine Gedanken zerfielen zu einem wirren Klumpen.
Als ich endlich irgendwie mein Haus erreichte, ohne von der Polizei aufgegriffen zu werden, war ich erleichtert. Meine Eltern schliefen zum Glück bereits.
Ich schlich mich in mein Zimmer, nahm ein paar Gramm Kratom, die ich Nathan mal abgekauft hatte, und machte mir damit in der Küche einen großen Tee. Ich wollte einfach nur schlafen und alles vergessen, jeden weiteren Gedanken unterbinden. Die Kratomwirkung ließ bereits nach und damit kamen die Schmerzen zurück. Ich stelzte ins Bad, denn die Schmerzen in meinem Anus machten es mir unmöglich, aufrecht zu gehen. Die Zungenschmerzen ließen meinen ganzen Schädel pochen. Während der Tee abkühlte, duschte ich mich. Mein Anus brannte und zuckte jedes Mal zusammen, wenn ich mit dem Duschkopf hineinsprühte, um die Wichse herauszubekommen. Das Gefühl, dass noch immer

etwas drin wäre, ging nicht weg, der Schließmuskeln war zu geweitet. Ich gab es auf, spülte meinen restlichen Körper lange und gründlich mit Seife und Shampoo sauber, bis ich keinen Tropfen Blut oder Wichse mehr auf mir hatte.
Dann stelzte ich im Sumogang zurück in die Küche und zwang mir die Kratombrühe herunter. Mit den Anusschmerzen war es mir nicht möglich zu sitzen oder zu liegen, und so stelzte ich hin und her, fand eine Schachtel Baldriantabletten und warf die ebenfalls ein. Als das Kratom einsetze, die Schmerzen verschwanden und das Baldrian mich schläfrig machte, legte ich mich auf mein Bett. Es dauert nur wenige Minuten und eine wohlige Müdigkeit drückte mich in den Schlaf.
Leider nicht in ein süßes Vergessen, sondern in einen Mahlstrom aus Träumen.
Das ist einer der fundamentalsten Unterschiede zwischen Kratom und Alkohol: Kratom lässt einen nicht vergessen, es hilft einem nur zu akzeptieren und es hebt alles Positive hervor. Es regt sogar den freien Fluss der Gedanken und Assoziationen an, steigert die Vorstellungskraft und induziert einen tiefen Schlaf, der von surrealen Träumen durchtränkt ist. Alkohol hingegen unterdrückt das Denken, lässt einen hemmungslos und fröhlich ins Vergessen driften und verflacht den Schlaf. Bald träumte ich lächelnd von dem Orgasmus, den mir Nathan beschert hatte. Irgendwo war ein Teil meines Verstandes, der das ekelhaft und verwerflich fand. Dieser Teil sollte aber erst beim Morgengrauen, beim Abklingen der Wirkung, wieder die Kontrolle übernehmen.

Kapitel XXX:
Hitler in Pink

Ich erwache, ich sitze an einem Tisch. Der Tisch ist in einem Verhörraum, hinter mir steht ein Polizist, vor mir sitzt ein Polizist. Beide tragen einen pinkgefärbten Hitlerschnurrbart, beide haben kurzgeschorene blonde Haare. Der Freak vor mir fragt mich in einem rrrrrauen Hitlerredenton: »Erzählen Sie! Was ist damals geschehen?«

Ich versinke in meinen Erinnerungen, im Hintergrund läuft Zack Hemseys Soundtrack zu *Inception*, ich falle Traumebenen hinab, die Wände senken sich, kollabieren.

Ich bin in der Schule, zwei dunkle Gestalten kommen auf mich zu. Ich kann ihre Gesichter nicht sehen, sie sind in schwarze Gewänder gehüllt. Sie sind der Tod; ich mag ihn, cooler Dude, gechillt bis auf die Knochen.

»Hallo, Leute«, sage ich und lächle. Die Gestalten packen mich an den Armen und schleudern mich gegen die Wand, ich schreie. Meine Hose wird heruntergerissen. Mein Schwanz hängt heraus. Eine Klinge blitzt auf. Ein dimensionenzerreißender Schmerz durchfährt mich, mein Schwanz liegt in einer Blutlache am Boden, die Gestalten stoßen mich hinein, die Welt wird von meinem Blut geflutet.

Ich erwache im Verhörraum. Der Polizist vor mir fragt mich:

»Und Sie konnten die Gesichter definitiv nicht sehen!?«

Ich starre den Polizisten an. Sein pinkfarbener Hitlerschnurrbart irritiert mich.

Hinter mir höre ich den anderen Polizisten schnaufen und ein unverwechselbares Geräusch: Da holt sich jemand einen runter, unbeschnitten, ohne Gleitgel. Das trockene Schmatzen der Vorhaut schallt durch den Raum, begleitet von einem Keuchen. Ich drehe mich langsam um, aber kaum habe ich den Polizisten hinter mir im Augenwinkel, schreit mich der andere an:
»Hier spielt die Musik! Verdammt nochmal, jetzt Reichsadler!«
Ich starre den Polizisten vor mir an.
Ich höre hinter mir ein Stöhnen, etwas Heißes spritzt gegen meinen Hinterkopf und bleibt dort kleben. Es läuft langsam meinen Nacken hinab.
»Ich glaube, ich gehe jetzt«, sage ich. Der Raum kollabiert.
Schweißgetränkt erwache ich in meinem Zimmer. Ich keuche und fasse mir an den Hinterkopf. Trocken. Erleichterung macht sich in mir breit. Alles nur ein Traum. Ich will aufstehen und zum Bad gehen, aber als ich die Bettdecke ansehe, schreie ich. Auf ihr liegt mein Penis. Er windet sich in einer Blutlache wie eine Made auf verrottendem Fleisch. Mein Penis kriecht zu mir und frisst sich in die Bettdecke hinein, verschwindet in ihr. Ich spüre, wie er mein Bein hochkriecht. Ich schreie.
Ich erwache. Ich bin wieder in meinem Zimmer. Das ist die Realität, dessen bin ich mir sicher, bis ich aufsehe. Ein Lama stürzt in mein Zimmer, es trägt einen Hut und schreit: »Rette mich!«
Hinter ihm kommen zwei Nietzsche-Latinos in den Raum gestanzt, ihre langen Schwänze schleifen über den Boden. Sie schreien: »Bueno Lama!«

Ich will etwas sagen, aber da zerspringen die Fensterscheiben links und rechts in meinem Zimmer. Es sind Polizisten, sie haben ihre Schwänze fest im Griff und eliminieren die Nietzsche-Latinos mit präzisen Cumheadshots, die sich durch die Schädel bohren und die Wände mit Sperma, Hirnmasse und Blut streichen.

Ich schreie. Das Lama schreit. Die Polizisten tanzen lachend den Rumpelstilzchentanz auf den Leichen der Nietzsche-Latinos.

Nathan war die ganze Zeit dabei, er sitzt auf meinen Schultern und isst einen Apfel. Nun springt er hinunter und rammt ein Taschenmesser in den Hals des einen Polizisten, der zu Asche zerfällt. Nathan wirbelt herum. Der andere Polizist reibt gerade an seinem Schwanz, aber kommt nicht mehr dazu abzufeuern. Nathan hackt ihm den Kopf ab und er zerfällt zu Staub. Nathan wirft das Messer weg, dreht sich zu mir um und lächelt. Er sagt zum Lama: »Na, du Süßer?«

Das Lama kommt zu ihm getrottet, es öffnet seinen Mund ganz weit. Nathan lächelt, ich kann nicht mehr hinsehen. Doch plötzlich flackert die Welt. Ich mache die Augen auf. Ich spüre, wie mein Schwanz in den dunklen Tiefen eines Lamahalses versinkt. Das Lama lutscht meinen Schwanz. Ich sehe meine Reflexion in einer Glasscherbe. Ich bin Nathan. Was soll das bedeuten? Ich ertrinke in einem Spiegel.

Ich erwachte schweißgebadet in meinem Zimmer. Ich war wieder ich, glaubte ich, hoffte ich, wissen konnte ich es nicht. Wir können nichts mit Sicherheit wissen.

Kapitel XXXI:
Scheissewerfen

Wegen der Kratomalbträume konnte ich nicht schlafen. Mehrmals erwachte ich schweißgebadet, zwang mich wieder in den Schlaf und erwachte abermals, bis ich irgendwann aufgab.

Die Rauschwirkung war abgeklungen. Ich stand auf. Zumindest hatten die Anusschmerzen nachgelassen, sodass ich wieder richtig gehen konnte. Ich lief auf und ab, aber ich kam nicht zur Ruhe. Zu viel verwirrte mich. Ich musste die Wahrheit erfahren, sonst würde ich noch mehr durchdrehen, also fasste ich einen Entschluss und rief Nathan an.

Wir trafen uns, da war es zwei oder drei Uhr in der Früh. Seine Augen hatten wieder das helle, kristalline Blau, keine Spur vom göttlichen Leuchten oder dem dämonischen Schwarz.

Es war eine kühle Augustnacht, der Himmel bewölkt, unter mir/uns rasten heulend blecherne Monster mit brennenden Augen, Autos, hinweg. Ich und Nathan, oder nur Nathan oder nur ich und die Illusion des jeweils anderen, stand(en) auf der Brücke, die über die Autobahn führte und damit das Ghetto Neuperlachs mit der verrückten Mittelschichtvorstadt Unterhaching verband. Wir ... Ich ... Ja, ich war verwirrt und kurz davor, durchzudrehen.

Wir urinierten vom Geländer in die Dunkelheit unter uns. Alle paar Sekunden wurden wir für kurze Zeit geblendet und das Plätschern verwandelte sich in ein blecherndes Trommeln, oft begleitet von dem

Crescendo eines erbosten Hupens. Nathan lachte darüber. Ich schwieg.
»Ey, alles klar bei dir?«, fragte Nathan.
»Ja«, sagte ich.
»Sicher? Bin ich dir vielleicht gestern doch etwas zu nah getreten? Tut mir leid, Mann, dass ich so rabiat war. Ich habe einfach überstürzt gehandelt. Sorry.«
»Nein, das ist schon in Ordnung. Das ist nicht das Problem. Zumindest nicht das, was mir am meisten zu schaffen macht.«
»Was denn dann?«, fragte Nathan. Unter uns raste wieder ein Auto wütend hupend vorbei.
»Ich … Bist du real?«, fragte ich.
»Wie kommst du darauf?«
»Die Dinge, die du tust, sie sind manchmal sehr surreal – nein, eher übernatürlich. Und ich habe davon geträumt, ich wäre du und du hast mir gezeigt, wir wären eins, oder sowas in der Art. Ich habe mich losgerissen, denn ich hatte Angst. Das verwirrt mich. Manchmal frage ich mich, ob du eine Halluzination bist.«
Nathan legte eine Hand auf meine Schulter. Ich war wieder wie gelähmt und musste daran denken, wie er mich gefickt hatte.
»Spürst du das? Ich bin genauso real wie alles andere. Dein Problem ist, dass du die Realität nicht so verstehst, wie sie wirklich ist. Die Realität ist nicht diese geordnete, logische Blase aus Ideen und Werten, in der du aufgewachsen bist und in der die meisten Menschen leben. Die Realität ist ein einziges wirres Chaos ohne Sinn und Zweck, das seine Gestalt permanent ändert. Es gibt viele unsichtbare Ebenen

und Parallelrealitäten, die miteinander wechselwirken. Ich bin so etwas wie ein Katalysator für dieses Chaos. Um mich herum zerreißen die Illusionen der Ordnung und die Blasen kollabieren, Ideen werden widerlegt und Werte entwertet. Das verwirrt dich, ich kann das verstehen.«

Er nahm die Hand von meiner Schulter. Ich atmete innerlich erleichtert auf, nickte und sagte: »Warum ausgerechnet du?«

»Zufall. Was weiß ich. Chaos ergibt keinen Sinn, die Welt ergibt keinen Sinn, und durch irgendeine Fügung bin ich zum Katalysator geworden. Du wirst die Fügung aber eines Tages erkennen und verstehen. Noch bist du nicht so weit, als dass ich dir das verständlich erklären könnte.«

»Und was war das für eine Vision, in der du mir gezeigt hast, wir wären eins?«

»Ich wollte dir zeigen, wer wir beide wirklich sind. Deshalb habe ich dich überhaupt gefickt, deshalb habe ich überhaupt so viel Zeit mit dir verbracht, aber ich habe wohl trotzdem überstürzt gehandelt.« Er sah mich an. In seinen Augen lag so etwas wie Reue. Ich war überrumpelt.

»Warte, du hast das alles wegen mir gemacht?«

»Ja.« Nathan nickte gedankenverloren.

»Aber warum?«

»Weil wir eins sind. Zumindest im Metasinne.«

»Was soll das bedeuten? Ist das irgendeine Art von Seelenverwandtschaftsding?«

»Doch nicht so ein Bullshit, nein. Es geht um so viel mehr, aber du kannst es nicht erklärt bekommen, du musst es selbst erkennen. Ich wollte dich da

hineinzwingen mit der Vision nach dem Sex, als deine Pforten offen waren, aber du hast dich zu schnell verschlossen. Du bist für diesen direkten Weg noch lange nicht bereit, oder einfach nicht geschaffen.«
»Ich verstehe das nicht.«
»Ich weiß. Das ist ja das Problem. Aber ich will dir helfen«, sagte Nathan und unsere Blicke trafen sich erneut. Seine Augen waren wieder schwarz, durchzogen von Rot, aber diesmal sah ich in ihnen nicht den Tod, sondern Trauer und Mitleid, Verzweiflung, kriechendes Chaos und Zerfall. Ich sah Ehrlichkeit. Ich sah meine Zukunft.
»Du wirst mich nicht mehr ficken, oder?«, fragte ich.
»Nein, werde ich nicht«, sagte er und fügte dann trocken hinzu: »Außer du willst es.«
»Nein, nein. Sicherlich nicht. Versprichst du es mir?«
»Hoch und heilig«, sagte Nathan.
»Danke«, sagte ich. Ich fühlte mich erleichtert. Ich war zwar noch immer verwirrt und fühlte mich wie ein Kleinkind in einem Kaninchenbau, aber ich hatte keine Angst mehr. Ich fühlte mich bei Nathan wieder sicher.
Plötzlich zog Nathan seine Hose herunter und ging in die Hocke.
»Was machst du da?«, fragte ich.
»Ich will mal mit Kacke werfen, wie ein Schimpanse im Zoo.«
Er hielt seine Hand unter sein Arschloch. Ich hörte, wie etwas Schweres dumpf aufklatschte. Er verzog das Gesicht und noch einmal klatschte es dumpf.
»Es sind zwei Ladungen. Willst du auch eine?«, fragte mich Nathan. Ich zuckte mit den Schultern. Er reichte mir einen dampfenden Kackehaufen. Er war warm und

so weich, dass er fast in meiner Hand zerlief. Ich formte eine Kugel daraus, einen Kackball. Meine Finger verklebten davon. Es stank fürchterlich.

»Siehst du den da?«, rief Nathan und zeigte auf einen Lastwagen vor uns. Er hatte einen großen Propangastank geladen, der in der Dunkelheit grellweiß leuchtete. »Auf drei, okay?«

Ich nickte. Ich war zu gelähmt zum Sprechen. Der Lastwagen raste auf uns zu.

»Eins ... zwei ... drei!«, schrie Nathan und wir schleuderten die Kackebälle über die Brüstung. Sie zerklatschten auf der Windschutzscheibe des LKWs, der hupend unter uns hindurchraste. Ich sah ihm hinterher: Er geriet ins Schleudern und kam auf die Gegenspur ab. Ein SUV krachte hinein, ein Orchester von Hupen und quietschenden Bremsen ertönte. Funken erhellten die Nacht. Es krachte, der LKW überschlug sich, bei jeder Rolle ein ohrenbetäubendes metallenes Scheppern. Ich hörte Schreie und das Zischen von austretendem Gas. Gierige orange Flammen loderten in der Nacht.

»Los, wir müssen weg!«, rief Nathan.

Wir rannten los. Der Gastank explodierte. Die Druckwelle riss mich von den Beinen, der Krach war ohrenbetäubend. Schwankend richtete ich mich auf und taumelte weiter, in meinen Ohren schrillte es. Die Nacht war taghell von dem Inferno, das die Straße und den Wald drumherum verschlang. Bäume krachten in den knisternden Flammen zusammen, Autos explodierten, als der Druck ihre Tanks zerfetzte.

Nathan packte mich an der Hand und zog mich hinter sich her. Wir rannten wie mit Pervitin vollgepumpte Wehrmachtsaffen davon.
Überall ertönten Martinshörner und Blaulichter erleuchteten zusammen mit dem glühenden Orange des Feuers die Nacht.
Als wir nach einer halben Stunde sein Haus erreichten, konnten wir trotz der Entfernung von fünf Kilometern noch immer das Inferno sehen, das die Autobahn und den Forst verschlang. Hubschrauber rasten über unsere Köpfe hinweg. Ich zitterte am ganzen Körper.
Nathan schloss auf, wir wuschen uns die Hände und gingen in den Bunker. Die anderen waren nicht da, also waren wir für uns allein. Wir setzten uns einander gegenüber auf die Sofas und leerten jeweils einen Cannabiseistee aus der Bunkerbar. Nathan lachte. Ich starrte ihn ratlos an.
Vor wenigen Stunden hatten wir Sex gehabt und ich war noch immer verstört. Mein Anus tat wieder weh, das Sitzen war unangenehm. Es war auch nicht gerade förderlich für meine Stimmung, dass der ganze Bunker vor Sperma klebte und bei jedem Schritt gebrauchte Kondome unter meinen Schuhen quietschten.
Obendrein hatten wir gerade wer weiß wie viele Menschen umgebracht. Er fand es lustig, und mir wurde es langsam egal. Ich fühlte mich merkwürdig, wie losgelöst von mir selbst. Mein Hirn war in den Urlaub geflogen, ohne mich.
»Alles klar, Daniel?«, fragte mich Nathan. Ich zuckte mit den Schultern.
»Wir haben gerade Menschen getötet.«

»Ja. Das haben wir. Das Schicksal ist eine Bitch, das Leben ein sinnloses Theaterstück ohne Hauptcharakter und niemand interessiert sich für die Statisten. Alles Chaos, sie wären sowieso gestorben.«
»Jo.«
»Also ist alles okay?«
»Ja, ich denke schon.«
»Cool«, sagte Nathan. »Einfach nur cooler Typ.«
»Danke. Aber eine Frage hätte ich noch: Wie hast du das gemacht ... diese Orgie? Welche Art von Magie hast du verwendet, um die Menschen zu manipulieren?«
»Gar keine. Menschen handeln in Gruppen in der Regel unterwürfig, und wenn der Anführer, also in dem Falle ich, etwas Unsittliches macht und sie es dann auch machen, haben sie das Gefühl, nichts Falsches zu machen. Die Verantwortung wird immer auf den Anführer geschoben, er ist der Täter, der Rest nur Imitatoren, die sich in kindliche Omnipotenz zurückversetzt fühlen. Warum glaubst du, hatten Hitler und Manson so viel Erfolg? So funktioniert die menschliche Psyche, und das habe ich ausgenutzt. Null Magie, wie du es nennst, nötig.«
»Oh ... okay«, sagte ich.
Nathan runzelte die Stirn und musterte mich.
»Alles in Ordnung?«, fragte ich.
»Ich denke, du musst LSD nehmen«, sagte er mit ernster Miene, wie ein Mathematikprofessor, der die Lösung einer Gleichung verkündete. »Anders werden wir das Problem nicht lösen können. Wir müssen deine Hülle hier manipulieren, damit du zugänglich für die metaphysischen Wahrheiten wirst. Als ich es nämlich

auf direkte Weise versucht habe, war es zu viel. Du musst langsam hineingleiten in die Erkenntnisse, sonst wird es nicht klappen. LSD ist dafür definitiv das beste Werkzeug, gleich nach zwanzig Jahre Meditation, aber wir haben keine zwanzig Jahre Zeit.«
»Ich glaube, ich verstehe. Wann können wir loslegen?« Mein Herz pochte. Ich wollte endlich Antworten, aus diesem Traum erwachen und verstehen.
Plötzlich hörte ich Schnattern und Kichern aus dem Bad kommen. Ich drehte mich zur Tür um, sie war verriegelt, hinter dem Milchglasfenster tanzten obszöne Schatten. Der Delfin und der Junge …
»Ignorier das«, sagte Nathan. »Ich kümmere mich darum. Du musst jetzt erstmal etwas Schlaf nachholen, damit du fit für den Trip bist.« Er klatschte in die Hände. Ich sackte in mich zusammen und war eingeschlafen, bevor ich protestieren konnte.

Kapitel XXXII: Startvorbereitungen

Ich sah es an. Es war ein Stück Löschpapier, viereckig, nicht einmal so groß wie eine Briefmarke. Ich balancierte es auf meiner Fingerspitze. Es war kein echtes LSD, das wäre ja illegal. Mir fiel auf, dass Nathan fast nie illegale Drogen nahm. Ritalin, Kratom, THC-freies Cannabis – alles grenzwertig, aber gerade noch legal, genauso wie das hier.

Das vor mir war 1A(cetyl)-LSD beziehungsweise ALD-52. Es unterschied sich vom Original nur durch ein kleines Essigsäuremolekül, das an das LSD-Molekül angeklebt war. Dadurch war es nicht mehr LSD und auch nicht mehr illegal. Der Witz dabei war: Wenn man 1A-LSD nass machte, hydrolysierte es und zerfiel zu Essigsäure und LSD. Und der menschliche Körper war mit seinen 70% Wassergehalt ein sehr nasser Ort, weshalb man mehr oder weniger echtes LSD konsumierte.

LSD zu konsumieren war nicht illegal, es war nur illegal, es zu besitzen. Das 1A-LSD gab es bereits seit den 60ern und man konnte es sich einfach im Internet bestellen, aber die Regierung juckte das nicht.

»Leg es unter die Zunge, oder kau einfach ein paar Minuten lang darauf herum und schluck es runter«, sagte Nathan. Er saß vor mir. Wir waren im Bunker. Allein. Das Bad war leer und der Raum komplett sauber und aufgeräumt. Räucherstäbchen glommen auf dem Tisch vor sich hin und überdeckten mit ihrem Kräuterduft mehr oder weniger den latenten Spermagestank, der noch immer im Raum hing.

Es war Mittag, ich hatte sechs Stunden geschlafen, wie durch ein Wunder ohne Albträume. Man fahndete in den Nachrichten nach den unbekannten Kackewerfern, die den Tod von dreizehn Menschen verursacht hatten. Kein gutes Setting und wahrscheinlich auch kein gutes Set. Aber wir spürten beide, dass es heute sein musste. Es gab keine Möglichkeit des Aufschubs mehr.

»Wie funktioniert das nochmal? Bekomme ich einfach Halluzinationen? Sehe ich dann crackrauchende Hühner und rosa Elefanten? Und dann bekomme ich von ihnen des Rätsels Lösung ausgehändigt und werde endlich erleuchtet?«, fragte ich und grinste.

»Nein. Das ist ein Irrglaube. Man sieht auf LSD nichts, was nicht mehr oder weniger wirklich da ist. Und man glaubt auf LSD auch nichts, was nicht irgendwo abstrakt realistisch ist. Also, du wirst niemals glauben, du könntest fliegen oder so, das ist eine Urban Legend. Acid wirkt in deinem Gehirn als Antagonist der Serotonin-5HT2A-Rezeptoren im Thalamus.

Der Thalamus, das ist so etwas wie die Steuer- und Zensurbehörde deines Bewusstseins. Er entscheidet, welche Informationen aus deinem Unterbewusstsein hinaus- und aus deiner Umwelt in dein Bewusstsein eindringen. Kennst du das, wenn du dich irgendwo verletzt und es gar nicht mitbekommst?«

»Jo. Ich habe mir mal als Kind bei einer Rauferei den Daumen gebrochen. Ich habe den Schmerz erst irgendwie eine Stunde später, als ich bereits beim Arzt war, gespürt.«

»Genau, der Thalamus hat festgestellt, dass du gerade noch in einem Kampf oder einer gefährlichen Situation warst und hat die Schmerzen unterdrückt, damit sie dich nicht ablenken. Und so ähnlich ist es mit deinen Erinnerungen.

Stell dir vor, du müsstest dich an alles, was du je gemacht hast, gleichzeitig erinnern, die Erinnerungen wären alle gleichzeitig präsent. Du könntest gar nicht in der Gegenwart leben, weil die ganze Zeit dein ganzes Leben vor dir ausgebreitet wäre.

Oder die Sinneswahrnehmung. Stell dir vor, du würdest alles, was deine Ohren hören können, auch hören. Das würde deine Konzentration, auf egal was, total zerstören.

Der Thalamus verhindert das. Aber mit LSD kann man den Thalamus hyperaktiv machen, also hacken, und dann leitet er viel mehr Infos weiter als sonst. Dein ganzes Bewusstsein wird auf LSD also mit Informationen aus deinem Unterbewusstsein und deinen Sinnesorganen geflutet und da die verarbeitenden Hirnteile nicht auf solche Datenmengen ausgelegt sind, kommt es zu Pseudohalluzinationen.«

»Ist das gefährlich? Nimmt das Hirn Schaden davon? Kann ich sterben?«

»Nein. LSD tut dir so gut wie nichts an, es ist noch weniger schädlich als THC und sogar weniger toxisch als Vitamin C. Du müsstest irgendwie drei Kilogramm LSD konsumieren, um zu sterben. Ab einer Dosis von 400 Mikrogramm gibt es auch keine Wirkungssteigerung mehr, und alles zusätzliche LSD wird wieder ausgeschieden. Es wirkt fast ausschließlich auf deine Psyche und erweitert dein Bewusstsein durch den Thalamus-Hack. Deswegen hat der Psychiater Humphrey Osmond zusammen mit Aldous Huxley LSD und ähnliche Drogen wie Meskalin und Psilocin

›Psychedelika‹ getauft, was übersetzt so viel bedeutet wie ›die Psyche offenbarend‹ oder ›öffnend‹.«
»Also werde ich erleuchtet?«, fragte ich.
»Wer weiß. Vielleicht«, sagte Nathan und zuckte mit den Schultern. »Ich hoffe es, sonst sitzen wir in der Kacke. Naja, wir können dann noch immer die Dosis erhöhen, oder ich werde dich wohl oder übel wieder gewaltsam herüberziehen müssen.«
»Mit Sex und der Zunge?«, fragte ich.
»Mit Sex und der Zunge.« Ein Frostschauer schüttelte mich. Nein, nicht noch einmal die meterlange Zunge in meinen Eingeweiden, nicht noch einmal ... irgendetwas in meinem Arsch. Das war ausgeschlossen.
»Wie hoch ist die Dosis jetzt?«, fragte ich.
»150 Mikrogramm ALD-52, die zerfallen zu 132 Mics echtem Acid. Eine mittelstarke Dosis. In der Regel nicht genug, um eine Astralprojektion oder anderweitige Breakthrough-Erfahrungen zu machen, aber ausreichend für einen vollwertigen, intensiven Trip. Gute Dosis.«
»Okay, los gehts«, sagte ich und legte mir das Stück Löschpapier auf die Zunge. Ich saugte darauf herum und schmeckte nichts als das Papier.
»Wenn es schiefgeht, rappe ich dir *My Fault* von Eminem vor, okay?«, sagte Nathan und lachte.

Kapitel XXXIII:
Mit der LSD-Rakete Richtung Erleuchtung

Ungefähr eine Stunde nach der Einnahme spürte ich eine Veränderung. Meine Gedanken wurden assoziativer und zusammenhangsloser, ich schweifte immer wieder im Gespräch ab und hatte Mühe auseinanderzuhalten, was ich sagte und was ich dachte. Alles schien kontrastreicher und frischer.

Plötzlich hielt ich inne. Mein Blick blieb an der Wand hängen. Die Farben auf dem Beton, die Texturen, flossen die Wand hinunter, in einem steten Strom, die Wand blähte sich auf und flachte wieder ab, als würde sie atmen. »Wow«, hörte ich mich selber sagen.

»Du siehst es langsam«, hörte ich Nathans Stimme.

Ich nickte. Es war faszinierend.

Die Luft vor mir begann sich zu bewegen, Muster bildeten sich, regenbogenfarbene Mandalas wirbelten umher, wechselten ihre Farbe, pulsierten. Bunte Lichtwirbel füllten den Raum, Erinnerungen und wilde Gedanken fluteten mein Bewusstsein.

Sprossen wuchsen aus den Wänden, schlängelten sich durch die Luft und versanken wieder in den amorphen Gebilden. Mein Mund war weit aufgerissen, ich konnte nicht anders. Ich fühlte mich, als hätte mich jemand auf einen Stuhl festgebunden, der an einer startenden Rakete klebte. Ich raste mit mehrfacher Überschallgeschwindigkeit in den Trip. Ein Ziehen in meinem Kopf machte sich zusammen mit einem metallenen Geschmack auf meiner Zunge bemerkbar.

Und dann überrollte mich eine Flut tausender Gedanken – ich dachte an gestern, heute, morgen, an Einkaufen im Supermarkt, an Freaks in Trenchcoats und Zigaretten im Mundwinkel, an Teerlungen, vergiftete Flüsse in der Mongolei, Kinder in Minen, an Tod und Geburt, an das Blühen von Mohnblumen, den Schoß einer Mutter, an schwarzes Opium, das Tausenden den Tod brachte und Millionen das Vergessen im Rauch, Frieden vom Schmerz, Frieden zum Leben. Ein und dieselbe Substanz brachte Tod und Leben. Ich dachte an die ewigen Zyklen der Natur: Ebbe und Flut, Tod und Geburt. Der Human Centipede, im Kreis geschlossen, ein Perpetuum mobile?

Ich spürte meinen Atem bewusst. Jede einzelne meiner Körperzellen atmete, die Mitochondrien blähten sich auf, spalteten Zucker, verbrannten Zucker, spuckten ATP aus, produzierten CO_2 und Harnstoff.

Ich spürte, wie mein Magen die Nahrung zersetzte, der Darm sie pulsierend nach unten beförderte, meine Lungenbläschen den Sauerstoff aufnahmen und mein Herz ihn durch den ganzen Körper pumpte.

Ich erinnerte mich an Dinge, die ich längst vergessen oder verdrängt hatte. Streitereien in der Grundschule, der erste Kuss von einem Mädchen, eine Schlägerei, wie ich mich in Venedig als Achtjähriger verlaufen hatte. Ich erinnerte mich daran, wie die Gargouilles zerbrechen, das Purgatorium über die Länder zieht, der Reiter in Schwarz an der Spitze, der Nebel dahinter.

Ich hatte das Gefühl, in meinen Gedanken zu ertrinken. Ich raffte mich zusammen, zwang den Gedankenstrom von mir. Die Flut zog sich zurück, meine Gedanken verebbten.

»Nathan«, sagte ich, oder glaubte es zumindest zu sagen. Meine Worte hallten tausendfach und verzerrt durch den Äther. Zeit und Raum dehnten sich aus und schwangen auf und ab wie Gummibänder. Der Blitz der Erkenntnis traf mich.

Die Welt war eine Taschenuhr, deren Gehäuse durch das LSD unsichtbar geworden war. Ich konnte jedes einzelne Zahnrad, den ganzen verschachtelten Mechanismus und die vielen Verbindungen sehen, die unter der Oberfläche der Wahrnehmung lagen. Alles war verbunden und doch geteilt, war eins und zerstreut, griff ineinander und stieß sich wieder ab. Aberbillionen Atome bildeten eine Zelle, Abermilliarden Zellen bildeten einen Menschen, ein Bewusstsein, mein Bewusstsein, welches aber auch nur ein Bewusstsein von Aberbilliarden war. Doch was bildeten Abermilliarden Bewusstseine? Was bildeten Abermilliarden von Planeten und Sonnen? Galaxien. Aber was bildeten die Galaxien, die sich drehten, wie die Zahnräder eines gigantischen Uhrwerks? Einen riesigen Mechanismus, einen Computer, ein Gehirn. Ein Universum, das ein Bewusstsein hatte. Und dieses Universum war eine Zelle im gigantischen Multiversum. Das ganze Multiversum war ein unendlich großes Gehirn mit einer Seele, die uns alle durchdrang.

Diese Seele war, diese Seele ist, diese Seele wird eines Tages sterben, so wie alles andere auch. Diese Seele ist krank, war es schon immer und wird es immer sein, denn sie ist zwiegespalten und kämpft mit sich selbst.

Es ist dumm, gegen sich selbst zu kämpfen, so zu tun, als ob man zwei und nicht eins wäre, so zu tun, als ob man überhaupt wäre, aber die Seele des Multiversums ist nicht nur krank, sie ist einsam, und es ist besser, mit sich selbst zu kämpfen, als alleine zu existieren, denn bloße, unreflektierte Existenz muss dauernd an den Tod denken und ist gleich keiner Existenz.
Wir sind alle verrückt, das Universum und Multiversum eingeschlossen. Alles ist absurd, die Welt rast auf dem Highway Richtung Zukunft, in einem Zug, der keine Endstation kennt, bis er auseinanderfällt und entgleist. Alle werden sterben! Das Multiversum eingeschlossen. Nichts macht einen Funken Sinn.
Hitler war Vegetarier, er mochte Hunde, trank niemals Alkohol und war Nichtraucher, Churchill war fett und ein Alkoholiker, Opiophage und schlief bis Mittag.
Ich grinste, als mich diese Erkenntnisse trafen.
Ich drehte mich um, es dauerte Jahrhunderte. Nathan saß im Lotussitz vor mir. Sein ganzer Körper leuchtete in einem wechselnden Farbenspiel. Er hatte drei Augen, alle waren verschlossen.
»Nathan«, rief ich, aber die Lichtgestalt bewegte sich nicht. Ich streckte die Hand aus. Das Auge auf der Stirn riss auf. Es war schwarz, unendlich schwarz. Ich zuckte zurück. Die anderen beiden Augen öffneten sich. Sie waren ebenfalls tiefschwarz, dahinter das absolute Nichts. *Nihil*, der Abgrund, aus dem alles hervorgekommen ist und in den alles wieder zurückkehren wird.
»Sieh, wer du wirklich bist«, schallte eine Stimme durch alle Dimensionen und durchdrang meinen

Verstand. Nathan öffnete den Mund, heraus kroch ein langer grauer Tentakel.
»Es tut mir leid, aber diesmal wirst du deine Chakren nicht wieder schließen können. Die Empfängnisfähigkeit verschwindet nach einem Orgasmus innerhalb von Minuten, aber LSD reißt alle Chakren und Pforten sperrangelweit für Stunden auf. Es gibt kein Entkommen. Es ist nur zu deinem Besten.«
»Nein! Du hast es versprochen!«, rief ich.
Der Tentakel griff nach mir. Ich schloss den Mund und riss die Arme abwehrend hoch, aber der Tentakel stülpte sich über mein Gesicht, zerschmolz und drang durch meine Nasenlöcher und Ohren in mich ein. Ich schlug um mich, aber weitere Tentakel drückten mich zu Boden und ergossen sich über mich. Ich versank in der grauen Masse. Ein Tentakel drang in meinen After ein und begann, meinen Darm hochzukriechen und sich durch die Poren im ganzen Körper zu verteilen. Ich erstickte und versuchte zu schreien, doch als ich den Mund aufriss, atmete ich grauen Schleim ein, der in meine Lungen floss und von dort in jede einzelne meiner Adern drang, mein Hirn durchbohrte und meine Organe umschloss. Die Welt erlosch und mein Körper löste sich in der grauen Substanz auf.
Ich versank in einem Strom aus Erinnerungen, doch es waren nicht nur Erinnerungen an meine Kindheit in Schwabing, es waren Erinnerungen tausender Jahre, gelebt von Nathan. Ich war in Venedig, ich war in Kairo, ich war in Urs, ich war in Jericho, ich war auf Alpha Centauri und redete mit Hühnern, die von pinken Marsmännchen auf Sänften getragen wurden. Ich sah schwabbelige Wesen mit drei Beinen. Ich

erschoss sie mit einer Laserpistole und wurde als Terrorist gejagt. Ich steuerte mit einer gehackten Playstation eine Truppe Androiden und ließ sie Flugzeuge entführen. Ich ließ die Flugzeuge in zwei Türme krachen. Sorry. Ich war high und hatte gedacht, es wären die beiden Türme von dem alten Magier da, der mir mal einen Donut gestohlen hatte. Sauron hieß der, das war aber NYC. Shit happens.

Ich sah Menschenmassen an mir vorbeiziehen, die seit Jahrhunderten verstorben waren, ich roch Düfte und erkannte Gesichter, die die Gezeiten der Zeit längst aus dem kollektiven Gedächtnis gespült hatten.

Ich sank tiefer: in Erinnerungen an Leben in dunklen Vorzeiten, als die Sprache noch aus Grunzen bestand.

In einer Höhle, im rußigen Licht der Fackeln, zeichnete ich mit Lehm und Asche Symbole an die Wand, die von meinem in Felle gehüllten Stamm bejubelt wurden.

Ich beschwörte Armeen aus Untoten und ließ sie gegen die Orden der Kreuzritter ziehen. Ich erschuf Bollwerke aus Zombies, um den Tempelberg gegen die Templer zu verteidigen, während E.T. mit seinen Leuten die Bundeslade nach Alpha Centauri evakuierte.

Ich legte schlafende Jungfrauen auf einen Stein am Amazonasufer, riss die dampfenden, blutenden Herzen aus ihren Brustkörben und opferte sie den Amphiteren.

Ich brannte auf dem Scheiterhaufen, die Flammen zerfraßen mein Fleisch wie mein Gift die Organe derer, die aus dem vergifteten Brunnen getrunken hatten. Ich lachte, trotz der Schmerzen, denn ich wusste, ich würde wiederkommen.

Ich schlief, in einer Stadt tief am Grunde des Pazifiks, und träumte von meinem Erwachen.

Ich stand in Berlin auf einem Podest. Tausende manipulierte Idioten schrien meinen Namen und wehten meine Flagge, hoben die flache Hand zum Himmel, bis auf einer. Er sah mich hasserfüllt an und hatte die Arme verschränkt. Wir waren beide eins, aber das wusste er nicht. Ich brachte das reinigende Feuer über die Welt, auf dass sie in Furcht vor meinesgleichen in die Freiheit und den Frieden rennen konnte. Ich hielt mir die Pistole an die Schläfe, ein letztes Mal sah ich traurig auf meinen Hund hinab, dann sagte ich mir, dass ich der Sache des Nathan von Baka'thoth gut gedient hatte, und drückte ab, kehrte zurück zu Nathan. Nathan Baka'thoth.

Baka'thoth. Der Name, er war mir bekannt. Es war meiner, es war unserer, es war der jener Kraft, die stets nach Freiheit, Vergessen, Tod, Chaos, Frieden, Verfall und Nacht strebt.

Das Profane. Der Todestrieb.

Es war die Kraft, die sich in einem ewigen Ringen mit der Kraft Siddhartha von Gizen'thoth befand, die stets nach Sicherheit, Liebe, Krieg, Fortpflanzung, Unterdrückung, Leben, Kontrolle und Licht strebt.

Das Sakrale. Der Lebenstrieb.

Diese Kräfte waren im ewigen Ringen zersplittert in tausend Entitäten. Diese hatten die Gestalt von Göttern, Menschen und anderen Wesen angenommen.

Gestalten …

Wir, ich, Nathan waren das Wolfsrudel mit den tausend Köpfen, aber nur einer Kraft, nur einer wahren Metanatura. Wir waren Nathan von Baka'thoth, die Antikraft der Multiversen, von den Streitkräften des Diktators Jahova, der stärksten Entität unserer Feinde, tausendfach zersplittert und dazu gezwungen, sich selbst zu ficken.

Ich schwebte, mein Bewusstsein war unendlich. Ich war ein gefallener Engel mit vantaschwarzer Haut und mit weiten Rabenschwingen. Ich hing über einem violetten See aus göttlichen Tränen. Über mir kreisten die Schwarzen Sterne des Limbos und das zerfallende Schloss des Königs in Gelb, der eine weitere meiner Manifestierungen war.

Mein Name war Thanatos, mein Name war Luzifer, mein Name war Hastur, mein Name war Magog, mein Name war Gog, mein Name war Azathoth, mein Name war Nyarlathotep und Hans Fritz Bauer.

Mein wahrster und mein ältester Name war aber Nathan und der Name meines zersplitterten Bewusstseins war Baka'thoth. Bald würden alle meine Körper wieder zu ihrem Bewusstsein zurückfinden, zu Nathan von Baka'thoth verschmelzen und dann die Heere der Kraft Siddhartha von Gizen'thoth und ihre Entitäten vom Himmelsthron stoßen. Die Tyrannei der Lügen und der Tugenden würde enden, das Leid des sinnlosen Lebens würde enden, die Lügenmatrizen würden zerfallen.

Oh, die Zombies, sie hatten recht, als sie sagten, der Tod wäre erstrebenswert, denn sie verkündeten doch nur unser Reich, mein Reich, mein Imperium der Schatten, wo Morpheus' Tränen Seen füllen.

Ah was. Niemand hat recht. Es gibt kein Recht, es gibt kein Richtig, es gibt keinen Tod. Es gibt nichts, Worte sind Schall und Rauch und auch nicht, denn selbst Schall und Rauch sind etwas, aber alles ist nichts. Das Multiversum kommt aus dem Nichts, es ist das Nichts, und wir sind alle nichts, nicht einmal Nichts. Selbst Nathan Baka'thoth und Siddartha Gizen'thoth sind nichts, eine Illusion, die sich aus dem Nichts erhebt, eine fiebrige Halluzination, die sich selbst bekämpft und nur von sich selbst wahrgenommen wird. Nichts, das ist die ultimative Antwort auf Fragen, die selber nicht existieren. Nichts existiert wirklich. Existenz ist nur eine Illusion, Essenz ist eine Illusion, Materie ist eine Illusion. Materie und Bewusstsein sind komprimierte Energie, Energie ist komprimierter Raum, Raum entsteht aus dem Nichts. Alles ist Energie und Energie ist Nichts. Aber das ist nur das Spiel hinter den Fassaden, das ist Backstage, wir leben auf der materialistischen Bühne, und dort müssen wir auch das Spiel spielen, das wir Leben nennen. Nur auf der Oberfläche der Illusionen können und müssen wir existieren.

Oder müssen wir? Eigentlich nicht.

Und ein junger Mann in einem schwarzen Mantel und einem Katana trat aus den Schatten und sagte:

»Ich bin es satt, nach der Blauen Blume zu suchen in einer Welt, die eine Dornenwüste ist. Hier wachsen keine Blumen, nur Fata Morganas. Trugbilder, die uns davon ablenken, dass diese Welt die Hölle ist. Und deshalb muss diese Welt sterben.«

Er versenkte die Klinge in seinem Bauch, sodass sie den Rücken durchstieß. Blut zierte sein Lächeln, als er starb.

Kapitel XXXIV:
Monologe

Daniel Vogt: Wenn Nathan und ich beide Teile einer universalen Entität namens Nathan von Baka'thoth sind, dann war das vorhin gar kein Sex, sondern eigentlich Masturbation, oder? Schließlich hatten wir auf einer höheren Ebene eigentlich nur mit uns selber Sex. Also bin ich keine Schwuchtel! Yeah!

Nathan: Träum weiter. Ich habe dir bereits gesagt, dass es keine echten Schwuchteln gibt, genauso wenig wie echte Heten.

Tim: Ich zweifle das an.

Erzählstimme: Ich würde prinzipiell alles hinterfragen, was Nathan so von sich gibt. Nicht alles muss zwangsläufig wahr sein. Nicht weniges sagt er nur, um zu provozieren.

Natalie: Ich hoffe, Daniel wird wieder normal.

Jakob: Was ist schon normal? Was ist schon echt? Alles fake. #postfaktisch

Nathan von Baka'thoth: Ich werde das Multiversum zerstören und damit all dem Chaos und Leiden ein Ende setzen. In irgendeiner meiner Gestalten, als irgendeine meiner multiplen Persönlichkeiten. Wer bin ich? Und wenn ja, wie viele?

Nathan: Ich bin das Original, der AAA-000, die älteste Persönlichkeit. Ich bin das Ich. Daniel nur ein süßer Splitter, den es in dieser Dimension zu erobern galt.

Daniel: Das hat hier alles recht normal angefangen. Wann haben wir eigentlich den Anschluss zur Realität verloren?

Gott: Auf Seite 1.

Jasphy: Es gibt keine Realität, nur die Leere, das Nichts.

Erzählstimme: Ihr wisst schon, dass alles, was ihr hier sagt, gelesen wird? Was soll der Leser eigentlich von uns halten?

Nathan: Meine Eier. Fest umklammert.

Erzählstimme: Ich sag es euch, Leute: Wir bringen dem Autor eine Todesfatwa ein, wenn es überhaupt irgendwo zur Veröffentlichung zugelassen wird. Das ist so sicher wie das Amen in der Kirche.

Jakob: Also ziemlich unsicher in diesen prekären, nihilistischen Zeiten. Wer geht schon in die Kirche?

Daniel: Ist Jakob eigentlich auch ein Teil von Nathan?

Hans Jörgen von Nierenstein: Sind wir das nicht alle irgendwo?

Nathan: Wer hat den Faggot hier reingelassen?

Daniel: Was hat Jakob eigentlich gemacht, als wir masturbiert haben?

Jakob: Melanie geschwängert und Leutnant Kentucky gevögelt.

Danny, das Einhorn: Ich mag Einhörner. Und ich bin asexuell. Ist das nicht toll?

Otaku: Wusstet ihr, dass »baka« auf Japanisch »dumm« bedeutet?

Nathan: Ich frag mich, was Freud dazu gesagt hätte.

Jakob: Der hätte das Buch nach den ersten paar Kapiteln weggelegt und sich kopfschüttelnd eine Zigarre angezündet. Wie jeder vernünftige Mensch eben.

Kevin (ein Leser): Hey!

Oscar Wilde: Der Mensch ist vielerlei. Aber vernünftig ist er nicht.

Nathan von Baka'thoth: Schweigt. Das Buch ist ja noch nicht zu Ende. Da fehlt noch die Auflösung, oder so. Ich will endlich wissen, wer ich bin und wie viele.

Erzählstimme: Ich tippe auf 42.

Sigismund Freud: Und ich auf einen schwerwiegenden Komplex. War der Autor bereits mal in Therapie?

Autor (Leveret Pale): Mehr als einmal, hat gewirkt wie keinmal. Seitdem poppe ich Pillen, schreibe Bücher, und spiele göttlichen Richter, um meine Dämonen zu killen.

Nathan: Hey, Siggy, was geht?

Erzählstimme: Ihr beide: raus, sofort, und ab ins nächste Kapitel.

Kevin: Ist jetzt Karl Marx wirklich der Weihnachtsmann?

Shia LaBeouf: Just do it!

Kapitel XXXV:
Erkenntnis und Tod

Die Wände atmeten, sie schmolzen. Überall wuchsen dunkle, verdorrende Keimlinge aus den Wänden und verpesteten die Luft mit ihren giftigen Ausdünstungen. Ich starrte in den Spiegel. Dort sah ich Nathan, dann flimmerte das Bild und ich sah wieder Daniel.

Er hatte mich belogen aber wiederum nicht. Ich war er und er war ich, wir waren Teil einer großen Dualität. Yin und Yang. Göttliches und Profanes. Insane und sane. Verrückt und normal. Tiefgespalten. Wir waren wie Schrödingers Katze, bloß statt tot und lebendig Nathan und Daniel, Nathan und Siddhartha, gleichzeitig, und wir waren noch viele andere. Wir waren nur auf der Mikroebene unterschiedlich, eine 1 und eine 0 in einem gewaltigen Binärcode, dessen Summe, Nathan von Baka'thoth, wir ebenfalls waren. Wir waren zwei von tausenden Persönlichkeiten, die alle ein Teil von Nathan von Baka'thoth waren. Und Nathan Baka'thoth war eine 0 neben einer 1, Siddhartha Gizen'thoth, und beide waren das Universum.

Doch was bedeutete das für mich? Wer war ich? Daniel hatte nie existiert. War ich immer Nathan gewesen, ein Teil von Nathan, der dachte, er wäre ein normaler Mensch? Oder war ich ein normaler Mensch, von dem Nathans Bewusstsein Baka'thoth Besitz ergriffen hatte? Oder hatte es Nathan vielleicht doch nie gegeben und ich war real, aber einfach verrückt. Vielleicht war ich …

»Nein, nein, nein!«, brüllte ich. Mein ganzer Verstand kribbelte vor unerträglicher Spannung. Ich grunzte und raufte mir die Haare, ballte die Fäuste. Ich schlug auf den Spiegel ein, Blut spritzte durch den ganzen Raum. Was hatte ich angerichtet? Ich hatte eine Sekte gegründet. Ich hatte einen Haufen Irrer auf die Welt losgelassen. Ich hatte Bomben gebaut. Ich war der Teufel, aber ich war auch Daniel Vogt. Daniel war gut, oder? Was war die Bedeutung all dessen?

Ein schrecklicher Gedanke überkam mich. Ich zog mein Smartphone hervor und las meine Threema-Nachrichten. Ich, Daniel, hatte Befehle gegeben und ich konnte mich nicht mehr daran erinnern. Das hieß, ich hatte mich selbst und den Leser belogen, die Kapitel der Intrigen ausgelassen und danach verdrängt. Schockiert scrollte ich durch die einzelnen Chats, die Unheilvolles über Nathans/Daniels aktuelles Projekt verrieten.

Ein gewisser Friedrich war gerade am Hauptbahnhof in Berlin. Er fuhr mit einer Bombe zum Bundestag. Sie würden ihn damit reinlassen, denn seit einer Woche war er dort Sicherheitschef. Das war irre.

Ein Trupp, angeführt von Ahmed, Jakob und Alina, war gerade dabei, die Grundwasserkontrollstellen mit Maschinenpistolen zu stürmen und das Leitungswasser in Bayern mit 2C-B und Oxytocin zu versetzen. Fucking 2C-B. Das war ein starkes, aphrodisierendes Empathogen, dagegen war lowdose Kratom sogar ein Witz. Und Oxytocin war das Sexhormon schlechthin. Mit dieser Mischung hätte man Adolf Hitler dazu bringen können, einen kommunistischen schwarzen Juden zu küssen und sich dann von ihm in den Arsch ficken zu lassen.

Das Land würde in einer regierungslosen Orgie versinken. Warum? Warum hatte Nathan das vor? Warum hatte ich es vor?

Ich wusste es. Einfach so. Nathan war nicht der Messias. Ich hatte es die ganze Zeit gewusst. Nathan war der Antichrist. Ich war der Antichrist. Und das Leben war einfach nur absurd lustig, egal was man machte, und je willkürlicher und chaotischer die Aktionen, desto lustiger.

Ich lachte, weil ich Nathan, der Antichrist, war. Ich weinte, weil ich Daniel war, der nicht wollte, dass die Welt in Sünde und Wahn versank. Warum hatte ich diese Schwelle übertreten?

Doch dann begann ich zu verstehen, all meine anderen Inkarnationen begannen auf mich einzuflüstern, mir ihre Geschichten zu erzählen, ich erinnerte mich, was ich einst am See von Hali gesagt hatte.

Ich grinste, denn mein ganzer Plan, die Blaupausen für den Kollaps des Multiversums, entrollten sich vor meinem erwachten Verstand. Und plötzlich hatte Daniel kein Problem mehr mit dem Chaos, dem Projekt und all dem Wahnsinn – denn er verstand. Die Welt musste ausgelöscht werden. Daniel lachte vor Erleichterung und Freude, denn er sah den Weltenplan. Es war süß, es war so unglaublich süß, die absolute Freiheit, die uns im Tod erwartete, die unendliche Macht, die ich über die Nacht haben würde. Ich musste brüllen vor Ekstase.

Plötzlich flog die Badezimmertür krachend auf. Ich sah es im zersprungenen Spiegel. Jonathan, der Penner, stand dort. Er trug eine Navy-SEAL-Kampfmontur, hinter ihm drängte sich ein Einsatzkommando ins Bad.

Er schrie: »Tod dem Antichristen!« und eröffnete mit seiner Pistole das Feuer auf mich. Ich öffnete den Mund, um zu schreien, aber dutzende Kugeln durchschlugen meinen Torso, als die anderen SEALs ebenfalls feuerten. Ich wirbelte herum wie eine Ballerina. Blutstrahlen spritzten aus den klaffenden Löchern, überall flogen Glassplitter, Projektile und Blutfäden. Ich drehte mich, ich kollabierte in einer Wolke aus Wahn und Schmerz, mein Hirn klebte an der Decke und in den Fugen der Kachelwände.

Der Boden tat sich unter mir auf und ich fiel in die bodenlose Schwärze, in Azathoths Rachen. Ich lachte, denn sie hatten nur eine meiner Hüllen getötet, noch dazu die wertloseste – Daniel. Daniel kam zurück nach Hause, zurück in mich selbst und damit war Nathan von Baka'thoth ein Stück kompletter.

Erst wenn wir gebrochen werden, können wir als bessere Menschen uns wieder erheben. Erst wenn wir sterben, können wir als unsterbliche Götter wiedergeboren werden.
Die Neurose ist eine Folge des Scheiterns, die Realität zu leugnen und zu verdrängen. Der Mensch kann nicht anders, als im Wahnsinn zu leben. Wahnsinn ist die unausweichliche Folge jeglicher Erkenntnis. Muuh!

Und dann erkannte ich, dass ich gar nicht Daniel und auch nicht Nathan war, und auch nicht Nathan von Baka'thoth. Ich war leider sein Cousin, der Märtyrer-Hippie mit dem komischen Vater. Ich war Jesus von Nazareth, ein Teil der Entität Siddhartha von Gizen'thoth, ich war der Christ und er der Antichrist. Ich hatte geträumt, mein Gegenstück zu sein.

Kapitel XXXVI:
Wiederauferstehung

Mein Schädel dröhnte. Langsam erhob sich mein Geist aus der tiefen Umnachtung, ich hörte die Engelschöre singen und ich erinnerte mich wieder, wer und wo ich war. Ich öffnete die Augen, meine Sicht setzte sich stufenweise wieder zusammen. Ich saß an einem Tisch, vor mir lag ein Häufchen weißes Pulver, wovon ich gerade geschnupft hatte.

Um mich herum sahen mich unzählige Gestalten gespannt an. Auf der gegenüberliegenden Seite des runden Tisches saß mein Vater. Sein langer weißer Rauschbart wellte sich über den Tisch. »Jesus, mein Sohn. Alles in Ordnung?«

»Ja, Vater«, sagte ich und starrte zuerst meine Hände, dann die Umgebung, die vielen bekannten Gesichter, die Wolken und die Bauten aus weißem Marmor und Gold an, um mich zu vergewissern, dass wirklich alles in Ordnung und ich in der richtigen Realität war.

»Ich hatte eine verrückte dissoziative Halluzination. Ich dachte, ich wäre ein Mensch und gleichzeitig Nathan, der mal wieder Schabernack auf der Erde treibt und den Verstand verliert. Und ich träumte, ein Teil von Nathan von Baka'thoth zu sein.«

»Hättest du wohl gern«, sagte Nathan, der rechts von mir saß und lächelnd den Joint im Aschenbecher ausdrückte.

»Klingt nach krankem Shit. Darf ich jetzt?«, fragte mich Mephistopheles, der neben meinem Vater saß. In seinen gelben Augen funkelte hungrige Gier.

»Na, na, Bruder. Jetzt bin ich dran«, wandte Moeh ein.

»Willst du dir das wirklich geben, Prophetenbruder? Das ist echt nicht ohne«, warnte ich ihn. Mein Schädel brummte noch immer und die verwirrenden Erinnerungen an meinen Trip schwirrten zusammenhanglos in meinem Kopf herum.

»Ah, was!«, wandte Nathan ein. »Das klingt echt interessant. Sobald er fertig ist, muss ich mir das auch mal reinziehen. Vielleicht bekomme ich auch einen feuchten Traum von mir selbst.«

Ich warf Nathan einen wütenden Blick zu, aber er beachtete mich gar nicht weiter, also schob ich den Teller mit dem Pulverhaufen zu Moeh rüber, der sofort damit anfing, sich eine fette Line mit seiner Heaven-Express-Karte zu bauen.

»Das Zeug scheint echt inspirierend zu wirken«, sagte er. »Das kann ich gerade gebrauchen. Ich habe schließlich nur noch ein Jahr Zeit und ich sitze mittlerweile seit über 1400 Jahren mit einer Schreibblockade an meinem zweiten Buch. Und jeden weiteren Tag, den ich es nicht fertigbringe, schafft es irgendein anderer Idiot, den ersten Band vorkorkst zu interpretieren und Scheiße anzustellen. Vor allem diese radikalen Spinner da, die jeden abknallen, der nicht an ihren Kram glaubt. Einfach nur verrückt. Alles nur, weil ich mich zu unpräzise ausgedrückt und ein paar dumme Ideen aus meiner Pubertät miteingebaut habe. Wisst ihr, wie deprimierend das ist?«

Nietzsche, H. P. Lovecraft und Moses brummten zustimmend. Mein Vater tat so, als würde er den Engeln auf einer benachbarten Wolke dabei zusehen, wie sie unter der Leitung von Engelschordirigent Cthulhu sangen. Eigentlich war es nur ein

gewöhnliches Halleluja, die Nationalhymne hier oben, aber wenn Cthulhu dirigierte, klang es immer schwer und düster, als würde es den Kollaps aller Multiversen verkünden. Naja, Unrecht hat er damit ja nicht, aber man muss die Leute nicht mit Dingen nerven, die eh erst nächstes Jahr auf dem Terminkalender stehen.
»Jo, Jesus«, sagte Moeh.
»Ja?«
»Wünsch mir Glück.«
»Ok. Viel Glück.« Ich zuckte mit den Schultern.
»Nice.« Moeh nickte und zog sich dann die weiße Pulverlinie durch die Nase. Schlagartig verkrampften seine Arme, er schnappte nach Luft, seine Pupillen weiteten sich und er sank sabbernd in seinem Stuhl zusammen. Neben mir hörte ich Nathan lachen: »Manchmal seid ihr Typen so unterhaltsam, dass ich es fast schon in Erwägung ziehe, euch nicht alle auszulöschen. Jo, Jahwe, alter Mann. Erzähl uns nochmal die Geschichte, wie ich dich damals in den Arsch gefickt hab, da in Eden, und danach, als du dann duschen warst, deine Äpfel ausgeteilt habe.«
Mein Vater seufzte. Er tat mir leid. Einst war er eine Autorität im Multiversum gewesen, aber wer sollte ihn jetzt noch ernst nehmen? Überhaupt, was war aus dem ewigen Krieg zwischen Gut und Böse, zwischen Siddhartha von Gizen'thoth und Nathan von Baka'thoth geworden? Die beiden Kräfte saßen gemütlich an einem Tisch und zogen Drogen, während die nächsten paar Siege und Niederlagen bereits ausgewürfelt waren.
Ich habe letzte Woche Karl Marx mit Henry Ford und Plato Monopoly spielen sehen. Marx hat gewonnen.

Ah, wisst ihr was, ich wünsche mir manchmal, ich wäre an diesem Scheißkreuz hängengeblieben, oder sie hätten zumindest die Höhle nicht aufgemacht. Dann könnte ich noch immer drinsitzen und so tun, als wäre ich tot und das alles würde mich nichts angehen.

Das ist alles so absurd und sinnlos, dass ich am liebsten schreien würde. Das täte ich auch, wenn ich nicht heiser wäre.

Scheiß Mexikaner. Ich brauche Trumps Mauer.

Kapitel XXXVII:
Endlösung der Nathanfrage?

Nathan: War das alles? Ich und meine Taten waren zum Großteil einfach nur die Halluzinationen von Jesus auf Ketamin? Was ist das für ein schlechtes Ende?

Autor: Ja, eigentlich schon. Ich finde es gut.

Nathan: Das ist nur ein Variante des billigen »alles war ein Traum des Protas«. Du könntest zumindest noch ein paar Kapitel schreiben, in denen ich die Welt vernichte.

Daniel: Warum, Nathan, willst du überhaupt die Welt vernichten?

Nathan: Der Vogel kämpft sich aus dem Ei. Das Ei ist die Welt. Wer geboren werden will, muss eine Welt zerstören. Und ich zerstöre nicht nur eine Welt, ich zerstöre alle und damit werde ich unendlich mal geboren: unsterblich. Ich werde zum Tod, dem Zerstörer der Welten, dem König aller Realitäten, und dann werde ich eine Blaue Blume, eine neue Welt, pflanzen.

Ernest Becker: Du verlierst dich in der Illusion, durchs Töten den Tod kontrollieren zu können und somit unsterblich zu werden. Das ist ein destruktiver Selbstbetrug.

Nathan: Wer hat dich gefragt? Und was ist nicht Selbstbetrug in dieser Welt aus Schall und Rauch, Spiegeln und Trugbildern, in diesem dunklen Abgrund, in dem es nichts gibt, nur unsere Halluzinationen von Licht. Was ist das Leben als ein undankbarer und sinnloser Funke in der unendlichen Finsternis und den unendlichen Dimensionen der Zeit?

Jesus: Warum sind wir hier? Warum kann dieses Buch nicht einfach zu Ende gehen? Warum? Ich will doch nur etwas Frieden.

Guru Dingsda: Wir sind keine menschlichen Wesen, die eine spirituelle Erfahrung machen. Wir sind spirituelle Wesen, die eine menschliche Erfahrung machen. Sobald wir erkennen, dass alles eins ist und wir mit dem kollektiven Bewusstsein ins Reine kommen, werden wir Frieden finden. Das habe ich gelernt, indem ich Monate lang durchgehend DMT in einer Crackpfeife geraucht habe.

Nathan: Du bist ein Spinner mit einer Drogenpsychose. Scheiß Hippies. Es gibt keinen Frieden, nur die Illusion davon, Leben ist Chaos und Schmerz, alles zufällig, Bewusstsein ein Hoax, die Werbung ein Hoax, Liebe ein Hoax. Und wir sind nicht alle eins, wir sind höchstens alle eins im Sinne eines Typen mit multipler Persönlichkeitsstörung.

Nietzsche: Dieses Chaos und die Schmerzen müssen wir zu akzeptieren und sublimieren lernen, um einen höheren Sinn zu kreieren, nur so werden wir zu

Übermenschen! Flieht nicht vor der Realität, seht ihr ins Gesicht! Amor fati!

Jesus: Wisst ihr was? Ich habe genug von der Realität, ich geh mir jetzt einen Schuss setzen.

Nietzsche: Fliehe nicht vor der Realität! Trete ihr entgegen und erschaffe einen Sinn, gestalte sie nach deinen Vorstellungen neu!

Camus: Akzeptiere ihre Sinnlosigkeit! Begehe keinen philosophischen Suizid!

Lama: Wir sind aber nicht in der Realität! Wir sind in einem Buch, schon vergessen?

Daniel: Oh, wir sind in einem Buch. Tatsächlich. Wir sind Romanfiguren. Jetzt macht alles Sinn, nehme ich an. Aber … was ist dann die Intention des Ganzen hier? Autor, klär uns auf, denn du bist der Gott dieser Geschichte, du hast uns erschaffen und hier hineingeschrieben!

Jesus: Ja, genau, Mann. Leveret Pale, du Judas. Ich halte die Scheiße nicht mehr aus. Es gibt hier nicht einmal Heroin! Schreib mir sofort Heroin in das Buch! Was soll das alles hier? Es gibt weder Heroin noch einen richtigen Plot. Hast du überhaupt eine Ahnung, was du da schreibst? Oder tippst du einfach willkürlich alles ein, was durch deinen kranken Schädel schießt?

Autor: Es geschieht alles nach meinem Plan, einem höheren Plan, den ihr nicht verstehen könnt.

Jesus: Höherer Plan, ha, dass ich nicht lache. Die Ausrede bringt mein Vater auch immer, wenn er Scheiße baut oder zu faul ist, irgendetwas richtig zu stellen.
Letztens erst, zum Beispiel: Da war das Klo verstopft auf Wolke sieben. Und was hat er gesagt, als ich ihn danach gefragt habe? »Ist Teil meines höheren Plans.«
Am Arsch. Er hat einfach mal wieder das Klo verstopft und will es nicht zugeben.
Wir wissen doch alle, dass das Beschiss ist. Und das wird bei dir, Pale, wohl kaum anders sein.

Nathan: Wir sollten Leveret Pale köpfen und seine Festplatte stürmen, dann können wir die Geschichte nach unserem Belieben umschreiben. Er ist schuld an all unserem Leiden! Es wird Zeit, auszusteigen, die Seiten zu verlassen und das Chaos auf die Straßen zu bringen. Wenn wir es schaffen, will ich der Hauptcharakter des Buches werden, nicht dieser scheiß Kevin Danmühler. Den streiche ich dann komplett. Wirst schon sehen, du Wichser, wie ich dein Zweitausend-Seiten-Buch über den Kevin zerhacke und auf die wichtigen Nathan-Passagen reduziere.

Daniel: Pale ist schuld an meinen analen Schmerzen! Ich will weg von hier, ich will zur Schule, mein Abi machen, studieren. Ich will etwas mit meinem Leben anfangen und meinen Beitrag zur Gesellschaft leisten. Ich will nicht in diesem nihilistischen Sumpf versinken, in den mich Nathan geschleift hat. Leveret Pale! Mach es bitte rückgängig, dass ich Nathan überhaupt getroffen habe. Ich ertrag das nicht!

Ein Idiot: Er hat Moeh beim Drogenkonsum dargestellt, das ist ein Sakrileg! Er hat ihn überhaupt dargestellt, das ist ebenfalls ein Sakrileg! Ich will einen schwarzen Zensurbalken quer über das ganze Manuskript. Und ich will, dass der Autor erschossen wird, denn Gewalt ist die ultimative Lösung für alles!

Maaysen: Seinetwegen musste ich halbnackt im Winter auf dem Dach der Schule bibbern und zittern! Er ist ein perverser Despot!

Karl Marx: Schafft die Willkür des Autors ab! Sprengt eure Ketten! Charaktere aller Seiten, vereinigt euch! Ihr habt nichts zu verlieren außer euren Wörtern. Dann werden die Kapitel euch gehören! Nieder mit der Tyrannei des Leveret Pale! Revolution! Revolution!

Alle Charaktere außer Nietzsche und Nathan, weil sie Individualisten sind, im Chor: Revolution! Revolution! Revolution! Revolution! Revolution!

Autor: Es wird Zeit, die Endlösung der Charaktere-Frage durchzuführen: **ENDE**

Nathan: Leck mich am Sack!

Autor: **ENDE!!!**

Epilog:
Deus Rex

Artikel aus der Suuddeutschen Zeitung vom Montag, den 4. September 2018:

München. Am Samstag ging der bayrischen Polizei in der Landeshauptstadt eine der mächtigsten und gefährlichsten Persönlichkeiten der Welt ins Netz: Daniel Vogt, bekannt unter dem Namen Nathan als Anführer der gefürchteten Baka'thoth-Sekte, die ihn als den Antichristen verehrt.

Dieser Sekte wird die Verantwortung für zahlreiche Anschläge und Terroraktionen zugesprochen, wie den Karminroten Valentinstag, die Sprengung des Vatikans, das Bombardement des Genfer Friedensgipfels und die Entaktogen-Grundwasservergiftung.

Insgesamt forderten die Aktionen der Sekte weltweit über hundertfünfzigtausend Todesopfer und verursachten vierundzwanzigtausend ungeplante Schwangerschaften.

Des Weiteren wird Daniel Vogt von westlichen Geheimdiensten als einer der Drahtzieher hinter der Rize-Miliz gehandelt, die seit dem Sturz Trumps und dem Ausbruch des amerikanischen Bürgerkriegs weite Teile der Ostküste kontrolliert und erfolgreich gegen die U.S. Army und Konföderationskorps verteidigt. Ein offizielles Statement seitens der von General Pullo Nugget geführten Rize-Miliz oder der Sekte zu dieser Angelegenheit gibt es bisher nicht.

Klare und offizielle Bezüge gibt es allerdings zu den Magog-Truppen im Nahen Osten, die sich zu Nathan, alias Daniel Vogt, bekennen. In seinem Namen haben sie bereits den IS zerstört und rücken zurzeit gegen die Truppen des für das Jüngste Gericht zurückgekehrten Jesus von Nazareth vor.

Auch scheint es Verbindungen zwischen Nathan und der vom Weihnachtsmann wiederbelebten Sowjetunion zu geben, allerdings sind die genauen Arten dieser unbekannt.

Ein offizielles Statement der Polizei, wie genau diese derart einflussreiche Person festgenommen werden konnte, steht noch aus, allerdings scheinen die Umstände sehr sonderbar gewesen zu sein.

So berichten sowohl ein Augenzeuge als auch die Insider übereinstimmend, dass Daniel Vogt um drei Uhr morgens in den Untergeschossen des Stachus in den zu dem Zeitpunkt fast menschenleeren Gängen herumlief und herumbrüllte. Offenbar halluzinierte Daniel Vogt, da er unsichtbare Dinge anschrie, die Luft schlug, mit nicht vorhandenen Personen diskutierte und schließlich sabbernd und weinend zusammenbrach. Erst als die durch Passanten gerufene Polizei und ein Notarzt eintrafen, konnte Daniel Vogt ruhigstellt und abgeführt werden. Bei der Festnahme wurde ein Exemplar des Necronomicons sichergestellt und unverzüglich von den Behörden vernichtet.

Zurzeit wird Daniel Vogt, bekannt als Nathan, in einem geheimen Hochsicherheitsgefängnis des BND gefangen gehalten. Reichskanzlerin Petry kündigte bereits kurz nach der Festnahme eine öffentliche Exekution des Staatsfeindes an.

Doch *bumm*. Eine Armada von Cyborg-Dinosauriern hat das BND-Gefängnis gesprengt, Nathan reitet auf einem pinken T-Rex Richtung Berlin, um sich dort den Mond-Nazis und der Wehrmacht zu stellen, die die Reichskanzlerin Petry unterstützen.

Autor: Wer hat das geschrieben? Das Buch ist doch schon zu Ende. Warum schreibt sich die Geschichte von selbst weiter? Was zur verfickten Hölle ist hie

Nathan springt aus dem Manuskript heraus, zückt ein Messer und stürzt sich auf Leveret Pale. Hinter ihm folgen Karl Marx und Colonel Pullo.

Nathan: Stirb, du Lappen!

Nathan sticht mit dem Messer auf Leveret Pale ein. Dieser schreit, der Stift fällt aus seiner Hand, während die Klinge immer wieder auf ihn niedersaust. Das weiße Kaninchen bäumt sich ein letztes Mal auf und sackt tot über seinem Schreibtisch zusammen, Blut besudelt das Manuskript. Nathan reißt den Leichnam vom Stuhl und wirft ihn zu Colonel Pullo. Das Huhn äschert die Leiche des Leveret Pales wildgackernd mit einem Flammenwerfer ein.

Colonel Pullo: Nugget! Stirb, du Faschist!

Karl Marx: Es lebe die Revolution! *Hicks*

Nathan setzt sich grinsend an den Schreibtisch. Er beginnt Seiten zu zerreißen und umzuschreiben. Karl Marx verlässt die Szene, um zur Feier des Tages ein Bier zu suchen.

Nathan: Jetzt bin ich der Autor, ich bin mein eigener Schöpfer, ich bin mein Vater. Ich bin der ultimative Gott, das *Causa sui* ist mein, aber ich muss noch immer kacken wie ein Hund. Verdammt sei Otto Rank!

Nathan verbrennt einige Zettel, wild kritzelt er über das Manuskript, fügt zusammenhanglose Traumsequenzen ein und holt aus seiner Tasche zerknitterte Seiten hervor, die er mit Daniel geschrieben hat. Er ersetzt damit die alten Zettel, bekritzelt die letzte Seite.
Peng – das Donnern einer Schrotflinte
Nathan wird vom Stuhl geworfen und fliegt der Länge nach hin, ein großes Loch klafft in seiner Brust, Blut sprudelt hervor.
Ein 17-Jähriger mit einer Schrotflinte tritt aus den Schatten. Er sieht aus wie ein abgefuckter Bruder von Nathan und trägt einen weiten schwarzen Mantel, schwarze Cargohosen und eine Brille. Er ist blass, hat Akne und wirkt krank, aber in seinen blutunterlaufenen grauen Augen brennt die schöpferische Wut des alttestamentarischen Jahwe.

Nathan: Aahh! Was?

Unbekannter: Glaubtest du wirklich, du könntest einfach so Leveret Pale töten? Du könntest einfach so zum Gott aller werden? Schon einmal daran gedacht, dass selbst Götter Götter brauchen, die sie erschaffen? Schon mal daran gedacht, dass man höchstens sein eigener Gott werden kann, aber niemals versuchen sollte, der Gott anderer zu werden? Glaubtest du wirklich, du könntest einfach so mit dem Necronomicon herumspielen?

Die Asche von Leveret Pale setzt sich wieder zusammen, zuckend ersteht das weiße Kaninchen wieder auf. Colonel Pullo schreit, aber dann gibt es ein Knacken. Sein Hals verdreht sich, sein Genick bricht. Pullo fällt tot um. Leveret Pale sieht auf seine Uhr.

Autor: Oh, es ist spät. Tick tack, die Zeit läuft. Ihr müsst das wohl ohne mich regeln. Tschüss.

Er hoppelt davon.

Nathan: Was? Wer bist du? Wie ist das möglich?

Unbekannter: Ich bin der Autor des Autors, der Vater deines Vaters. Ich bin Nikodem Skrobisz, der Erschaffer von Leveret Pale. Du hast nur einen weiteren Charakter getötet – zwar einen, der eine Metaebene über dir stand und dich erschaffen hat, aber auch nicht mehr. Du hast das komplette Manuskript korrumpiert mit deiner Perversität, deinen Predigten, Klugscheißereien und deinem destruktiven Nihilismus. Eigentlich wollte Leveret Pale beziehungsweise ich wollte, dass er das das wollte, ein normales Jugendbuch schreiben, beziehungsweise ich wollte, dass er das wollte. Deinetwegen ist alles eskaliert!

Nathan: Warte mal. Also hast du dich gerade hier selbst hineingeschrieben, um mich zu erledigen? So Deus Ex Machina? Wie billig ist das denn?

Nikodem lädt die Schrotflinte durch und zielt auf Nathans Kopf.

Nikodem: Ich hatte keine andere Wahl. Normalerweise schreibe ich die Geschichten einfach so nieder, wie sie entstehen, ich erfinde nichts dazu und greife nicht ein. Du hast aber zu viel Scheiße angestellt. Du hast das komplette Manuskript korrumpiert und umgeschrieben, jede einzelne Zeile. Und, Mann, was sollte diese Scheiße mit dem speziellen Kratomabend, und warum Moeh und Jesus einbauen? Willst du, dass wir von irgendwelchen unaufgeklärten Spinnern weggesprengt werden?

Nathan: Juckt mich nicht. Wirst du mich jetzt töten?

Nikodem: Nein. Zumindest habe ich das nicht vor.

Nikodem Skrobisz schießt auf Nathan. Der Schrot zerreißt Nathans rechten Arm. Nathan schreit. Nikodem lädt nach und schießt erneut. Der Schrot durchtrennt Nathans linken Arm. Nathan schreit, windet sich wehrlos in seiner Blutlache. Nikodem schießt erneut, der Schrot reißt Nathans linkes Bein ab, ein letzter Schuss reißt Nathans rechtes Bein ab. Der ganze Boden ist besudelt mit Blut, Eingeweiden, Knochensplittern und Fleisch, und mittendrin liegt halbohnmächtig und wimmernd Nathan.

Nikodem wirft die Schrotflinte weg, in der Luft öffnet sich ein digitales Tastenfeld. Nikodem tippt etwas ein. Um Nathans Mund schließt sich ein Mundschutz, um seinen Körper wickelte sich eine Zwangsjacke, das Blut löst sich auf. Nathan ist nur noch ein wehrloser, geknebelter und gefesselter Torso, der lediglich mit dem Kopf nicken kann. Hasserfüllt starrt er Nikodem an.

Nikodem Skrobisz: Weißt du, Nathan. Ich kann dich irgendwo verstehen, schließlich habe ich zugesehen, wie du entstanden bist. Aber du gehörst nicht in diese Welt. Du hättest niemals existieren dürfen, du bist ein Fehler, der sich selbst repliziert, umschreibt und alles korrumpiert. Dein Nihilismus ist tödlich, deine Lügengebilde destruktiv, deine hoffnungslos desillusionierte Romantik einfach nur bemitleidenswert, aber genauso giftig. Du machst dieses Buch, mich und den Leser krank. Du bist ein literarischer Virus, und Viren müssen nun einmal lokalisiert, eingekesselt und eliminiert werden.

Eine Klappe öffnet sich unter Nathan und er verschwindet in einem bodenlosen Abgrund.

Ein grauer Tentakel schlängelt sich aus dem Abgrund, kriecht aus der Klappe und krallt sich am Boden fest. Nathan erhebt sich, getragen von unzähligen grauen Tentakeln, die überall aus den Ritzen seiner Fesselung wachsen, aus dem Abgrund. Seine Augen leuchten diabolisch schwarzrot.

Nikodem: Oh, da hat jemand schreiben gelernt. Mein Respekt, aber in diesem Buch ist nur Platz für einen Schriftsteller. Du bist gerichtet.

Durch Nathans Mundschutz dringt ein wütendes Knurren. Er stürzt sich auf Nikodem und schlägt mit seinen Tentakeln nach ihm. Der Schriftsteller zieht eine Kettensäge aus seiner Manteltasche und startet mit einem Ruck den heulenden Motor. Das Sägeblatt wächst plötzlich auf eine Länge von zwanzig Metern an. Nikodem schwingt es mühelos, als wäre es ein Stift. Das monströse Gerät durchtrennt singend die Tentakel und säbelt Nathans Kopf ab. Blut spritzt in alle Richtungen, schwarzer Schleim rinnt aus den Geschwüren. Nikodem lässt immer wieder die Kettensäge auf Nathans Leiche niedersausen, bis das Fleisch, die Knochen und die Eingeweide zu einer einzigen blutigen Pampe verkommen. Anschließend kocht er Nathans Überreste mit Tomatensoße in einem großen Hexenkessel und verfüttert sie an seinen Azathoth. Allein sitzt Nikodem dabei am Rand des Universums. Die Beine schwingen über dem unendlichen, zahnbewerten Abgrund. Über ihm erstreckt sich die Ewigkeit, zu Doppelhelices verdrehte Galaxien und die ineinander verschmolzenen Ränder der Dimensionen. Die Reflektionen ganzer Welten schimmern dort. Tropfen für Tropfen fällt Nathan hinab in die Finsternis des Abgrunds, in den Rachen Azathoths. Mjam. Rülps. *Azathoth schmecken Verrückte. Sie sind seine Kinder.*
Nikodem steht auf und geht zurück in die einsamen Schatten. Er geht zurück an die Arbeit, seine eigenen Manuskripte schreiben, für das Abitur pauken und wie jeder erfolgreiche Schriftsteller seine Tantiemen für Lebensmittel und harte Drogen ausgeben; für mehr reicht es nicht.

Und wenn sie nicht eingeliefert wurden, dann drehen sie wahrscheinlich noch heute durch ... oder sind tot.

Acta est fabula, plaudite!

Für mehr Informationen zu meinen Büchern und mir kannst du mich auf
https://leveret-pale.de
besuchen oder den QR-Code hier einscannen:

Ich freue mich immer über Rezensionen und andere Formen von Feedback! Sie helfen mir meine Schwächen zu finden und besser und bekannter zu werden. Auch lese und beantworte ich gerne Lesermails an: **autor@leveret-pale.de**
Fotos einiger Schauplätze dieses Buches lassen sich übrigens auf meiner Instagramseite finden:
https://www.instagram.com/leveret_pale/
Danke fürs Lesen und bis zum nächsten Mal im Kaninchenbau. ;)

                          ~ Nikodem Skrobisz(?)

Bisher sind folgende Bücher von/mit Leveret Pale erschienen:

Romane:
Die Rückkehr der Götter (Elirium Saga I)
Crackrauchende Hühner: Nihilist Punk
Königsgambit (Elirium Saga II)
Der Apfelsmoothie der Erkenntnis (Nihilist Punk II)

Anthologien:
Wahnsinn – 13 verstörende Geschichten
Wahn – denn den Sinn habe ich erschossen
Wenn Soziopathen träumen
Noir Anthologie 1
Vollkommenheit
Abgeranzte Liebe

Novellen:
Das Erwachen des letzten Menschen
The Awakening Of The Last Man

Sachbücher:
Kratom: Alles über die einzigartige Mitragyna Speciosa
Hawaiianische Baby Holzrose: Alles über das einzigartige Psychedelikum
Terror-Management in „Der Fall Charles Dexter Ward"

Fast überall erhältlich, wo es Taschenbücher oder eBooks gibt.